mare

Inhalt

Da fliegen sie, die Blätter meiner Angst

Eine Vorgeschichte

... eine der Äolischen Inseln.

Heute beginnt die zwölfte Woche, es ist der 1. September. Noch besitze ich meine Uhr, einen Fernseher, das Radio. Und habe geträumt, das Radio mit der Telefonleitung zu koppeln, daraus einen Sender zu erfinden, ich, der noch nie einen Computer angefasst hat, dessen Hirn und Hände keiner geisterhaften Technik gewachsen sind. Das Telefon ist tot. Seit mehr als siebzig Tagen.

Als ich erwachte, war es zu spät gewesen. Ich hatte über den Mittag hinausgeschlafen, in der Sommerhitze, und wunderte mich: der Kopf, verquerer als nach den grausamsten Weinräuschen. Es dauerte, bis ich begriff.

Das Zimmer hat eine Gegensprechanlage. So wird mir das Essen angekündigt. Eine Tür führt auf die Dachterrasse, dort endet der Lift, den schon F., der römische Filmregisseur und Vorbesitzer des Hauses, an den Turm gebaut hat, auf der dem Meer abgewandten Seite. Fischern, die in der Abendröte ausfahren, leuchtet der Turm als bunter Spiegel, er trägt in seinem Verputz tausendfach Splitter aus farbigem Glas, rot, blau, türkis und golden. Wie oft habe ich von hier den Booten zugewunken, habe am Fenster eine Lampe geschwenkt, mit dem Lichtschalter gespielt, an und aus, kurzkurzlang, langlangkurz, in allen mir vorstellbaren Va-

riationen eines Notrufalphabets. Fuchtelnd, winkend schaute ich gegen die untergehende Sonne, und blinkend bis tief in die Nacht sah ich nur die reglosen Schiffsleuchten, kaum mehr zu unterscheiden von den Gestirnen am Horizont. Keines der Boote hat sich je auf Rufweite genähert, so hat das Rauschen der See all meine lächerlichen Schreie verschluckt.
Manchmal phantasiere ich mir ein Ende dieses Rauschens, dann bin ich dem ersten Wahnsinn nah; doch zumeist beruhigt mich der große Einton, ich schlafe längst ohne meine Wachspfröpfchen in den Ohren, Wind und Meer sind meine Helfer gegen das Halspulsen, Kopfsausen, diese unsichtbare Jagd. Nichts macht mehr Angst als das eigene Herz.

Ein schönes Studio. Mit Bad. Die weiß gekalkten Wände zwei Zimmer hoch und Deckenbalken aus Olivenholz, noch jede Hitze frisst sich hier auf halbem Wege satt in den Mauern. Einstmals ein Wehrbau, quadratisch aufgetürmt als Zuflucht vor Piraten und zu hoch, um aus einem der Fenster, um von der Terrasse in den Weingarten oder aufs Dach des angrenzenden Hauses zu springen. Die Tür zur Wendeltreppe im Turm ist mit Eisenriegeln verschlossen. Wenn eine bauernschwarz gekleidete Frau die Räume putzt, meine Bettwäsche wechselt, werde ich von zwei, manchmal drei Wächtern unter einen Sonnenschirm auf die Terrasse geführt. Seit ich einen von denen, die mir mit dem Lift das Essen bringen, am Arm verletzt habe, bekomme ich nur noch Löffel für die Pasta und das Gemüse; Schalentiere serviert man mir bereits geknackt und zerlegt, das Fleisch immer vorgeschnitten. Salat esse ich mit den Händen.

Bis heute grüble ich über den Lift. Er lässt sich allein von unten steuern, von der Bodenstation, und ich stelle mir vor, dass dort am Fuße des Turms nicht Tag und Nacht jemand wacht. Vermutlich existiert jedoch eine elektrische Sicherung, gibt es einen

Alarmknopf. Außer mit dem Messer – dilettantisch, in jäher Verzweiflung – habe ich es schon mit Bestechung versucht. Leider spreche ich zu schlecht Italienisch, und diese Diener und Wächter wissen nicht, wer ich bin. Obwohl mein Buch auch in Italien ein Erfolg war. Nur nicht unter äolischen Bauern. Als ich einmal »*100 000 Euro per voi!*« auf einen Zettel schrieb, hat der Größte von ihnen, ein kurz geschorener Basketballertyp, dessen tintendunkle Augenringe mir jedes Mal wie tätowierte Mondsicheln erscheinen, das Stück Papier einfach durchgerissen. Ohne Hohn, mit einem Lächeln. Und am nächsten Tag gab es kein Essen. Ich habe es des Klimas wegen und weil man mich um fast alle körperliche Bewegung gebracht hat, nicht vermisst.
Überhaupt fürchte ich, fett zu werden, zu fett und nachgiebig. Oder ich schmecke mein Essen nach Giften ab, glaube, Drogen zu riechen. Verrückt. Der Verleger, ein Mann, der so weit vorausschaut, braucht mich noch immer lebend. Mein Gefängnis: komfortabel und ausbruchsicher. Ein Ort vielleicht für gestürzte Diktatoren oder verurteilte Mafiabosse (nicht der ersten Kategorie). Jedes Abendrot ist ein Himmelbluten, dann lehne ich an den Zinnen und starre hinaus in das atmende Rund, das sich doch, für mich unerreichbar, nur hinter den Augen wölbt. Der Gefangene träumt sich Flügel, und beim Erwachen verflucht er nicht mehr die Mauern; es ist der eigene Körper, in dem er festhängt, sein Kopf, der ihn umzingelt, unfähig, diesen Spuk mit einem Wimpernschlag oder rettenden Gedanken fortzuwischen. So beginnt man, sich selbst als den Grund zu sehen, tauft das Verhängnis auf den eigenen Namen, Schuld hat ein wie vom Zufall hergekehrtes Häufchen Ich. Das keinen anderen dort draußen schert.

Blicke von meiner Insel auf der Insel; in der Tiefe wächst der Malvasier, blühen mir unbekannte Sträucher. Mit Zitronen und Feigen übe ich immer wieder, bis über die Klippen zu werfen. Doch würde eine Flaschenpost jemals unzerschellt aus dem Strudeln und gischtigen Schwappen um die Felskämme und vorgelagerten Riffs hinaus aufs freie Meer gelangen? Frei und verloren – zwischen Europa und Afrika? Wäre ich in einer Wüste oder im Dschungel, längst hätte ich alle Hoffnung aufgegeben. Aber ich glaube ans Wasser, ich liebe das Meer, seit ich der Kindheit in den Alpen entkam und dann aufgewachsen bin in einer großen Stadt. Mein Verleger weiß das, darum hat er mich nach Panarea verlockt. Jonas, kommen Sie für einige Wochen oder auch Monate in mein Haus, im Mai oder Juni, spannen Sie dort aus! Die große Hängematte. Ich musste von nichts ausspannen; dennoch war ich der Einladung gefolgt. Später wollte ich nach Sizilien weiterreisen, in diesen mir bis heute fast unbekannten Erdteil. Ich ging baden, fischen, nahm das Schiff zu den benachbarten Inseln, wanderte durch die vulkanischen Hügel. Schrieb keine Zeile. Bis ein Anruf kam, mein Gastgeber in Deutschland; ich erzählte ihm von den Tagen der Freude, und er sagte, bitte, Jonas, machen Sie auch mir eine Freude. Ich möchte wieder ein Buch von Ihnen. Jonas Heckers Lebenswerk. Mein Lebenswerk? Ich lachte, er lachte zurück. Sie sind jetzt am richtigen Ort. Bald darauf wurden mir die seltener, kürzer gewordenen Anrufe des Verlegers bloß noch über die Sprechanlage vermittelt. Bisweilen unheimlich. Ich denke, er ruft nicht aus Deutschland an, er sitzt hier irgendwo unten, am Fuß des Turms. Oder schon im Turm, ein, zwei Stockwerke unter mir. Merkwürdig nur, dieser leicht krächzende oder brausende, manchmal metallische Ton. Vielleicht ist es der Satellit.

Zur Fingerübung Gedichte, ein paar Zeitungsgeschichten, zwei Entwürfe für ein Drehbuch, viel mehr habe ich nicht geschrieben in meinem Leben. Bis auf den einen Roman, vor sechs Jahren, der kein Aas zu interessieren schien, in den Kritiken grauer Missmut und Hohn, bis der Schriftsteller B., mit seinen aphoristischen Traktaten eine der Galionsfiguren meines Verlages, das Buch einem Kollegen in Paris empfahl – und die französische Übersetzung wurde dreihunderttausendmal verkauft. Es folgten die englischen, spanischen, italienischen Ausgaben, auch in Deutschland hatte das Geschäft so verspätet zu blühen begonnen, mit mir, der inländischen Auslandslegende.

Ein junger Mann geht zu einer Wahrsagerin, es ist nur ein Spaß, eine Wette mit Freunden, die Frau sagt, er werde binnen dreier Jahre töten, was er am meisten liebe. Kurz darauf verliebt sich der junge Mann wie noch nie. Was er auch anfängt, es gelingt ihm, aus dem Spaßvogel wird ein Glückskind, ein Beseelter, und im dritten Jahr … – Sie kennen die Geschichte. Wenn nicht: Sie heißt *Der glückliche Hiob*, längst sollte es auch eine Verfilmung geben, *Hiob's Happiness*, da bin ich dagegen, es reicht doch die Schrift.

Mehr Geld, als ich mit diesem Buch verdient habe, ja immer weiter verdiene, mehr brauche ich nicht zum Leben. Ich bin allein, eine Halbschwester in Kanada, ich besitze kein Mobiltelefon und nehme nicht teil an irgendwelchen Umtrieben, keine neuen Fotos, keine Journalisten, kein Netzwerk, ich war immer ein Einzelgänger, auch unter Menschen allein, aber nicht einsam. Mit Mädchen, mit Frauen zusammen, die auch allein waren mit mir, aber nicht einsam. Jedes Mal eine schöne Weile, nie eine lange Weile. Ich habe meine Schlüssel für Zimmer, für kleine Wohnungen in London, in Lissabon und Triest, meine Geschäfte und Konten verwaltet ein Freund; er ist Priester im Kloster M. und ist es gewohnt, dass ich mich über viele Monate hin nicht melde. Ich bin ein Taucher.

Man versucht, mich bei Laune zu halten. Ab und an ein Packen deutscher Zeitungen (nichts darin über einen vermissten Schriftsteller, aber manchmal fehlen auch Teile), dazu DVDs mit internationalen Filmen, sogar mit Sport und deutschen Nachrichten. Sie sind häufig eine Woche alt oder älter, das macht sie fast unwirklich, ich merke es, denn ich besitze noch einen Taschenkalender und markiere die Tage. Auf diesen Bildern im Fernseher, der mir sonst nur italienische Sender zeigt, demonstrieren Menschenmengen auf Plätzen, vor palastartigen Gebäuden, vor Panzern oder Moscheen, es explodieren Bomben in Städten, eine Kamera zoomt auf ein Kinderspielzeug neben einem zerfetzten Soldatenstiefel in einer Lache Blut, und manchmal sehe ich dunkle Gesichter, zerlumpte Körper eng gedrängt auf Schiffen, nach denen ich dann auf meinem Turm Ausschau halte. Doch es sind Fernsehgespenster. Alles Flaschenpost, wie die bisweilen mitgelieferten Bücher. Eines habe ich eben angefangen, weil in meiner Lage bereits der Titel *Küsten der Welt. Über Landanfang und Meeresende* meine Neugier weckt. Der Verfasser heißt Julius Seelenberg, das klingt besser als Hecker. Hin und wieder, ich hatte es beim ersten Mal nicht gleich verstanden, kam auch eine Frau. Ohne ein Wort zeigte sie mir ihre Brüste, begann sich auszuziehen. Sie war taubstumm, und mich erschreckte dieser sprachlose, wie insgeheim keuchende Atem.

Vor drei Wochen hat der Verleger wieder angerufen. Seine Stimme in der Wand fragte nach Fortschritten. Ob ich noch Bücher oder andere Materialien brauche.

Ich kann nicht schreiben.

Oh doch.

Sie sind übergeschnappt. Das alles ist nur ein Spiel, ein Trick, ein Abenteuerurlaub! Er antwortete, es ist ein Spiel für Sie. Lieber, Sie werden schreiben, ich weiß es. Sie sind mein Gast, es wird unser … ungewöhnlichstes Buch. Oder nicht? Sein Lachen in der Wand: Ich kenne meine Autoren!

Soll ich dagegen immerfort beteuern, mir fällt nichts ein? Oder meine letzten unverzichtbaren Notizen lägen in London oder in … Er ließe sie, wenn es sie gäbe, besorgen. Ob eine Erzählung ihm reicht, oder Gedichte? Eine Erzählung, ein Roman. Lieber,

ich gebe Ihnen die Zeit für ein fertiges Buch. *Ihr* Buch, Sie verstehen? Und dann der Film, endlich der große Film.
Nichts. Ich verstand nichts. Und verstehe es doch. Jede Weigerung verlängert hier meine Haft. Sich frei schreiben! Allein, falls mir ein neuer Text gelänge, in ein paar Monaten eine Prosa: Würde ich dann entlassen? Oder umgebracht? Zwar erschienen die Umstände spektakulär, Verleger entführt Bestsellerautor, der Roman eines Geiselschreibers – ich könnte den Fall gleich zum Thema der Geschichte machen; das wäre verkaufsfördernd. Vielleicht ist ebendies die Absicht des Verlegers. Und er wird selbst eine Figur der Dichtung, der Autor setzt ihm sein Denkmal. Ein Literaturkrimi. Aber der könnte ihn auch ins Gefängnis bringen. Oder mich, er ist ein einflussreicher Mann, ins Irrenhaus.

Glühend war dieser Tag, bis in den Abend hinein eine Nachgeburt des verwünschten Sommers. Erträglich nur hinter den dickleibigen Mauern. Ich habe jetzt noch mal nachgedacht. Er will mein Lebenswerk. Wie aber rettet das Werk mein Leben? Vor einigen Jahren bereits soll W., ein Hoffnungen weckender Autor desselben Verlags, auf sonderbare Weise in Indonesien, Sumatra, vielleicht auch Borneo verschollen sein. Ein anderer, hochgerühmter Dichter, U., gilt seit einem halben Lebensalter als »verstummt«. Wer aber hat U., von dem immer wieder einmal das Gerücht geht, er arbeite gerade in völliger Abgeschiedenheit an einer ungeheuerlichen, alle Zeiten des Menschengeschlechts verdichtenden Novelle, wer hat U. denn in den letzten zwanzig Jahren je zu Gesicht bekommen?

Zwischen Europa und Afrika, Kalabrien und Sizilien, jeder Fischer, jeder Bauer kann mein freundlicher Mörder sein. Solange ich schreibe, bleibt der Pfeil in der Luft – die Erkenntnis des Philosophen gilt nun auch für mich. Allein das Schreiben gewährt mir noch einen Rest Sicherheit … Ich will mein Ende nicht, also muss ich eine Geschichte ohne Ende schreiben. Nur diese Zweifel: Ein geschickter Lektor vermag in jedem Manuskript auch einen Schluss zu finden, oder es ließe das Werk sich als »Fragment« ausgeben. Überhaupt gab's all die unendlichen Geschichten schon früher, ach … nein, auf den ganzen Escher-Treppen droht man doch irgendwann gegen eine Wand zu rennen. Und die Wand bist du! Besser, eine Geschichte ohne Anfang zu schreiben. Vom offenen Ende her nach vorne zu erzählen, ein Puzzle, alle Figuren sind selbst Fragmente, eine Schulter der Heldin sucht ihre Hand, lauter in sich und mit sich Zerfallene unterwegs zu ihrem Ursprung, vorwärts in die Vergangenheit, das ließe sich als Erinnerung an die Zukunft umdeuten, oder als Relativitätspoesie, eine Geschichte der Unzeit … Ich darf das Ende, nein, den nie zu erhaschenden Beginn nicht wissen, muss jeden geglückten, dann doch finalen Moment vergessen.

Vergessenmüssen. Das dreht dem Schriftsteller den Kopf auf den Rücken. In meinem Rücken sehe ich den Verleger. Lächelnder Fallensteller. Er will das unerhörte, das unmögliche Buch möglich machen – mit diesem Gedanken fühle auch ich mich … durchschaut. Und denke in diesem Irrsinn, dass es wirklich ein Irrsinn ist. Diesen Verleger gibt es nicht, auch nicht diese Stimme, die aus der Gegensprechanlage so metallisch klingt, so verzerrt wie durch Sphären oder durch eine mir unbekannte Technik, wem mag sie gehören? Spricht da überhaupt noch ein Mensch? Plötzlich habe ich die Vorstellung, der Literaturterrorist oder sein Doppelgänger sitzt tatsächlich hier unter mir in diesem Turm, aber auch er als Gefangener seiner Bücher. Mein Hirn kann das nicht mehr begreifen. Mein Schneckenhirn, das zu langsam ist für jeden privaten Konflikt und zu schnell für das große Ganze.

Aber der Zweifel, der womöglich vor dem Erwachen oder vor der Erlösung kommt, gibt mir die Kraft, jetzt weiterzuschreiben. Ja, ich spüre schon eine vor Jahren einmal gekannte Lust. Augenblicklich, auf der Terrasse des Turms, ist mir ein Titel eingefallen, ein Anfang, mit dem ich ende, als überwältigter Gast. *Und zwischen den Zeilen der Wind*. Ich versuche es nun mit diesem Anfang auf dem Papier, von Hand mit dem Stift, wie schon immer. Da öffnet sich die Tür. Es sind die Wächter mitsamt der Frau ohne Stimme, die sie mir lassen. Jedes Mal, noch bevor sie ihren Unterrock abstreift, bietet die Stumme mir ihre Brüste wie zwei überreife Melonen, als sei's ein Sonderangebot, zwei für eine. Es ist diese sprachlose Mechanik, die auch mich schwer erwärmt, und für einen Moment, wenn ich in ihre dunklen Augen sehe, scheint's mir, als wüssten wir das beide, so haben wir in unserem bei aller Intimität so unpersönlichen Geschäft doch eine Gemeinsamkeit. Nun greift sie zu mit ihren aufgeraut bäurischen Händen und hat einen nassen Mund, mit dem sie meinen Schwanz fast verschluckt. Die Frau gebraucht kein Kondom und sprüht hinterher auf ihren Hals, in die rasierten Achselhöhlen und über den buschigen Schoß ein süßliches, nach Jasmin duftendes Parfüm. Ich muss darüber lächeln und lächle in eine Maske aus brauner Haut, blicke auf zu einem Knoten aus geflochtenen schwarzen Haaren und dichten, über der Nasenwurzel zusammengewachsenen Brauen. Sie schaut mich offen an mit ihrem dunklen Blick, und ein Nicken ist am Ende, falls ich es mir nicht nur einbilde, ihre einzige Regung. Für kaum ein halbe Stunde gibt man mir eine große Puppe aus Fleisch, dann treten die zwei Männer ein, ohne zu klopfen, und nehmen das taubstumme Ding wieder weg. Es hat mich befriedigt, dabei wie immer ein wenig geekelt, dieser fremde, manchmal nach Zwiebeln und Erde riechende Schweiß, und selber bist auch du ganz stumm beschämt. Soll ich aber eine Wortlose, von der ich nichts weiß, zur Heldin einer Geschichte machen? Der Gedanke schießt mir durch den Kopf und hinterlässt dort ein Loch.

In den letzten Zeitungen, die ich bekam, las ich von einem in Norditalien verstorbenen Milliardär, der zeitlebens, obwohl er Autos baute, ein Mann des Wassers war, ein Segler, der sagte, ich liebe den Wind, weil man ihn nicht kaufen kann. Andere hassen den Wind, weil sie ihn nicht kaufen, nicht beherrschen und einsperren können. Auch hier oben weht nur er über meine Grenzen hinaus. Bevor ich ihm nachspringe, über die Brüstung der Turmterrasse hinweg, schreibe ich aufs Papier: »Wir waren einmal Schlangen, Blindschleichen, und haben uns Hände und Köpfe erfunden. Der Mensch ist erst eine Schöpfung des Menschen.«

Nun hebe ich den Blick, und wieder der Wind zwischen den Zeilen. Da fliegen sie schon, die Blätter meiner Angst.

Blind Date

Ein Zwischenspiel

1

Dort liegt das Haus auf dem Kap. Rot und weiß vor den Inseln der Sirenen, wie sie die Felsen im Hintergrund nennen. Plötzlich, zwischen Pinien und Macchia, hat der geschlängelte Höhenweg über einer der eingeschnittenen Buchten der Steilküste den Blick auf die Villa freigegeben. Ein bisschen abgetakelt erscheint sie, selbst aus der Ferne kommt mir ihr Ochsenblutrot ausgeblichen und fleckig vor, der Putz verwaschen durch die Seeluft. Aber kühn, abenteuerlich kühn thront der Bau auf der Klippe des schmalen Kaps. An dem Felsvorsprung schlagen die Wellen auf, und tief unten in der mittelmeerischen Bläue braust die Gischt. An ihrer Rückseite hat die Villa statt einer Wand eine hausbreite Freitreppe, halb steinerne Schleppe, halb Schwanz eines Reptils. Das Bild wird jedoch beherrscht von dem flachen Dach, das jetzt im Mittagslicht schattenlos daliegt. Die monumentale Treppe mündet auf diese Plattform, und ich sehe Michel Piccoli in einem Priestergewand die Stufen hochsteigen, über seiner Schulter trägt er die nackte Brigitte Bardot. Auf der Mitte der Plattform legt er sie bäuchlings ab und schneidet ihr mit einem Krummdolch das Herz aus dem Rücken, hält das eben noch zuckende Herz in die Sonne, dann wirft er es mit weitem Schwung hinab ins Meer.

Das ist sekundenlang meine Vorstellung. Der Ort für leibhaftige Hirngespinste. Curzio Malapartes Villa, vor Beginn des Zweiten Weltkrieges an der Punta Masullo auf Capri nach seinen Plänen erbaut, wirkt so archaisch und futuristisch zugleich. Ein Ufo der Architektur. Auf dem unwegsamen Felsen eine Mischung aus italienischem Bungalow und aztekischem Tempel. Opferstätte, dachte ich, als ich mir vor meiner Reise in einer römischen Videothek noch Jean-Luc Godards *Le Mépris* ausgeliehen hatte. *Die Verachtung*. Vor fünfzig Jahren hatte Godard in Malapartes Villa mit Piccoli, der Bardot, mit Jack Palance und dem alten Meister Fritz Lang seinen Film gedreht, über einen legendären Starregisseur, einen rüden amerikanischen Produzenten und einen gedemütigten Drehbuchschreiber, der war Piccoli. Und zwischen ihnen diese sonderbare Muse und Mätresse. Brigitte Bardot sonnte sich bäuchlings nackt auf dem altargleichen Dach. Sirene oder Opfergabe. Mir gefiel beim Wiedersehen, dass Fritz Langs Film im Film die *Irrfahrten des Odysseus* heißen sollte. Lang trägt außerdem eine schwarze Augenklappe, wie ein Pirat.

Ich gehe den Pfad weiter hinab zu dem Haus, vorbei an einem Schild *Passeggiata proibita*, Durchgang verboten, hinweg über eine zwischen zwei Betonpfosten knapp über den Boden gespannte Kette mit Vorhängeschloss. Doch bald folgt ein versperrtes Gittertor, gesäumt von Stacheldraht und einer zum Meer hin steil abschüssigen Mauer. Zwei Fenster des nun in Rufweite gelegenen Hauses stehen offen – in Rufweite, wäre da nicht das Tosen und Schmatzen der Wellen am Fels. Vom Haus herab zu einer schmal eingeschnittenen Bucht erkenne ich Stufen, eine schwindelerregende Treppe im Stein. Drüben zeigt sich kein Mensch. Ich mache ein paar Fotos mit dem Handy. Erstaunlich, wie der berühmte Bewohner, Kriegsreporter, Offizier, Dandy, Bestsellerromancier, Freund erst von Mussolini, dann ein Bewunderer Trotzkis und am Ende von Mao empfangen, auf dem einsamen

Kap einst versorgt wurde, ob mit Booten oder vom Land her mit Maultieren. Eine toskanische Stiftung verwaltet die Villa, die Malaparte vor seinem Krebstod, Raucherlunge, 1957 Rotchina stiften wollte. Mein Besuch hier war angekündigt, doch gestern, als ich auf Capri landete, kam eine Absage. Die zuständige Dame aus Florenz sei für eine Führung durch das Haus kurzfristig verhindert.

Nach einer Weile kehre ich um, und auf dem Weg zurück zum Dorf Capri entdecke ich einen Pfeil mit dem Wort *Miracle.* Zwischen den ersten weißen Insel-Villen liegt die versteckte Bar mit einer Gartenterrasse. Miracle, nicht Miracolo. Der Mann hinterm Tresen, grau gelockt mit schwarzen Bartstoppeln, antwortet auf meinen italienischen Gruß in Englisch. Ein weiches, flüssiges Englisch, mit einer dunklen Melodik und kehliger als gewöhnlich bei Italienern. Ein fast arabischer Typ. Er serviert mir ein Kännchen Earl Grey. Ich habe meinen Notizblock vor mir, schaue, während der Tee zieht, abwesend in die Küstenlandschaft. Das Meer tönt nur noch als fernes Rauschen, und der graulockige schwarzbärtige Barmann nickt mir im Vorübergehen zu: *Niente musica, Mister. At my place you can hear yourself think …*

Erst jetzt fällt mir auf, dass die Lautsprecher unter dem Terrassendach tatsächlich schweigen. Sogar das Meer scheint für den Moment innezuhalten. Diese Stille. Bis ein Lachen auf Lachen trifft und Gläser klirren.

2

Ich bin der Kulturreferent der deutschen Botschaft in Rom und völlig überflüssig. In Rom haben wir das Goethe-Institut, eine Casa di Goethe, die Deutsche Künstlerakademie in der Villa Massimo, das Deutsche Archäologische Institut und die wunderbare

Bibliotheca Hertziana, ein Reigen stolzer Institutionen. Mit all ihren ambitionierten Damen und Herren Direktoren. Und als Zugabe gibt's noch mich, der ich bei den Auftritten unserer Kulturvermittler mitunter ein Grußwort im Namen des abwesenden Botschafters spreche. Oder ich kümmere mich darum, wenn Günter Grass auf dem Flughafen Fiumicino die Handtasche mit den Ausweisen und seinem Pfeifenbesteck entwendet wurde. Sonst schreibe ich Berichte nach Berlin, um die Politik über die Erfolge der von ihr finanzierten Kulturinstitute zu unterrichten. Im Übrigen habe ich wenig zu tun, allenfalls die Eröffnung einer deutschen Filmwoche in den Abruzzen, oder ich begleite ein paar reiselustige Mitglieder des Kulturausschusses des Bundestages zu meinen geliebten Berninis in der Villa Borghese oder in die favorisierte Trattoria unseres Botschafters nahe dem Campo dei Fiori. Für einen bald 45-jährigen Diplomaten, der in der Welt einmal selber Botschafter oder zumindest Generalkonsul werden möchte, um nicht als Ministerialdirigent im Berliner Innendienst zu enden, ist das ein Flop. Claudia jedoch hatte sich als Kunsthistorikerin diese drei Jahre in Rom so sehr gewünscht, weshalb ich darauf verzichtet hatte, das karrierefördernde Wirtschaftsreferat in Jakarta zu übernehmen. Nun ist Claudia gestorben, vor vier Monaten, am frühen Abend vorm Fernseher, als sie mit unseren beiden Kindern die *Simpsons* auf Italienisch sah. Ein Aneurysma im Kopf. Ich kam nur Minuten später nach Hause, habe sie noch ganz lebenswarm im Arm gehalten, bis der Notarzt kam. Da war sie schon gegangen.

Pauline und Bastian sind für ein paar Tage mit ihrer Oma in Rom geblieben. Claudias Mutter ist aus Frankfurt gekommen und übernachtet erstmals seit dem Tod der Tochter wieder in unserer Wohnung in der Via Giulia. Sie versteht sich mit den Kindern und hat mir selber angeboten, etwas Abstand zu gewinnen. Es ist kein Trost, aber ich habe den Zug nach Neapel genommen und die

Fähre über den Golf. Die Tage auf Capri sind für mich die ersten in Italien ohne den Blick auf den Ort ihres Todes. Claudia wurde in Frankfurt beerdigt, doch die Kinder wollten schnell wieder zurück nach Rom. Wir haben das Wohnzimmer, wo der Fernseher stand, etwas umgeräumt, das Sofa, auf dem meine Frau gestorben ist, entsorgt, auch den Teppich. Trotzdem ist mir oft so, als würde Claudia hier jeden Augenblick wieder durch die Tür treten. Das spüren auch Pauline und Bastian mit ihren neun und sieben Jahren, deswegen wollten sie zurück nach Rom. Ich hätte lieber die Wohnung gewechselt, wäre der römische Immobilienmarkt nicht so verrückt, und unser kleines Dachgeschoss ist wunderschön. Durch eine Häuserlücke sehen wir hinüber zum Tiber, nur der Renaissance-Palazzo schräg vis-à-vis wirkt etwas trutzig. Es ist die Zentrale der Anti-Mafia-Abteilung der italienischen Polizei. Genau das finden beide Kinder, die auch weiterhin gerne Gruselgeschichten hören, geheimnisvoll und interessant. Wirklich erschreckt werden sie allein durch Bilder und Geschichten von leidenden Kindern, nicht von den Schicksalen der Erwachsenen.

3

Das Lachen in meinem Rücken ist jäh und hell, dann ein Gläserklirren und Scherben. Eine junge Frau, eben noch scherzend mit dem grau-schwarzen Barmann, die aufgekratzte Begrüßung, dabei ist am Tresen ein Sektglas umgestürzt, in der einen Hand hält die Frau eine leicht übergeschwappte Tasse Cappuccino. Ich springe auf, will ihr die Tasse abnehmen, der Barmann sagt, dass er ihr *subito* ein neues Glas und einen frischen Cappuccino bringen werde, ein kleiner weißer Hund, dessen Leine sie mit der linken Hand hält, beginnt zu bellen, die Cappuccinotasse in ihrer Rechten kippt, fällt auf den Terrazzoboden und zerspringt. Ich schaue zum Barmann, der murmelt, kein Problem, ich kicke die Scherben zwischen dem japsenden Hund und der jungen Frau in Richtung Tresen, berühre sie kurz am Arm, das ist der Impuls des aus einer tagträumerischen Dösigkeit aufgescheuchten Helfers, und kehre einen der Stühle am Nebentisch halb einladend zu ihr hin. Sie sagt, sie müsse sich erst mal um ihren Freund kümmern. Ich bin mir nicht sicher, wen sie in der Cafébar meint, etwas entfernt hockt nur ein tuschelndes Pärchen, beide fast noch Schulkinder. Als die Frau mit dem Hündchen sich dann doch an meinen Nebentisch setzt, versuche ich mir auf meinem Block ein paar Notizen zur Villa und zu dem verwunschenen Kap zu machen.

Sie trägt eine undurchdringlich dunkle Sonnenbrille, auch hier im Schatten. Auf ihre weiße, halb geöffnete Bluse ist ein Spritzer vom umgekippten Kaffee geraten. Vor sich hat sie neben dem Handy und einer Packung Zigaretten ein neues Glas Prosecco und ihren Cappuccino, dazu bringt der grau-schwarze Wirt eine Schale dampfendes Wasser. Mit seinem Geschirrtuch beugt er sich über die junge Frau, fasst im Ausschnitt den Rand ihrer Bluse, wischt ihr vor der Brust über den Kaffeefleck. Diese intime oder gar indezente Geste überrascht mich. Die Frau in der Bluse sagt nur *grazie* und dazu wohl den Namen des Mannes, ein Wort, das ich nicht verstehe. Der Typ hat diese Art Fünftagereibeisenbart, an dem zupackende Frauen gerne das Streichholz für ihren Zigarillo anzünden. Das war mal ein Ausspruch von Claudia. Ich wende den Kopf und schaue übers Terrassengeländer ins Grüne, sinniere in den von aufziehenden Schafwolken gesprenkelten Oktoberhimmel. Als der Barmann weg ist, trifft sich unser Blick, so kommt es mir vor, obwohl ich hinter der Brille ihre Augen nicht erkennen kann. Es ist wieder nahezu still, nur das ferne Meeresrauschen, und erst jetzt am Nachmittag bemerke ich noch ein leichtes Sirren der Grillen. Ich schaue von der Brille auf den durchs Wasser vergrößerten Blusenfleck und auf ihre unter einem hellen Sommerrock übereinandergeschlagenen nackten, gebräunten Beine. Sie hat Turnschuhe ohne Schnürsenkel an, nicht die hohen Hacken, auf denen Italienerinnen sonst über Stock und Stein balancieren. Mit der Fußspitze schubst sie einen Aschenbecher voller Hundekekse zu dem weißen Wollknäuel unter ihrem Tisch. Als sie den Kopf hebt und sich durchs brünette Haar fährt, streift ein Lächeln ihren Mund, oder es öffnen sich einfach so ihre Lippen.

Ich sage, Signorina, Signora, Sie warten auf Ihren Freund?

Signorina, antwortet sie. Aber das klingt altmodisch, nicht? Mein Freund heißt Harry, hier unterm Tisch.

Jetzt muss ich lachen. Sind Sie von der Insel, eine echte Capreserin?

Nein. Ich arbeite hier nur eine Woche. Und Sie machen Ferien?

Für ein paar Tage, auch ein bisschen Arbeit, vielleicht, und … etwas Entspannung.

Entspannung. Sie haben einen harten Job?

Hart würde ich ihn nicht nennen. Aber ich hatte zuletzt einigen … privaten Trouble.

Ah, Sie sind verheiratet?

Nicht mehr, leider. Ein Unglücksfall.

Oh, das ist … schade.

Schade. So kann man's auch nennen. Wahrscheinlich habe ich jetzt gerade an meinem Ehering gedreht. Eine Angewohnheit. Eigentlich wollte ich mir Claudias Ring mit auf den Finger ziehen, doch er ist zu eng für mich, und ich möchte ihn nicht ändern lassen. Also trage ich ihren goldenen Ring in der Brieftasche.

Am Nebentisch klingelt das Handy, mit einem italienischen Schlagerton, ich glaube, etwas von Gianna Nannini, das Gespräch, das man mithören muss, dreht sich um das Wetter von morgen. Um das Licht. Mehrmals ist von Lichtverhältnissen die Rede. Sie fummelt eine Weile an der Tastatur und steckt das Handy in ihre Handtasche. Abgestellt, murmelt die Frau unter der Brille.

Darf ich fragen, was Sie auf Capri arbeiten?

Die junge Frau zündet sich eine Zigarette an, bläst einen Rauchkringel in meine Richtung und lächelt. Fast lacht sie schon, als sie sagt, sie sei hier wegen eines Films.

Entschuldigung, wenn ich selber lache. Mir geht es ähnlich.

Wirklich? Was ist das für ein Film?

Mein Film ist viel älter als Sie, sogar älter als ich. Sie kennen Brigitte Bardot?

Ich habe von ihr … gehört.

Sie hat einst mit einem berühmten Regisseur einen Film gedreht, in der Villa des Schriftstellers Curzio Malaparte. Der Film heißt *Die Verachtung*, eine merkwürdige Geschichte, auch das Haus ist sehr merkwürdig. Es liegt eine halbe Stunde von hier an der Punta Masullo und erinnert mich an einen mexikanischen Tempel.

Die Punta Masullo soll sehr schön sein. Ein Felsen, auf dem Eidechsen mit blauer Haut leben. Man sagt, es gibt sie nur dort. Aber ich bin da nie gewesen.

Blaue Eidechsen, das wusste ich nicht. Ich bin heute Mittag zu dem Kap gegangen, um die Villa zu sehen. Ich erinnere den Film, der dort gedreht wurde, und mich interessiert dieser Malaparte, ein großer Abenteurer. Sein Vater war Deutscher, er hatte ursprünglich einen deutschen Namen und hat über furchtbare Dinge im Zweiten Weltkrieg geschrieben, über Massaker in Russland und Polen, aber auch über Neapel als ausgehungerte Stadt nach der Landung der Amerikaner.

Ach so?

Das klingt mehr höflich als interessiert, und ich rede jetzt womöglich nur zu mir selbst. Malaparte erzählt, wie die Eltern schon ihre kleinen Kinder zur Prostitution an die Soldaten verkaufen, wie Pest und Cholera herrschen und 1943 zum letzten Mal der Vesuv ausbricht, so, als sei der Vulkan eine spukende Fratze des Teufels. Alles ziemlich grotesk, wie ein fiebriger Albtraum.

Und Sie wollen einen Film über den Mann drehen?

Nein, ich schreibe vielleicht mal ein Buch über ihn. Sehr vielleicht. Ich komme aus Deutschland, ich arbeite an der deutschen Botschaft in Rom.

Okay, *una persona politica!*

Sie scherzen. Nein, ich bin kein Politiker. Ich bin Diplomat, zuständig für kulturelle Angelegenheiten, keine große Sache.

Wieder ihr amüsiert gespitzter Mund, der den Rauch einer nächsten Zigarette einzieht und mit einem Lächeln ausbläst. Inzwischen trinkt sie das zweite Glas Prosecco und diesmal dazu einen Espresso mit Milch. Als der Grau-Schwarze kommt, flüstert sie ihm etwas ins Ohr, er grinst, sie nickt. Ich bestelle mir einen Campari mit Eis. Und was ist Ihr Film?

Sie wendet sich zu mir, und nun spiegelt sich mein Gesicht in der dunklen Brille.

Ihre Frau ist tot?

Die Gegenfrage trifft mich überraschend, wie ein sanfter Faustschlag. Sanft, denn ich spüre den Schmerz, aber es tut nicht wirklich weh. Ich möchte einer Fremden nur nichts darüber erzählen und sage Ja.

Die junge Frau schweigt eine Weile. Ich gebe zwei Würfel Eis in meinen Campari und zupfe die Orangenscheibe vom Rand des Glases.

Ich drehe einen Film auf einer Yacht im Golf, fährt sie fort und drückt ihre Zigarette aus. Den Hintergrund bildet der Vesuv, wir lassen ihn zum Ende hin ein wenig rauchen und viel Lava und Feuer speien, heute geht das ja digital. Und ich bin sozusagen der Vordergrund.

Sie sind Schauspielerin, was erzähle ich Ihnen da von Brigitte Bardot!

Die Brillenfrau schüttelt den Kopf. Die Bardot ist viel berühmter.

Obwohl sie schon eine alte Frau sein muss. Lebt sie überhaupt noch?

Sie lebt noch. Darf ich Ihren Namen erfahren?

Kennen Sie sicher nicht, macht auch nichts. Ein Künstlername. Richtig heiße ich Paolina.

Wie meine Tochter, sie ist neun. Auf Deutsch Pauline.

Dann verbindet uns doch schon was! Sie zündet sich eine neue Zigarette an.

Jetzt machen Sie mich neugierig, was wird das für ein Film? Die junge Frau schüttelt ein wenig unbestimmt den Kopf. Für einen Moment streckt sie ihre Hand hinüber zu mir, sagt dann: Ich kenne nur Ihre Stimme. Wollen Sie nicht an meinen Tisch kommen? Oder störe ich Sie?

Nein, warum? Sie stören mich nicht. Ich nehme mein Notizheft und den Campari und setze mich zu ihr an den Tisch.

Haben Sie etwas dagegen, fragt sie, wenn ich Sie kurz berühre?

Mich …? Nein. Was soll ich schon antworten, ich bin nur neuerlich überrascht.

Permesso. Sie fährt mit beiden Händen schnell über mein Gesicht, fasst kurz in mein dünner werdendes Haar. Ah ja, Sie haben keinen Bart, das mag ich. Männer mit Bart tun mir manchmal weh.

Jetzt verstehe ich nicht, wovon Sie sprechen.

Es ist ein Pornofilm.

Ein Porno …? Ich trinke meinen Campari aus, wende mich um zu dem Barmann und hebe das leere Glas. Dabei komme ich mir selbst wie in einer Szene vor.

Ich dachte vorhin, Sie drehen einen Werbefilm … Dann ist Ihre dunkle Brille … Ihr Inkognito?

Wieder lacht sie und schüttelt den Kopf. Die Brille ist eher mein Markenzeichen. *La Cieca*, die Blinde.

Sie spielen in dem Film eine Blinde?

Ich bin blind, ich spiele das nicht.

Eine Blinde, das ist mir nun peinlich. Es war wie ein Geständnis. Oder fast ein Vorwurf, denke ich, aber sie sagte es auch ganz cool, wie eine Klarstellung. Ihre Blindheit ist mir noch weniger geheuer als allein die Vorstellung von dieser Frau vor mir in einem Pornofilm. Mit einer Vulkaneruption. Ich schweige. Doch wenn ich zu lange schweige, sitze ich hier wie falsch angewurzelt rum, wie ein verschämter Dämlack oder Gott weiß wer. Und noch lächerlicher, etwas in der Art *Das macht doch nichts, das macht mir nichts aus* zu sagen. Nein, mir fällt in diesem lichtlosen Moment nichts ein. Eine Blinde, und ich bin ganz taub im Kopf.

Es ist die komplette Verlegenheitsfalle. Da bringt der grauschwarze Barmann meinen neuen Campari und für die Blinde noch einen Prosecco, dazu auf einem Tablett zwei Schalen mit Chips, Oliven und eine Untertasse mit einigen Stücken Minipizza. Die sind lecker, seine Spezialität, sagt Paolina. Wieder flüstert sie, als er sich zu ihr runterbeugt, dem Grau-Schwarzen etwas zu, worauf beide kurz auflachen.

Ich nehme mir eine Minipizza. Sie ist noch warm und so gut, dass ich dem Wirt bei seinem Abgang ein Kompliment nachrufe. Und wieder die Stille. Aber mit den unsichtbaren Augen hinter der Brille muss ich doch irgendwie weiterreden.

Vorhin, da dachte ich wirklich an einen Werbefilm. Sie auf dem Bug der Yacht und hinter Ihnen der Golf und der Vesuv. Eine hübsche junge Frau als Ikone der Region …

Molto gentile. Ich werde das meinem Regisseur ein anderes Mal vorschlagen.

Das heißt also, Sie sind … Sie spielen nicht allein auf dem Boot.

Natürlich nicht, es gibt noch ein paar Männer und ein anderes Mädchen.

Und Sie … vögeln mit Ihrer dunklen Brille?

Aha, ich höre, der deutsche Diplomat ist nicht mehr schockiert. Du wirst neugierig! Madonna, ja, ich ficke mit Brille. Aber mit einer Spezialbrille, die nicht verrutscht.

Eine Spezialbrille, die nicht verrutscht. Schon klar. Bisher hätte ich mir darunter nur eine Sportbrille vorgestellt. Wie bei den Schwimmern. Sie schüttelt stumm den Kopf, und mir fehlt hierauf der erleichternde Satz, ein souveräner Scherz. Du sprichst, sagt sie da und spuckt einen Olivenkern über das Terrassengeländer, du sprichst ziemlich gut Italienisch. Wie heißt du eigentlich?

Nikolaus, antworte ich, Nikolaus Brunner. Das *von* lasse ich weg, zumal sie mich schon duzt. Auf Italienisch wäre mein Name Niccolò Fontana. Das klingt eindeutig besser.

Niccolò. Ja, bleiben wir bei Niccolò. Ich bin Paolina, *salute!* Ich hebe mein Campariglas, und sie stößt mit dem Prosecco an. Ihr schlankes Glas trifft meines, ohne ein Zögern der Hand.

Sie waren, du warst nicht immer blind? Nicht von Geburt?

Nein. Meine Augen haben sich plötzlich eingetrübt, als ich fünfzehn war. Ich stamme aus Umbrien, vom Lago di Trasimeno, und eines Abends bemerkte ich, dass mir die Spiegelung der Lichter auf dem See irgendwie verschwimmt, dann verblasst. Ich wurde zuerst nachtblind. Meine Eltern haben mich zu Augenärzten nach Siena und Florenz geschickt, lauter Spezialisten, aber die konnten nichts tun. Es ist eine seltene Form der … Sie bläst wieder einen Rauchkringel aus, als könne sie sich so besser konzentrieren. Eine seltene Form der Netzhautdegeneration. Soll ein genetischer Fehler sein, aber in unserer Familie erinnerte man sich nur an meine Urgroßmutter, die nach der Geburt von sechs oder sieben Kindern sehr allmählich ihr Augenlicht verlor. Bei mir ging es unaufhaltsam schnell. Sie fährt mit einer wegwischenden Handbewegung durch die Luft. Husch, in kaum einem Jahr.

Was habt ihr dann gemacht?

Mein Vater hat einen Eisenwarenladen mit hunderttausend verschiedenen Schrauben, dazu alles, was du sonst so im Haushalt brauchst, Gläser, Bestecke, Espressokocher, auch Wasserschläuche, Besen, Schaufeln, Gartengrills. Er ist liebevoll, warmherzig und hilflos. Total hilflos. Meine Mutter arbeitet in der Trattoria meines Onkels, aber eigentlich ist sie dort der Chef. Bei uns haben die Frauen die *palle!* Die Eier in der Hose. Meine Mutter hat mich nach der Tour mit den Ärzten auf eine tolle teure Blindenschule in die Schweiz geschickt. Das hat die Eltern fast ihr Vermögen gekostet. Und ich habe im Tessin mein Abitur gemacht. Eigentlich wollte ich selber Ärztin werden. Also super Aussichten, blind operieren! Sie lacht und bestellt sich noch einen Prosecco. Außerdem sind die Augen das Entscheidende, in ihnen erkennt man jede Krankheit, und ich sehe nichts.

Absolut nichts? Auch keinen Schimmer, wenn du in die Sonne oder in einen Scheinwerfer schaust?

Nichts. Das ist bei meinem Job auch mein Schutz. Ich sehe nicht, was die anderen sehen.

Trotzdem ist dein Job ein bisschen … krass. Oder nicht?

Überhaupt nicht. Ich war vorher arbeitslos. Außerdem verdiene ich nicht so schlecht …

Wissen deine Eltern davon?

Mein Vater hat keine Ahnung, hundertprozentig. Bei meiner Mutter bin ich mir nicht so sicher, aber sie hält den Mund.
Paolina nickt jetzt ein paar Mal heftig mit dem Kopf. Mir kommt es so vor, als wolle sie das Schweigen der Mutter gleichsam festklopfen. Doch, doch, doch. Gegen jeden Zweifel.

Hast du schon viele solche Filme gemacht?

Ein paar. Einige.

Und alle mit deiner Blindenbrille?

Ja, von Anfang an. Erst wenn die Männer am Ende über mir kommen, auch auf die schwarzen Gläser, dann nehme ich sie kurz ab. Man muss nur aufpassen, das Sperma brennt in den Augen. Aber dieser letzte erste Blick, sagt mein Produzent, ist ein besonderer Effekt, auf den die Zuschauer offenbar warten. Sie lächelt, sehr offen, und mit einem Mal weicht etwas von meiner knotigen Befangenheit. Als klopfe sie für irgendwas auf Holz, macht sie zweimal tock, tock gegen ihre Brillenbügel und sagt dann: Hey, woher sprichst du als Deutscher so fließend Italienisch?

Meine Großmutter war Italienerin, sie hat mit mir oft italienisch geredet. Und wir hatten ein Ferienhaus in Ligurien, da habe ich als Kind mit den anderen Kindern aus dem Dorf gespielt und rumgequatscht.

Gibt es das Haus nicht mehr?

Es wurde nach dem Tod meiner Eltern verkauft. Sie starben bei einem Unfall auf der Autostrada im Apennin. Im Herbst, eine plötzliche Nebelbank.

Tut mir leid. In deiner Familie scheint der Tod nie weit …, oh, là là. Sie schuddert nun, reibt sich die Arme. Niccolò, mir wird's etwas kühl. Und morgen hab ich einen vollen Drehtag. Wenn du magst, könnten wir uns … übermorgen hier noch mal sehen. Gleicher Ort, gleiche Zeit? Morgen ist die Bar sowieso geschlossen.

Va bene, sage ich, und mir kommt ein Verdacht. Bisher habe ich Paolina nicht so genau oder zumindest nicht so direkt angesehen. Inzwischen hat die Dämmerung begonnen, es dunkelt schnell, das Licht auf der Terrasse ist nur mehr bunt und trüb, und am liebsten würde ich einmal ihr Feuerzeug direkt vor ihrer Brille aufblitzen lassen. Aber ihre linke Hand liegt fingerspitzennah neben dem kleinen blauen Plastikding. Ich mustere ihre Hände, ziemlich fest, kurz geschnittene Nägel, gepflegt und so rot wie ihr Lippenstift, der sich am Rand der Proseccogläser abzeichnet. Manchmal zieht sie die Lippen nach, ohne einen Strich danebenzusetzen. Weil die Cafébar morgen geschlossen ist, habe ich einen zweiten Verdacht.

Arbeitest du immer mit demselben Regisseur?

Das wechselt. Oder doch, meistens mit demselben. Einmal habe ich auch mit einer Regisseurin gedreht, ich dachte, das ginge leichter. Aber es war irgendwie … komplizierter.

Entschuldige die direkte Frage: Hat der Wirt hier auch etwas damit zu tun?

Sie prustet heraus: Elcarim?

Wie heißt er?

Elcarim. Die Bar heißt Miracle. Sein Name, nur andersrum. Elcarim kommt aus Jordanien, ich kenne ihn schon lange. Er ist mit der Schwester des Mannes meiner Schwester Maria Carmen verheiratet. Also irgendwie angeschwägert. Elcarim gilt bei den hochnäsigen Leuten der Insel als Außenseiter. Deshalb ist es bei ihm auch so leer, außer in der Hauptsaison. Maria Carmen und ihr Mann leben auf Capri, und ich wohne bei ihnen und muss nicht ins Hotel wie die übrige Crew. Das ist praktisch.

Praktisch, warum?

Ich rede gern und höre gern andere Stimmen, gegen die dauernde Nacht. Aber zugleich brauche ich nach dieser Arbeit etwas … *privacy.*

Das ist ein Wort, das die Italiener lieben. Ein Lieblingsfremdwort.

Paolina sagt, ihr sei jetzt wirklich kalt. Und ihre Mailbox auf dem Handy sei sicher kurz vorm Überlaufen. Es vibriere dauernd in ihrer Tasche.

Ich bestell die Rechnung, du bist mein Gast.

Nein umgekehrt, du bist meiner. Wenn ich im Miracle bin, schreibt Elcarim das immer an.

Als wir aufstehen, bellt Freund Harry gut ausgeschlafen, und ich will ihr meinen Arm reichen. Nicht nötig! Sie holt aus ihrer Handtasche einen dünnen Metallstab, wie der Griff eines Knirps, der sich auf einen Knopfdruck zum silbrig im Abendlicht schimmernden Stöckchen verlängert. Mein Tentakel, sagt Paolina, sie hängt am Griff des Stöckchens die Hundeleine ein und nimmt statt meines Arms mit der freien Hand meine Hand.

4

Wir haben uns bald darauf getrennt, mit einem Händedruck, ohne Wangenküsse. Sie sagte dabei, ich bin dir noch eine Erklärung schuldig.

Du bist mir keine Erklärung schuldig.

Doch, beim nächsten Mal erzähl ich dir meine Geschichte.

Das Haus ihrer Schwester lag nicht weit. Ich bin dann zu mir ins Hotel Fortuna gegangen und habe als Erstes zu Hause in Rom angerufen. Die Kinder und meine Schwiegermutter waren okay. Wir vermissen dich, meinte Pauline, aber nicht zu sehr!
Vor Jahren war ich einmal mit Claudia von Sorrent aus auf Capri gewesen. Wir hatten in einem anderen Hotel übernachtet, eleganter als das Fortuna, doch ich wollte nicht das Hotel von früher. Beim Abendessen in einem halb leeren Restaurant habe ich die sentimentale Anwandlung, mir ein zweites Gedeck mit eingeschenktem Weinglas bringen zu lassen. Als der Kellner auch eine Kerze bringt und sie vor mir anzündet, blase ich das Licht sofort aus und bitte ihn, das zweite Gedeck wieder abzuräumen. Ich hätte es mir anders überlegt.
Mir ist die Szene unangenehm, obwohl der Kellner souverän so tut, als sei nichts geschehen. Womöglich war es überhaupt falsch, an einen Ort zurückzukehren, an dem ich mit Claudia war. Beim Blick auf den Golf von Neapel oder auf der anderen Seite hinüber zur Amalfiküste fühle ich mich angesichts der ganzen Schönheit wie schuldig, als Überlebender. Bin mir selbst nur ein schimmelnder, madiger Glückspilz. Ich schiebe es auf den Verlag, den kleinen Verlag in Berlin, der immer ausgewählte Italienbücher macht und dessen Verlegerin vor Jahren auf meinen Aufsatz zum 50. Todestag von Malaparte gestoßen war: »Der Mann, der Nachtigallenherzen aß«. Ab und an schreibe ich von meinen ausländischen Dienstorten aus Stücke für deutsche Zeitungen, und erst kürz-

lich hatte mich die Berliner Verlegerin daran erinnert, dass die Gedenkjahre zum letzten Weltkriegsende und davor schon zur Kriegswende durch die Landung der Alliierten in Italien und in Frankreich bevorstünden. Und dass es noch immer keine publikumswirksame Biografie über das ziemlich fabelhafte makabre Leben und Werk jenes Kurt Erich Suckert gebe, der als Sohn eines sächsischen Textilfabrikanten und einer italienischen Mutter in der Toskana geboren wurde und sich Curzio Malaparte nannte.

Erzählen Sie von seinen wechselnden Rollen im Krieg, bei der Shoah, bei den Faschisten und Partisanen, bei Deutschen, Italienern, Franzosen, Russen, Amerikanern, auch den Chinesen!, hatte mich die Verlegerin beschworen. So etwas schmeichelt. Aber jetzt geistert mir das Treffen in der Bar Miracle durch den Kopf und beschäftigt mich mehr als ein Buch über Herrn Malaparte und die Chinesen.

Im Hotel Fortuna gibt es Internetanschluss einzig in der kleinen Eingangshalle. Dort ist der PC des Hotels von fast überall her einsehbar. Ich selbst habe bloß mein Smartphone dabei, das ist zugleich mein Diensthandy, und ich getraue mich nicht, auf einem Gerät der Botschaft durch irgendwelche einschlägigen Websites nach einem blinden Pornostar zu surfen. Also rufe ich meinen Freund Corrado in Rom an, der bei *la Repubblica* arbeitet und mir vermutlich keine abstrusen Neigungen unterstellen wird. Doch es meldet sich nur der Anrufbeantworter. Ich sage nichts, weil blind und Porno, das kommt nicht so gut auf der Mailbox.

Am nächsten Morgen schlendere ich durch die weißen Gassen von Capri. Zwischen den Boutiquen gibt es die Kunstgalerie mit antiquarischen und neuen Büchern des kleinen Verlags La Conchiglia, der seine Editionen mit dem Signet einer Jakobsmuschel schmückt. Dort kaufe ich mir einen illustrierten Band über Malaparte. Heute ist noch einmal Spätsommer, heißer als gestern, und ich leiste mir eines der Inseltaxis mit offenem Cabriolet, um an einer Bucht am Fuß des großen Caprifelsens schwimmen zu gehen. Nachmittags wandere ich die Serpentinenstraße bergaufwärts zurück, durch ein paar Funklöcher, bis ich auf der Höhe des Orts endlich Corrado erreiche. Er ist noch in der Redaktion und muss lachen, als ich ihm von meiner Begegnung erzähle und ihn bitte, für mich im Internet zu prüfen, ob da *La Cieca*, eine blinde Pornoqueen, existiert. Er verspricht, mich morgen rückzurufen.

5

Bevor ich Paolina wiedertreffe, geht mir das Anagramm des Jordaniers durch den Sinn. Elcarim oder El-karim – und das Miracle. Seltsam auch seine Haar- und Bartfarbe. Auf dem Kopf schon grau, im Gesicht und am Hals so schwarz, sonst ist das bei älter werdenden Männern meist umgekehrt. Seltsam, wenngleich kein Wunder.

Sie trägt diesmal ein blaues Shirt mit Spaghettiträgern. Es ist wieder ein spätsommerlicher Oktobernachmittag, schwül, vielleicht kündigt sich ein Gewitter an. Wir schwitzen beide ein wenig, sie trinkt eine Cola mit viel Eis, ich eine Flasche Wasser. Der grauschwarze Wirt, der mich wie einen guten Bekannten begrüßt, empfiehlt dazu seinen Eiskaffee. Er bringt ein Glas voller Eiswürfel, auf die er den frisch gebrühten Espresso schüttet. Man rührt ein paarmal um, und der verdünnte, noch immer starke Kaffee schmeckt zu meinem Erstaunen sofort eiskalt.

Dein Shirt ist schön, azurblau, wie *la Squadra*, die italienische Nationalelf.

Paolina nimmt das wie ein Kompliment für ihre Figur, ihre Formen wirken viel ausgeprägter als beim letzten Mal unter der damenhaften weißen Bluse. Augenblicklich fällt mir ein, dass ich vor einer Blinden als Erstes von der Farbe gesprochen habe. Jetzt sehe ich auch, dass sie auf der linken Schulter ein Tattoo hat, ein Tier, etwas verwischt und kaum größer als eine Briefmarke. Ich tippe sie dort an und frage, was das ist.

Ein kleiner Hummer. Ich habe meinen besten Freund, und das war nicht Harry, lächelt sie, aus irgendeinem Grund Lobster genannt. Ach ja, als wir einmal zusammen waren, hätte mich fast ein Skorpion in den Po gebissen, aber der Junge fand ihn ganz süß und sagte, er sehe aus wie ein winziger Hummer. Das fand ich dann auch.

Da hast du noch gesehen?

Ja. Sie zündet sich ihre erste Zigarette an. Ja. Das war damals in … diesen Monaten. Trägst du auch ein Tattoo? Sicher nicht.

Doch, schon.

Wirklich? Ein Diplomat mit Tattoo?

Ich dachte, man muss nicht nur Diplomat sein, nicht überall.

Okay, und wo sitzt es, was ist es?

Ein Verwandter von deinem Skorpion. Nichts Besonderes. Eine kleine, senkrechte Schlange. Vielleicht auch ein Blitz.

Ein Blitz?

Als ich mit meiner Frau das erste Mal in Venedig war, hat sie mir, sie war Kunsthistorikerin, in einem Museum ein berühmtes Bild von Giorgione gezeigt. Du kennst Giorgione? Keine Antwort. Das Gemälde ist fünfhundert Jahre alt, man sieht darauf einen elegant angezogenen Mann, der sich auf einen Wanderstab stützt, und in einiger Entfernung eine nackte Frau mit einem Kind an der Brust. Lange dachte man, es zeige Maria und Joseph auf der Flucht nach Ägypten, aber warum ist die Frau nackt? Und irgendwann entdeckte man beim Restaurieren am Fuß des Gemäldes eine dünne Schlange. Das Bild heißt *Das Gewitter*, weil am Himmel dunkle Wolken aufziehen und in den Wolken ein feiner Blitz zuckt. Er gleicht der kaum sichtbaren Schlange. Vielleicht spielt Giorgione auch auf das verlorene Paradies an und den Sündenfall von Adam und Eva, obwohl der Mann in seiner Renaissance-Tracht nicht zu Adam passt. Oder hat der Maler den ersten Menschen ganz bewusst zu seinem Zeitgenossen gemacht? Es bleibt ein Geheimnis. Ich liebe dieses rätselhafte *Gewitter* – und das Tattoo ist eine Art privater Erinnerung daran.

Hm. Kannst du meinen Finger zu der … Erinnerung führen? Ich kann ja die Schlange nicht sehen.

Leider nein. Ich meine, ich kann dich das schlecht ertasten lassen. Nicht hier.

Aha, oh, là là, ich verstehe.

Und sie lachte wieder, kein helles mädchenhaftes Lachen, eher aus tieferer Kehle. Oder Seele? Ach, was. Überhaupt wollte ich mich mit ihr auf kein abgründigeres Terrain begeben. Doch natürlich sehe ich sie an, das Haar hat sie diesmal zu einem Pferdeschwanz gebunden, das macht sie noch jünger, die schmale, leicht aufgeworfene Nase, die Lippen, deren Rot sie nach dem Eiscafé nachzieht, der blaue Busen, die Haut, ein Flaum am freien Hals und hinter den Ohren, wenn sie den Kopf dreht. Ich könnte jetzt schwärmen und kann es nicht. Aber warum? Da sitzt sie nun und hat gestern … Man glaubt ja immer, dass alles Erlebte irgendeine Spur hinterlassen müsse, einen Schimmer oder Geruch, einen trockenen Rest. Wie das beim ersten Augenschein noch unsichtbare Blut an der Hand eines Mörders. So, als sei nichts ganz abgewaschen und abgetan. Hier neben mir auf der Terrasse der Bar Miracle ist keine Spur von gestern zu erkennen, nichts von einem Film draußen auf einer Yacht im neapolitanischen Golf. Alles existiert nur in ihrem und meinem Kopf. Aber ich will mir das überhaupt nicht vorstellen. Seit Claudias Tod vor gerade vier Monaten male ich mir keine nackten Frauen aus, muss sie nicht ansehen, auch Aufnahmen von Claudia, die sie nackt zeigen, habe ich erst mal in einem Umschlag verschlossen, den Fotostick in ihr Schmuckkästchen gelegt. Es braucht Zeit und keine feuchten Gedanken, wie ich sie eben noch geliebt habe. Ich bin nicht trostlos, nur traurig. Und fühle diese leichte Lähmung im Kopf. Kein selbst auferlegtes Bilderverbot, eher eine unwillkürliche Schwäche. Oder eine Verhärtung, ein Panzer. Natürlich masturbiere ich, wie denn nicht, nur ist das eine nüchterne Reibung und Erleichterung, ohne richtig freie, ausschweifende Phantasien.

Du betrachtest mich, sagt sie, und denkst dir aus, was ich gestern getrieben habe. Komm, leugne es nicht! Außerdem, fügt sie mit gereckten Daumen und einem kokett komödiantischem Fingerzeig auf ihre Brüste hinzu, außerdem siehst du vor dir einen hübschen *Balconino*, wie man bei uns sagt. Nicht zu klein und nicht zu groß.

Den sehe ich. *Bella figura*. Aber ich denke im Moment an gar nichts. Mindestens versuche ich, an nichts zu denken, wenn ich denke, was du nun denkst, als meine Gedankenleserin. Ich muss lachen, doch sie lacht wider Erwarten nicht mit. Es ist ein Spiel mit Worten, und es klappt gerade nicht.

Nachdem sie zur zweiten Zigarette ihren ersten Prosecco nimmt, bestelle ich mir nochmals eine große Flasche Wasser. Und sage: Du musst mich ein bisschen ablenken.

Sie schüttelt den Kopf. Ich bin da ... vielleicht ... zu sehr involviert.

Involviert? Ein merkwürdiges Wort.

Ach nenn's, wie du willst. Eigentlich willst du doch nur wissen, was ich gestern gemacht habe, wie viele Männer in mir waren, oben und unten, vorne und hinten, das ist es doch, wenn du ehrlich bist.

Blödsinn, warum reagierst du so gereizt? Ich habe überhaupt nichts gesagt, absolut nichts! Und ich mache niemandem moralische Vorwürfe, auch dir nicht.

Vorwürfe, das wäre ja noch schöner! Warum solltest du mir Vorwürfe machen?

Ich sage doch, ich mache dir keine Vorwürfe! Ich bin nicht katholisch, ich war, soweit ich das vergleichen kann, nie besonders prüde und versuche, mit einem Minimum von Vorurteilen durchs Leben zu kommen. Das ist alles. Und dein ... Schicksal, was du über dich erzählt hast, das hat mich einfach ... verwirrt. Und angefasst, ja, was du sagst oder ... andeutest, würde ... jeden normalen Menschen neugierig machen.

Ich bin nicht normal?

Oh Gott, nein, das habe ich nicht behauptet. Ich meine: auch jeden anderen normalen Menschen.

Paolina nickt und prüft den Sitz ihrer Brille. Erst jetzt erkenne ich, dass die schwarz glänzenden Bügel auf der Innenseite in einem anderen Ton mattiert sind, ein dunkles Lila, jedenfalls ein edles, für den ersten Anschein verborgenes Design.

Ich hatte dir gesagt, ich wollte ursprünglich Ärztin werden. Wie viele junge Frauen, wenn ihnen Krankenschwester nicht reicht. Bei mir aber war es nicht einfach der Wunsch, zu helfen und zu ... heilen. Ich war schon früh an Körpern interessiert. Wie es in den Menschen aussieht. Nicht in der Seele, sondern im Leib, in den Muskeln, in den Eingeweiden, im Gehirn. Psychologie interessiert mich nicht. In der Schule war ich ein Ass in Biologie. Als ich dann merkte, dass ich das Augenlicht verliere, war da die große Wut, *la santa rabbia*, wirklich die heilige Wut, warum gerade ich? Und nackte Verzweiflung. Aber jede Psychotherapie, mit der sie mir gleich gekommen sind, habe ich abgelehnt.

Ist das, was du jetzt tust, auch noch ein Ausdruck der ... nackten Verzweiflung?

Überhaupt nicht. Es scheint mir eher ein bisschen, wie soll ich sagen: konsequent.

Konsequent?

Keine Antwort. Sie bestellt sich noch einen Prosecco und zieht ihre Lippen nach.

Ich sage nichts und schwanke zwischen Campari, Ramazotti und einem Bier.

Es war der Sommer 2001, ich war fünfzehn, hatte meinen ersten richtigen Freund, war verliebt. Gar nicht so sehr in ihn, aber in dieses Gefühl des … Verliebtseins. Da hatte die Krankheit gerade begonnen, und bald kam die Diagnose, die mir meine Eltern erst verheimlichen wollten. Aber ich habe sie einmal nachts belauscht und geriet so richtig in Panik. Von da an ließ sich nichts mehr vor mir verbergen, und irgendwann wollte ich …, das klingt komisch, wollte ich meiner Blindheit ins Auge sehen. Ich wollte überhaupt alles sehen, alles, solange es ging. Andere Eltern hätten mit mir vielleicht eine Weltreise gemacht. Ich hätte gerne die Wolkenkratzer in New York gesehen, die Pyramiden oder Indien. Aber meine Eltern kommen vom Trasimenischen See, sie sind selber kaum gereist, und das Geld schluckten die Ärzte.

Warst du nie im Ausland?

Doch, wir haben im Herbst 2001 noch eine Klassenfahrt nach Berlin gemacht, das Tor und die Mauerreste und so. Später war ich auch in London und in Paris, habe mir erzählen lassen, wie der Eiffelturm aussieht und die Themse und der Palast der Königin. Aber das alles ist nie zum Anfassen, nie zum Greifen nah. Anders als Körper.

Ihre Stimme erscheint mir heute rauer, etwas belegter. Dadurch fällt mir auf, dass sie plötzlich leiser spricht.

Mein damaliger Freund, dieser Lobster, war sechzehn, fast schon siebzehn, ein Jahr älter und nicht mehr auf der Schule. Er hat bei seinem Vater gearbeitet, einem der letzten Fischer am See, sie hatten in Castiglione, wo auch meine Familie wohnt, mehrere Boote und eine gut gehende Fischhandlung. Meistens rochen seine Hände ein wenig nach Fisch, aber er konnte sich in diesem heißen Sommer öfter eines der Motorboote nehmen, und dann fuhren wir raus auf den See, schwammen weit draußen. Als ich das erste Mal hinterher beim Sonnen mein Bikinioberteil abnahm und Lobster neben mir lag, bemerkte ich die Reaktion in seiner Badehose. Und stell dir vor, du wirst das alles, die Sonne, das Wasser, die Weinberge, die Olivenbäume drum herum, diesen Jungen und jeden anderen jungen Mann bald nicht mehr sehen! Nie mehr. Ich sagte ihm, ich würde demnächst erblinden. Natürlich hat er mir das zuerst nicht geglaubt. Also schwor ich ihm bei der Madonna und allen Heiligen, dass es wahr sei. Da war er ziemlich verstört, wollte mich trösten, und unsere Knutscherei war total verkrampft, total bescheuert. Beim nächsten Mal, als wir draußen, wirklich weit draußen auf dem See waren, habe ich ihn gebeten, seine Badehose auszuziehen. Ich wollte ihn sehen. Alles sehen. Seinen Schwanz, den Samen, wollte alles anfassen, aufsaugen. Mit den Augen aufsaugen. Du wirst dich wundern …

Paolina bricht ab, weil der grau-schwarze Wirt wieder ein Tablett bringt mit seinen Minipizzen, mit Oliven und diesmal auch großen, langstieligen Kapern. Sie bleibt beim Prosecco, ich frage in der Schwüle nach einem Bier, es gibt Becks, und dazu noch Eiswasser.

Du wunderst dich vielleicht, warum ich dir so was erzähle. Einem Fremden. Einer Bekanntschaft von zwei Tagen. Darauf erwidere ich nichts. Aber es hätte mich gewundert, wenn mir das vorgestern jemand vorausgesagt hätte. Inzwischen kommt mir die Begegnung mit der schönen Blinden, mit dem treu dösenden Hund, dem Jordanier und diesen ganzen Geschichten fast schon wie selbstverständlich vor. Ich sage: Wenn du es selbst nicht zu indiskret findest, dann finde ich's auch nicht. Wir sind in der Bar Miracle, und wahrscheinlich muss das hier alles so sein. Du siehst mich nicht, ich sehe dich nicht hinter deiner schwarzen Brille, nicht wirklich, also reden wir. Manchmal kann man ja einem Fremden leichter etwas erzählen und erklären als den eigenen

Freunden, als Angehörigen, Geliebten. Komisch, wer einem vertraut ist, dem vertraut man weniger an, das ist paradox.

Ich weiß nicht, sagt sie, ob das paradox ist. Auf alle Fälle will ich dir erzählen, aber eigentlich nichts erklären.

Bei unserem Abschied vorgestern hattest du noch gesagt, du seist mir eine Erklärung schuldig.

Stimmt. Noch ein Widerspruch. Da war ich schon etwas beschwipst. Ein Widerspruch wie das Leben, hat ein schlauer Mensch geschrieben. Ich höre viele Bücher auf CD, weil ich die Blindenschrift nicht mag. Ich höre lieber und rede lieber. Andere chatten im Internet, schicken Wildfremden unbesehen ihre Fotos, erzählen denen Gott weiß was. Ich sehe dich auch nicht … und chatte hier mit dir.

Sie nimmt meine Hand, hält sie kurz an ihre Wange, legt sie zurück auf den Tisch. Wie ihre Zigarettenschachtel. Wie ihr Feuerzeug. Das schnippt sie nun an und hält ihre andere Hand eine Weile über die Flamme, nicht zu tief, nicht zu hoch. Und bläst die Flamme aus, bevor sie das Feuerzeug loslässt.

Du lachst?, frage ich. Sie zündet sich eine neue Zigarette an und sagt: Ich hasse geschlossene Räume, in denen man nicht mal rauchen kann. Auf dem See damals war die Weite so schön, es war vollkommen still an den Sommernachmittagen, außer an den Wochenenden gibt's höchstens ein paar Segler und selten eine Fähre zu den beiden größeren Inseln. Wir haben uns, kaum waren wir vom Ufer entfernt, nun immer ganz ausgezogen und bald das erste Mal miteinander geschlafen. … Auf der Isola Maggiore steht eine Kirche, die der heilige Franziskus von Assisi aus oft besucht hat. Eine zweite Insel, die Isola Polvere, ist fast unbewohnt, aber richtig verwunschen ist eine winzige dritte Insel hinter ihr. Auch diese Isola Celestina hat ein Franziskus-Heiligtum, eine zerfallene Kapelle, zu ihr kommt kaum mehr jemand, und die kleine Ruine und die Büsche und Bäume um sie herum sind bis in die Spitzen von Spinnen eingewebt. Eingesponnen, lauter weiße Schleier wie …

Ein Kokon?

Ja, ganz wie in einem alten Märchen. Dort haben wir das Boot ankern lassen und uns am Strand geliebt. Immer wieder. Und ich habe gedacht, ich muss alles immerzu anfassen, in mich aufnehmen, alles, was ich bald nicht mehr sehen werde. Dabei habe ich gemerkt, dass mein Freund Lobster selber, ich meine als Person, gar nicht mehr so wichtig war, er war für mich irgendwie stellvertretend für alle anderen, denen ich mit den Augen nie mehr so nah sein würde. Keine Pore, keinen Schimmer der Haut, kein Haar, keine Falte, kein Pickelchen sollte ich mehr sehen! Und nie mehr, kennst du das, Aug in Auge! Das Tasten, sagen sie dir, das Tasten würde alle Empfindungen verstärken, die Blinden könnten mit ihren Fingerspitzen sehen. Blinde Seher, hellsichtig im großen Dunkel, diesen Beschiss habe ich nie geglaubt. Niemals. Mir ist alles einfach nur weggerutscht ins Schwarze. Oder noch schlimmer: ins Farblose. Ich habe Angst, sogar das Gedächtnis für die Farben zu verlieren. Alles ist absolut weg, mit dieser Gewissheit: für immer! Es gibt, stell dir vor, keine Liebe mehr auf den ersten Blick. Keinen liebenden, tröstenden, zornigen Blick.

Sie ist nun fast atemlos, heiser, hält inne, trinkt, raucht, berührt wie zufällig meine Hand und zieht die ihre gleich wieder weg, fährt sich ins Haar und nestelt an ihrem Pferdeschwanz.

Als ich nach all den Panikattacken damit allmählich zurande kam, habe ich mich von den Menschen, auch von den Männern, immer mehr entfernt. So kommt es mir vor. Weil sie ja fern sind. Auch wenn ich versuche, sie festzuhalten. Ich klammere mich an Worte, Stimmen, die oft täuschen. Nur die Körper können nicht völlig lügen.

Von diesem Schluss bin ich wiederum überrascht und sage: Auch Augen und Blicke können trügen. Es gibt Teufel mit Engelsaugen.

Das glaub ich nicht. Überhaupt nicht. Das ist nur Blabla.

Du bleibst doch selbst hinter einer Maske. Du entblößt dich und verhüllst dich zugleich. Auch ich kann nicht … in deinen Augen lesen.

Ja, okay, das ist der einzig gerechte Ausgleich. Und sie bestellt sich einen weiteren Prosecco.

Ein Ausgleich? Das klingt wie Waffengleichheit. Aber wir bekämpfen uns nicht.

Nein, nicht? Ich habe seit zwölf Jahren gelernt, immer zu kämpfen. Und aufzupassen. Bei jedem Schritt.

Küsst du eigentlich auch mit Sonnenbrille?

Manchmal.

Und jetzt?

Sie beugt sich vor, ich komme ihr entgegen, aber es ist nur eine flüchtige Berührung unserer Lippen, schon schnellt sie zurück.

Als ihr Prosecco kommt, bestelle ich ein neues Bier und wundere mich.

Du bist, fällt mir gerade auf, die erste Italienerin, die schon zwei Stunden ohne ihr Handy auskommt.

Paolina lacht. Es ist mir gestern von der Yacht ins Meer gefallen. Jetzt telefonieren die Fische damit. Ich habe noch ein Ersatzhandy, mit meiner speziellen Tastatur, aber das liegt bei mir zu Hause.

Nicht auf Capri?

In Bologna.

Bologna gefällt mir, schöne Stadt.

Ich habe sie noch nie gesehen.

Lebst du in Bologna?

Mal da, mal dort. *Così, così*. Meine Freundin lebt in Bologna. Sie ist Physikerin.

An der Uni?

Da war sie mal. Jetzt arbeitet sie bei Ferrari in Maranello, das ist nicht weit. Masha ist eine Kanone in Aerodynamik, sie arbeitet im Windkanal für die Rennwagen, für die Formel 1. So was hätte mir auch Spaß gemacht.

Mein zweites Bier. Und noch immer kein Gewitter, nur eine kühlere Brise. Die Herbstdämmerung. Paolina raucht und spielt mit dem Feuerzeug.

Entschuldige, wie bist du eigentlich ... zu diesen Filmen gekommen?

Och, nölt sie, mit einer wegwerfenden Geste. Durch Zufall. Durch eine Freundin, Irene, die Vorgängerin von Masha. Sie war Fotografin und wollte irgendwann mal Aktaufnahmen von mir machen. Das habe ich abgelehnt. Für Fotos Modell zu stehen, ist mir zu abstrakt, da werde ich bloß von anderen angeschaut und habe selbst nichts in der Hand, keine Kontrolle. Als mir der Bruder von Irene, ein armer Dokumentarfilmer, später einen Vorschlag für einen Film machte, für eine Doku über das Erblinden, habe ich ihm viel von mir erzählt. Auch die Geschichte von meinem letzten Sommer damals auf dem See, auf der Insel. Und plötzlich hatte er eine ganz andere Idee, und bald haben wir damit sogar etwas Geld verdient.

Du hast dich nie geschämt?

Geschämt? Natürlich, ja schon, am Anfang. Aber da hatte ich bereits meine Brille und wollte sie nicht abnehmen. Sie ist für mich ein Schutz, Niccolò, du hast selbst vorhin von meiner Maske gesprochen. Sie ist wie eine Maske, obwohl die große Maske ja in meinem Kopf ist. So haben alle anderen auch immer einen gewissen Respekt vor mir. Blindheit wirkt auf andere magisch, sogar beim Ficken.

Kinder denken, wenn sie sich die Augen zuhalten, seien sie selber unsichtbar.

Ja, ich muss nicht sehen, wie die mich sehen, und verschwinde in meinem Körper. Draußen bleibt eigentlich nur ein Stück Haut.

Sie bläst zwei Rauchkringel zu mir hin, wie luftige Küsse, und sagt: Die Haut, selbst wenn sie verletzt wird, wächst nach. Oder du legst sie ab, wie eine Schlange.

Dieser Schriftsteller Malaparte, von dem ich dir erzählt habe, nannte sein berühmtestes Buch, das Neapel-Kriegsbuch, *Die Haut*. Ursprünglich sollte es *Die Pest* heißen, aber den Titel hatte gerade schon ein Autor in Paris benutzt. Malapartes These ist, dass in heutigen Zeiten alle ständig ihre Haut verkaufen. Aus Not, aus Gier, aus Gedankenlosigkeit.

Ja, und? Die Frage ist doch, ob man sich ganz verkauft, sodass nichts mehr von einem übrig bleibt.

Wieder ein Rauchkringel, dann kippt sie ihren Rest Prosecco. Es tut mir beim Filmen schon manchmal weh, das ist auch hinterher unangenehm, anders als Muskelkater. Deswegen habe ich nach jedem Dreh einen Tag Pause. Aber ich mach nichts ... nichts Ekliges. Keine alten Säcke, keine Handschellen, nichts mit Peitschen oder Scheiße, keine Gewalt, kein Pipikram.

Das will ich so genau gar nicht wissen. Mich interessierte nur die Sache mit der Scham. Als du vorgestern damit anfingst, habe ich mich erst selbst geschämt. Das war mein Problem ...

Weil ich noch dazu blind bin. Du denkst, eine schöne Krüppelin und macht Schweinereien! Deswegen haben die Männer Angst. Wir Blinden kriegen nur einen Samariter, einen Heiligen oder einen Hässlichen. Der ist nett, umsorgt uns und liebt uns, weil er keine Angst haben muss, dass wir sein Aussehen jemals vergleichen und einfach fortlaufen. Ohne Stock und Hund!
Ich wollte ihr schon antworten, wenn sie so denke, habe sie aus ihrer Sicht, ich meinte, aus ihrer Erfahrung, sicher recht. Aber ich sagte nur: Was soll ich dazu sagen?

Sag irgendwas, Niccolò. Wie beim Chatten.

6

Wieder geht der Abschied schnell. Eine Umarmung und nicht mehr als ein nichts entscheidender Kuss. *Ciao bella. Ciao bello.* Sie werde übermorgen wieder im Miracle sein. Ich sage: Vermutlich reise ich morgen schon ab. Paolina zögert kurz, murmelt okay, okay, und fragt nach meiner Visitenkarte, die werde man ihr übersetzen, wie sie es ausdrückt, und Mails von ihrem Laptop zu Hause sende sie auch. Ich melde mich vielleicht mal bei dir in Rom! Bevor du irgendwo Botschafter in … Mali bist.

Am nächsten Morgen ist es warm und grau. Ich gehe über den kleinen Platz nahe der Villa, in der auch Herr Lenin einst den Süden genoss, betrachte die Büste des Revolutionärs, wohl die letzte, die es so öffentlich in der westlichen Welt noch gibt. Lenins Kopf unter Palmen. Vorbei an den Juwelieren und Modeläden ziehe ich meinen Rollkoffer über die Piazzetta, wo sie alle sitzen in Capri. Und sehe Paolina. Ich bin in ihrem Rücken, aber dort vorne sitzt sie, ohne Pferdeschwanz und ohne ihren weißen Hund, sitzt im Kreis einiger Männer und Frauen, die schon am Morgen Bier oder Prosecco trinken und Aperol Spritz, die Sonnenbrillen stecken heute zumeist im Haar, eine der jungen Frauen hält ihr rosa Handy mit einem goldenen Handschuh. Es geht ganz schnell, ich tippe Paolina auf die Schulter, entschuldige, ich sehe dich hier und fahre gleich ab. Viel Glück!

Sie zuckt zusammen, hebt den Kopf mit der schwarzen Brille, die auch sie für einen Augenblick in den Haaransatz schiebt. Das überrascht mich, und ich glaube sekundenlang zwei weiße Schlitze mit zwei dunklen Punkten zu sehen, aber sie blinzelt mich nur an, als sei sie geblendet oder gerade erwacht. Kennen wir uns? Schon ist da wieder der schwarze Spiegel in ihrem Gesicht, und sie sagt: Ich erinnere mich nicht.

Auf dem Tragflächenboot nach Neapel ruft mich Corrado an. Am Horizont hängen Gewitterwolken, Blitze, der Vesuv ist verschwunden. Wegen des Lärms der Triebwerke kann ich ihn nur schwer verstehen, aber er meint, er habe etwas gefunden im Netz. Eine nackte weißblonde Frau, vielleicht eine Perücke, und sie trage eine Brille wie eine Maske. Es war keine offene Seite. Corrado hat nur den Teaser gesehen und nichts weiter zahlen wollen. Meinen Kredit, lacht er in dem Rauschen, setze ich für dich aufs Spiel, aber nicht meine Karte.

Céleste

1

Du bekommst nicht alle Tage eine E-Mail von Céleste. Normalerweise erhält überhaupt niemand eine Mail von Céleste. Mitteilungen, die sie betreffen, kommen höchstens von Museen und Galerien, von Produzenten und Agenten. Als ich ihre Mail sah, war ich so erstaunt, dass ich als Erstes ihr Alter googelte. Natürlich wusste ich, dass Céleste noch lebt und weit über neunzig sein muss, aber ich habe noch nie eine Mail von einem Menschen bekommen, der vor dem Ersten Weltkrieg geboren ist. Überhaupt wirkte die Schrift auf dem Schirm geisterhaft, wohl, weil es ihre Worte waren, aber welche Hand mochte sie geschrieben haben? Am Ende stand »*Kiss*« und in der nächsten Zeile ihr Name. Ein Kuss, nicht im Plural, und nachdem ich mir die Mail ausgedruckt habe und sie nochmals lese, denke ich amüsiert, dass ihr knapper englischer Gruß auch eine Aufforderung sein könnte.

Im Absender steht *artist@celestate.uk*, der Text darunter lautet: »*My dear Edvard, I do hope you are fine. Benedictine will contact you soon.*«
Das klingt wie der Ton älterer Herrschaften, die in früheren Zeiten gewohnt waren, ihre Angelegenheiten telegrafisch zu regeln. Mit formvollen, doch entschieden knappen Anweisungen. Auch diese Botschaft hat sie sicherlich diktiert, Céleste ist fast hundert und die berühmteste Künstlerin der Gegenwart.

Ein weiteres Mal überrascht bin ich zwei Tage später, als ich einen Eilbrief aus London erhalte. Auf feinem blauem Luftpostpapier, das ich längst ausgestorben glaubte, handschriftlich, mit grüner Tinte, lese ich exakt den gleichen Text wie in der Mail. Wobei ich mir selbst hier nicht gewiss bin, ob das Geschriebene von ihrer Hand stammt und nicht von einem Sekretär oder einer Assistentin. Die Unterschrift entspricht ungefähr meiner Erinnerung, doch ist es Ewigkeiten her, seit ich von Céleste über ihre Londoner Produktionsfirma zuletzt ein Fax bekam. Ihre Werke signiert sie immer nur mit einem »c.« und dem Datum, jedenfalls auf den Blättern, den zwei Zeichnungen und einem frühen Aquarell, die ich von ihr besitze. Ihre Installationen wären zu groß für meine Wohnung oder die Kanzlei, ohnehin sind sie kaum mehr bezahlbar, und nicht jeder, der Céleste bewundert, hat darum gerne künstliche Insekten bei sich zu Hause oder von einem Zufallsgenerator bewegte Maschinen mit ausfahrenden Stacheln, so, als sei man der Bewohner einer Kafka-Parabel.

Benedictines Anruf erreichte mich kurz nach dem Brief. Auf meinem Handy.

Ich freue mich, dich zu hören. Geht es dir gut? Ja, es gehe ihr sehr gut. Oder jedenfalls ganz gut.

Céleste möchte dich sprechen. Das heißt, sie möchte dich sehen.

Warum das, nach so vielen Jahren?

Sie weiß nicht, wie lange sie noch da ist.

Du meinst, es geht zu Ende?

Irgendwann schon. Meine Mutter ist neunundneunzig. Aber sie arbeitet noch mehrere Stunden am Tag und trinkt abends ihren Whisky.

Und was soll ich für sie tun?

Einfach kommen, für zwei oder drei Tage, in diesem Sommer. Ich glaube, sie will dir etwas erzählen.

Wir haben dann nicht mehr lange weitergesprochen. Ich fragte noch, ob ich mit meiner Frau kommen könnte. Ach, du bist wieder verheiratet?

Ja … wieder. Aber hatte ich dir von meiner Scheidung etwas gesagt?

Davon habe ich über alte Freunde erfahren. Spielt keine Rolle. Was macht deine neue Frau?

Wir sind seit acht Jahren verheiratet. Sie ist ebenfalls Anwältin, hat praktisch meine Kanzlei übernommen. Astrid ist zehn Jahre jünger als ich, und ich habe jetzt mehr Zeit, mit meinem Enkel Tennis zu spielen. Er ist Juniorenmeister von Sachsen und trainiert mich ein wenig. Ich habe noch ein Pied-à-terre in Berlin wegen unserer dortigen Niederlassung, aber wir wohnen mittlerweile in der Nähe von Dresden. Woher hast du denn meine Nummer?

Von deiner Kanzlei. Wollte dich im Büro nicht stören, aber man sagte mir, du seiest unterwegs.

Ich sitze im Garten.

Danach war die Verbindung weg. Im Display stand keine Nummer. Ich wusste nicht einmal, woher Benedictine mich angerufen hatte, und hielt es für ausgeschlossen, dass ihr jemand aus der Kanzlei einfach so meine Handynummer gegeben hatte. Allerdings wollte ich deswegen nicht misstrauisch im Büro nachfragen. Astrid war auf einer Dienstreise in Shanghai, wo einer unserer Mandanten gerade eine Trabantenstadt baut. Aufgespürt hätte mich Benedictine vermutlich auch auf dem Mars. Als ich für ihre Mutter, genauer gesagt, im Auftrag von Célestes englischen und amerikanischen Anwälten, einmal einen Plagiatsprozess in Deutschland geführt habe, firmierte ich noch in Berlin und Düsseldorf. Seit meiner Beziehung zu den Fluxusleuten und später den Jungen Wilden habe ich einen gewissen Ruf auch als »Kunstanwalt«. Die Sache mit Céleste muss Mitte der 1980er-Jahre gewesen sein. Damals behauptete ein angeblicher Erbe der Künstlerin

Meret Oppenheim, mit der Celéste während ihrer Pariser Jahre befreundet war, dass sich Céleste eines Einfalls ihrer Freundin gleich nach deren Tod 1985 bedient habe. Céleste hatte zu dieser Zeit für das Entree eines neuen Museums in Duisburg einen gläsernen Kubus entworfen, in dem ein Cadillac in einem blutigen Tigerfell stand. Außer dem Kühlergrill und den anderen Chromteilen war der Wagen mitsamt den Rädern vollständig von dieser haarigen Außenhaut überzogen, die bei Kunstkennern sofort Erinnerungen an Meret Oppenheims fünfzig Jahre zuvor entstandene Kaffeetasse im Pelz hervorrief. Céleste hatte dies durchaus beabsichtigt, sie sprach von einer Hommage, hatte das Werk und den künstlichen Tigerpelz aber auf ihr weltweites Engagement zum Schutz wilder Tiere bezogen. Den Prozess haben wir dann glatt gewonnen.

Seitdem hatte ich Céleste nur noch sporadisch gesehen, einmal am Rande der Biennale in Venedig, wo ihr die Halle des Hauptpavillons mit dem *Prometheus-Projekt* gewidmet war, für das sie einen von einer Feuerader durchglühten Felsberg entworfen hatte. Nahe dem Gipfel stand eine kleine menschliche Bronzefigur, und über allem schwebten wie ein schwarzer Himmel einhundert ausgestopfte oder lebensecht nachgebildete Adler. Dort bin ich auch Benedictine zuletzt begegnet, die mir stärker gealtert erschien als ihre Mutter.

Benedictine habe ich 1974 in New York kennengelernt. Mein Glück, dass ich als Rechtsreferendar vor dem zweiten Staatsexamen eine Auslandsstation in einer international operierenden Anwaltskanzlei an der Madison Avenue absolvieren konnte. Damals war ich sechsundzwanzig und ein Niemand, und Benedictine war eine Somebody, schon vierzig, eine schwarzhaarige Anwältin mit wasserblauen Augen, französischem Akzent und sehr kurzen Kostümen aus teurem Tuch. So nahm sie den beeindruckten Jungen aus West Germany in ihre erfahrenen Arme.

Als ich zurück nach Deutschland musste, trafen wir uns noch ein paar Mal in Europa, meist in Frankreich, in Paris und auch auf dem Weingut mit kleinem Château, das Céleste im Périgord besaß. Wir durften in der ehemaligen Schlosskapelle wohnen, die in ein Gästeappartement umgestaltet worden war, mit einem Himmelbett unter Engelsfresken im gotischen Chor. Die große Künstlerin empfing uns als *young couple*, sie sprach mit uns, da mein Französisch bis heute zu schlecht ist, meist englisch. Von Geburt war sie Korsin. Aber ich habe sie als eine weltläufige Schamanin vom Mittelmeer und vom Atlantik wahrgenommen, aus Europa und Amerika, vermutlich wegen ihres internationalen Ruhms, der wenige Jahre zuvor begonnen und sich seit der Documenta 1972 in Kassel, wo sie eine Hornisse in den Ausmaßen eines Dinosauriers präsentierte, immerzu gesteigert hatte.
Sie galt, spät entdeckt und von der Fama einer früheren Résistance-Kämpferin umweht, als Idol einer damals neu und mit einiger Emphase beschworenen weiblichen Ästhetik. Céleste hat das nie betont, aber sie spielt auch wie selbstverständlich mit den bis dahin meist männlich besetzten Formen des Monumentalen, Aggressiven, Ironischen. Ich war ihr anfangs nur mit demütigem Respekt begegnet, zu scheu, sie bei einer abendlichen Lammkeule von mir aus überhaupt anzusprechen. Daraufhin behandelte sie mich weniger als Freund, eher wie einen Assistenten ihrer Tochter, bis mir einmal eine Bemerkung unterlief, die sie zum Lachen brachte, und bald wusste ich, dass Céleste Witze mochte, am liebsten recht schmutzige, wenn sie, wie immer im Laufe des Abends, viel getrunken hatte. Selbst hat sie merkwürdigerweise nie einen Witz erzählt. Sie war nur sarkastisch, sprach nach Sonnenuntergang, das war ihre Regel, möglichst nicht über Kunst und trug in jenen späten Sommertagen auf ihrem Château im Périgord meistens einen japanischen Seidenkimono. Sie hatte ihre langen, zu dieser Zeit noch schwarz glänzenden Haare tagsüber zu einem einfachen Pferdeschwanz gebunden, um sie dann jeden

Abend in eine turbanähnliche Hochfrisur mit eingesteckter Vogelfeder zu verwandeln. Gegenüber Benedictine nannte ich ihre Mutter »die letzte Mohikanerin«. *La dernière des Mohicans.* Des Nachts voller Feuerwasser.

2

Zwei Tage nach ihrem ersten Anruf meldet sich Benedictine erneut. Sie habe rausgefunden, dass Dresden einen eigenen Airport besitze und würde mich von London aus gerne »auf einen Sprung« besuchen, um »alles Weitere« mit mir zu besprechen. Ich sage, dass ich sie am Flughafen abhole, worauf sie mich bittet, ihr ein Hotel nahe den Museen und der Oper zu reservieren, sie wolle sich einen Tag lang in Dresden umschauen, um zu sehen, »was die Briten übrig gelassen haben«. Als ich etwas vom Wiederaufbau erwähne, meint Benedictine nur *we will see* und *bye-bye.*

Erst dachte ich, Célestes Tochter wird womöglich mit einer Privatmaschine kommen, aber sie hat einen der wenigen Direktflüge von London gebucht. Kaum erkenne ich sie dann in der Ankunftshalle, obwohl ihr dunkelgraues Kostüm auch aus der Distanz noch immer unschlagbar elegant wirkt und die langen Beine auf High Heels schweben. Nur Benedictines blondierte Haare fallen in dünnen Strähnen, und sie ist furchtbar mager geworden.

Oh, du hast eine Glatze, begrüßt sie mich, und dein Schnurrbart ist neu? Steht dir ganz gut.
Ich nicke, murmle eine rhetorische Floskel, ihr seid ja superpünktlich, als wäre sie in Gesellschaft gekommen, und versuche, mich um ein Gegenkompliment für ihr Aussehen zu drücken. Was Benedictine natürlich nicht entgeht. Kaum im Wagen, erklärt sie: Ich habe sehr abgenommen. Brustkrebs. Die Operation vor ei-

nem Jahr sei an sich gut verlaufen. Aber alles ist weg, Busen und Zigaretten, lacht sie, und das Lachen hat etwas von ihrer alten Klasse. Nur der Krebs ist noch da, sagt Benedictine, irgendwo versteckt als fremder Gast, das spüre ich. *Shit happens.* Was macht deine Frau, ist sie zurück aus Shanghai?
Ihre Informiertheit verblüfft immer wieder. Mit diesem schnellen, direkten Stil hat sie mich schon in der New Yorker Kanzlei bei Rosencrantz & Elsweiner beeindruckt.

Nein, Astrid ist noch in China. Wir wohnen an der Elbe zwischen Dresden und Radebeul, übrigens gibt es dort auch ein paar hübsche Weinberge. Das kannst du deiner Mutter berichten.

Später beim Abendessen in ihrem Hotel trinken wir einen Elbtaler Goldriesling zum Zander, ein Flusszander, für den mir keine Übersetzung einfällt, und *local fish* ist eigentlich zu unpräzis für eine präzise Frau wie Benedictine. Sie sagt, die wichtigen Dinge kommen zum Dessert, und wiederholt dann beim Schokoladenparfait, dass mich Céleste zu sehen wünsche. Und ich solle ein Aufnahmegerät mitnehmen. *Some kind of a good recording system.*

Was soll das heißen?

Ganz genau weiß ich auch nicht, was meine Mutter vorhat. Aber sie möchte dich sprechen, möchte dir etwas … anvertrauen. Sie will auch, dass darüber ein Vertrag gemacht wird. Nichts Kompliziertes, das kann gleich bei ihr zu Hause geschehen.

Und das passiert in London? Oder in Frankreich?

Auf Guernsey. Céleste lebt jetzt die meiste Zeit auf den Kanalinseln, von da ist es nicht weit nach London und Paris. Sie verträgt das milde Klima dort am besten, und es gibt auf Guernsey auch Trauben und Palmen, das erinnert sie ans Mittelmeer. Für ein paar Tage lohnt sich das übrigens nicht für deine Frau, du hattest mich ja gefragt. Außer ihr wollt dort Ferien machen. Ich denke nur, was Céleste mit dir vorhat, ist nicht unbedingt ein Ferienjob.

Etwas Genaueres würde ich darüber schon gerne wissen.

Musst du nicht. Eddy, *oh boy*, Céleste hat mir ausdrücklich gesagt, es bedarf keiner Vorbereitung. Du könntest alle juristischen Bücher und das Internet zu Hause lassen, du solltest nur ein bisschen was von deinem Humor mitbringen. Sie weiß noch heute, dass du mal bei einer Sache nicht weiterwusstest und gesagt hast: »Da stehe ich wie die Henne vorm Spiegelei.« Das ist seitdem einer ihrer Lieblingssprüche, obwohl sie so gut wie niemals ratlos ist und alles besser weiß.

Benedictine balanciert zwar auf schmalen Gliedern, aber zu Fuß ist sie auch mit Ende siebzig noch ein Ass. Am nächsten Tag begleite ich sie ins Grüne Gewölbe, zur Gemäldesammlung im Zwinger und in die Frauenkirche, von der sie angesichts der ausgestellten Fotos von den Rußstrünken der einstigen Ruine am meisten beeindruckt erscheint. Nur ein Abstecher zu mir Richtung Radebeul ist ihr zu viel. Bevor sie abends wieder nach London fliegt, sprechen wir nochmals über meine Reise nach Guernsey, die nun gleich in der kommenden Woche stattfinden soll, bevor Astrid aus Asien zurückkehrt. Auch Guernsey habe einen Flughafen. Weil ich jedoch eine Insel beim ersten Besuch, wenn möglich, immer mit dem Schiff und nicht aus der Luft erreichen möchte, muss ich nach Paris fliegen, wo ein Wagen mich abholen und in die Bretagne nach Saint-Malo bringen werde. Von dort gehe die Fähre nach Guernsey.

Ich bin dann auch auf Guernsey, sagt Benedictine. Als würde mich das beruhigen. Erinnerst du dich übrigens noch an das Restaurant Petit Palais in Paris, wo wir einige Male zusammen gegessen haben, bei meinem Onkel?

Die Frage kommt kurz vor ihrem Check-in am Dresdner Flughafen. Ja, doch, ich erinnere mich. Das Lokal gehörte Célestes Schwager, dem Bruder ihres im Krieg von den Deutschen erschossenen Manns.

Ich weiß, dass wir bei ihm einmal eine fantastische Kalbsniere gegessen haben. Auch wenn das ewig her ist.

Innereien waren die Spezialität von Onkel Regnier. Er wurde 1984 ermordet, ich glaube, ich hatte dir in einem Brief davon berichtet.

Ah ja, jetzt dämmert mir etwas. Der Fall erschien irgendwie … bizarr? Das stand auch bei uns in den Zeitungen, weil es ein Lieblingslokal von Mitterrand war. Einmal saß Mitterrand an unserem Nebentisch, allein mit einer jüngeren Frau, da war er noch nicht Präsident.

Und hinterher hat er vor der Küche gewartet, um sich von meinem Onkel mit Handschlag zu verabschieden. Das hat dir ziemlich imponiert. Regniers Restaurant war ja sehr familiär und klein.

Während Benedictine redet und ihr Ticket in einer Krokohandtasche verstaut, die kaum den Kriterien ihrer um das Aussterben bedrohter Tierarten besorgten Mutter entspricht, habe ich die Szene von damals wieder vor Augen. Das Petit Palais bedeutete namentlich eine gewisse Ironie, es lag in Belleville, einem Viertel im Pariser Nordosten mit vielen aus Algerien und Marokko stammenden Pieds-Noirs, und es war eine kulinarische Institution. Angesagt bei Künstlern, Intellektuellen und Politikern, die den radikalen Chic des Unschicken suchten. Und Kutteln, Leber, Nieren, Bries und Hirn. Ich entsinne mich jetzt auch, dass dieser Regnier statt ergrauter Haare ganz blonde hatte, ein ungewöhnlich blonder Mann aus Korsika. Aus Korsika wie Céleste.

Wie war das noch mit dem Mord?

Onkel Regnier wurde eines Nachts, als er schon geschlossen hatte, in seiner Küche geradezu hingemetzgert. Auch an den Wänden, auf den Bildern, die er als Sonntagsmaler in seinem Lokal aufgehängt hatte, überall waren Spuren von Blut und Gekröse. Eine grausige Schweinerei. Man dachte erst an einen Ritualmord, oder es habe irgendwas mit der Mafia zu tun. Dann wurde ein Konkurrent von Regnier verhaftet, ein drogensüchtiger Chefkoch mit langem Vorstrafenregister. Aber man hat ihn schnell wieder entlassen. Der Fall wurde nie geklärt.

Und warum kommst du plötzlich auf diese alte Geschichte? Benedictine zieht ihr Ticket wieder aus der Krokotasche und haucht mir vor der Passagierkontrolle noch einen *Goodbye*-Kuss zu. Sie meint, die Sache hätte womöglich eine Bedeutung für Guernsey. Dabei wendet sie sich mit ihrem Lachen schon ab. Sie wisse nicht, weshalb, es sage ihr nur der Instinkt.

3

Die ins Meer vorspringende Feste von Saint-Malo will ich mir doch wenigstens anschauen. Aber es regnet seit der Landung in Paris, selbst das pittoreske bretonische Hotel in der Altstadt ist abends klamm, und in der kleinen Halle mit der dunklen Eichenbalkendecke haben sie den Kamin angezündet, mitten im Juli. Am nächsten Morgen wirkt das Licht dann wie eine Explosion, der Himmel blank und das gestern noch schäumende Meer eine stille Flut. Bei einem solchen Wetter verfluche ich die neumodischen Highspeedfähren, diese Schrapnells ohne bequemes offenes Oberdeck. Aber selbst die Fische haben sich allem Anschein nach an die tosenden Maschinen gewöhnt, und im Golfstrom der Kanalinseln, zwischen Jersey und Guernsey, taucht plötzlich ein Schwarm Delfine auf. Erst sind sie nur ein silbriger Reflex am Horizont, dann tummeln sie sich und springen spielerisch immer wieder so nah beim Schiff, als wär's eine Wildwasserschau.
Als die Turbinen in der Einfahrt von St. Peter Port auf Guernsey ausrauschen, klingelt mein Handy. Benedictine sagt, *Hi, it's Beny.* Sie stehe gleich am Kai. Beny, diesen vertrauten Rufnamen habe ich von ihr seit unseren alten Tagen nicht mehr gehört. Obwohl sie mich zuletzt wieder Eddy genannt hat, hätte ich ihre

Kurzform kaum mehr benutzt. Zwischen uns, denke ich, liegt doch eine oder zumindest eine halbe Generation. Und wir beide ein Liebespaar, das war vor verblichenen Zeiten, auch wenn man sich bei so viel Sex und Spaß gerne unsterblich vorkommt. Weil unsere Beziehung, die erst so richtig im *Ladies Bathroom* der New Yorker Anwaltskanzlei begonnen hatte, von Anfang an ohne Zukunftspläne war, kannte sie keine Zeit und erschien uns damals ganz alters- und schwerelos. Doch inzwischen haben wir beide in keinem Glassarg geschlafen. *Hi Beny*, das geht mir nicht wieder so leicht von den Lippen.

Nach den zwei Tagen in Dresden umarme ich meine unwirklich alte, unwirklich muntere Freundin dennoch viel unbefangener, vor allem bin ich auf ihre Magerkeit und den Krebs gefasst. Auch Benedictine wirkt entspannter, ihr noch immer strahlendes Lachen lässt ihre Lippen voller aussehen, als sie es nun sind in einem Gesicht, das dem so schonungslos indiskreten Blick der Erinnerung nur noch als Abglanz erscheint. Wie eine je halbseitig aus Vergangenheit und Zukunft geformte Maske, die zusammen mit den dünnen, seit Dresden kürzer geschnittenen Strähnen auf einem aparten Schrumpfkopf sitzt. Schon bei unserer Begrüßung am Hafen fühle ich mich von Benedictines Intelligenz sogleich durchschaut, aber sie überspielt die Situation wiederum offensiv und verblüffend herzlich. Sie küsst mich, hält für Momente meinen Kopf fest, und ich fahre mit meiner rechten Hand ganz unwillkürlich ihren Hals entlang und streife mit einem Finger von der Halsbeuge herab noch leicht über ihre Brust.
Erneut lacht sie, fasst meinen Zeigefinger, als hätte sie ihn im Niemandsland ertappt, und sagt: Kein Glockengeläut mehr! Sofort weiß ich, was sie meint. An den empfindlichen Stellen ist Benedictine eben unschlagbar unsentimental. Ich hatte, als wir bei Céleste in der ehemaligen Schlosskapelle miteinander schliefen und Benedictine auf mir ritt und ihre großen Brüste vor meinen

Augen schwangen, irgendwann einmal gescherzt: Nun läuten hier wieder die Glocken! So ein Zeug, das Männer sagen, und sie hat es sich gemerkt.

Am Kai von St. Peter Port vor einem der weißen Hafencafés steht Célestes Bentley, bordeauxrot. Helle Ledersitze. Benedictine sagt: Spanische Büffelhaut, von glücklichen Rindern! Kein Stierkampf oder schlechte Metzger, die hätten die Häute zu sehr beschädigt, um bei einem Rolls oder Bentley zum feinen Leder zu taugen. Ich müsse gar nicht spotten, meint sie selber mit leichtem Spott, als hätte sie meine Gedanken schon vorab gelesen. Von wegen Krokotasche und Célestes großen Tierschutzkampagnen. Hierzu hatte ich mir eine Bemerkung letzte Woche doch nicht verkneifen können.

Ich wundere mich, dass kein Chauffeur uns fährt, und ich bewundere Benedictines Sicherheit, mit der sie den mächtigen Wagen durch die engen, von überbordenden Hecken und Büschen gesäumten Straßen lenkt, über sanfte grüne Hügel und vorbei an Farmhäusern und Dörfern im südenglischen Stil. Alles wirkt eine Spur weicher, verspielter als in der Bretagne oder Normandie, umso mehr fallen mir die oft französisch klingenden Haus- und Ortsnamen auf. Bei La Fosse, im Süden der Insel, erzählt Benedictine, habe sich ihre Mutter vor Jahren einen »kleinen Besitz« gekauft. Ihre Produktionsfirma sei in London geblieben, obwohl Guernsey ein Offshore-Steuerparadies sei, außerdem gebe es noch ein Atelier in Paris. Nur das Loft in Manhattan, das Benedictine in ihrer New Yorker Zeit mitbewohnt hatte, sei verkauft worden.

Und das Weingut mit Château und Kapelle?

Das habe Céleste an sie überschrieben, doch als kinderlose Witwe, retirierte Anwältin und moderate Trinkerin könne sie damit nichts Gescheites anfangen, sie habe das Ganze verpachtet. An einen Lebensmittelkonzern, der die Reben für seine Cuvées nutze und im Château Seminare für Führungskräfte veranstalte.

Was nun mit der Kapelle, mit unserer Kapelle, geschehen sei, wisse sie nicht.
Wir lächeln beide, Benedictine hat in der Sonne das Cabriodach zurückgefahren und eine zur Wagenfarbe passende rote Basecap aufgesetzt. Mir fällt ein, dass sie in ihrer Jugend als Hobby Autorennen gefahren war, und uns umweht ein Hauch Ferienstimmung, sodass ich doch noch einmal frage, was ich hier eigentlich soll. Übrigens hätte ich ein kleines digitales Aufnahmegerät mitgebracht, das ich auch für Diktate gebrauche.

Das wäre nicht nötig gewesen, alles steht auf der Hester Grange, so heißt das Gut, längst bereit. Eddy, sei nicht ungeduldig, ich ahne selbst nur was und weiß doch nichts, aber sie hat für alles gesorgt.

Zur Hester Grange zweigt ein ungeteerter Stichweg ab, kaum breiter als der Bentley, der erst wieder zu dem sich hinter Glyzinien und einem weiten Torbogen öffnenden Besitz zu passen scheint. Das Haupthaus der ehemaligen Farm ist ein rosenberankter Backsteinbau, aus dem Kiesbett der Einfahrt und dem umgebenden Grün leuchtet er in der Sonne in warmem Braunrot bis hoch zum Dach, das mit Tonziegeln und nicht wie an der Kanalküste sonst üblich mit dunklem Schiefer gedeckt ist. In den angrenzenden ehemaligen Ställen und Scheunen seien jetzt Gästezimmer und eine Werkstatt, erklärt Benedictine, Célestes eigentliches Atelier befinde sich im früheren Gesindetrakt, dort habe sie die Zwischendecken teilweise herausnehmen lassen. Du weißt, sie ist raumsüchtig. Benedictine nennt ihre Mutter »agoraphil«.
Auch ihr Auftreten erinnere ich als raumfüllend dominant. Wir gehen durch einen lichten Salon und die zum Garten geöffneten Glastüren, setzen uns, kurz begrüßt von zwei Windhunden, in Korbstühle unter einen cremefarbenen Sonnenschirm, und eine junge Frau mit asiatischem Aussehen serviert Wasser mit Eiswürfeln. Das ist Charissa, ihre Familie kommt von den Philippi-

nen, sagt Benedictine. Ob ich Alkohol möchte, nein? Die beiden Windhunde heißen Bouvie und Pécu, das rufe sich leichter als Bouvard und Pécuchet. Du weißt doch ..., fügt Benedictine hinzu. Mir schwant etwas, aber ich finde Hunde affig, die Namen von Romanfiguren tragen, genauso wie Katzen, die Einstein oder Bowie heißen.

Nach einer Viertelstunde höre ich hinter uns im Salon ihre unverkennbare Stimme. Ein rauchiger Mezzosopran mit hellen Sprüngen. Céleste ist noch immer groß, wenngleich ein wenig gebeugt, doch stützt sie sich auf einen silbernen Stock, den sie, wir sind aufgestanden und ihr entgegengekommen, zur Begrüßung einfach hinter sich wirft, um meine Hand mit beiden Händen zu nehmen. *Good to see you, Eddy!*

Am liebsten würde ich von diesem ersten Auftritt ein Handyfoto machen, die Begegnung mit einer Sehenswürdigkeit. Um den Hals trägt sie eine Korallenkette zum luftigen Sommerkleid, an den langen knochigen Fingern massive Ringe aus Gold und Silber, dazu zahlreiche Armreife, und ihr volles Haar ist straff zurückgekämmt, wie früher ein schwarzer Pferdeschwanz, nun durchzogen von einer breiten Silbersträhne. Die hohe Stirn, die gebogene Nase, mit neunundneunzig ist sie, übersprenkelt von Altersflecken auf der südlichen Haut, noch immer eine schöne Frau.

Wir wollen in zehn Minuten den Lunch nehmen, nicht wahr, Darling. Dazu erwarten wir noch Professor Rutherford. Ich hoffe, er verspätet sich nicht.

Ob sie ihre Tochter oder etwa mich mit der Floskel Darling bedacht hat, bleibt offen bei diesem zwischen Einladung und Anordnung schwebenden Auftakt. Ich habe nur gleich wieder ihren bestrickenden Ton im Ohr. Kaum verändert nach all den Jahren. Celéstes Englisch verbindet den vokalisch sanften Singsang der Französin mit einer mitschwingenden Energie und Härte in den

rollenden, rauen Konsonanten. Eigentlich nicht unbritisch dieser Unterton, aber vielleicht auch in ihrer Herkunft von der viel südlicheren Insel begründet.
Wie auf Geheiß tritt Sekunden später, von der Gartenseite herbeigeeilt und gefolgt von den Windhunden, ein massiger Mann mit gerötetem Gesicht und Hemingwaybart in weißem Anzug zum rosa Hemd auf die Terrasse, schwenkt sichtlich erhitzt seinen Strohhut und deutet gegenüber Céleste einen Handkuss an. Benedictine und mich grüßt er mit einem Nicken, er sei entzückt wieder hier auf Guernsey zu sein.

Professor Richard Rutherford – Dr. Edvard Krieger, stellt Céleste uns einander vor. Edvard mit einem »v« wie Edvard Munch. Ein Tick, sagt Céleste, das mag ich.

Mein Vater war wirklich ein Munch-Verehrer, leider kein Sammler. Doch meine Familie hatte einen leichten Namensspleen, erwidere ich, beschnüffelt von den Windspielen, die auf die Namen von Flaubertfiguren hören. Professor Rutherford murmelt etwas wie *»oh, really«*, er schaut sich dabei suchend um und bugsiert seinen Borsalino auf einen Beistelltisch. Jetzt noch zu erwähnen, dass mein Vater Friedemann Krieger hieß, verkneife ich mir. Die kleine Pointe hatte ich früher einmal für Céleste zu übersetzen versucht, was zu meiner Verwunderung gar nicht notwendig gewesen wäre, sie schien das deutsche Wortspiel zu verstehen. Céleste erklärt, Dick, wie sie Rutherford nun nennt, Dick lehre in Cambridge »die irdische Gerechtigkeit«, sei allerdings im Hauptberuf ein Kollege von mir, ihr Londoner »Lieblingsanwalt«, was dieser mit einem »Oh, là là« quittiert und indem er auf Céleste ein Glas roten Burgunder hebt. Charissa und ein junger Mann mit hörbar slawischem Akzent servieren uns dazu Roastbeef mit grünem Spargel, der von Guernsey stamme und bis jetzt in den Juli wachse. Die Gastgeberin, sehe ich, isst nur vom Spargel.

Noch vor einem Dessert oder dem Kaffee erhebt sich Céleste, sie ergreift ihren Silberknaufstock, wirft mit der freien Hand den beiden Windspielen mit weitem Schwung je eine übrig gebliebene Scheibe Roastbeef zu, und wir gehen, ohne Benedictine und die Hunde, zu dritt ins Haus. Auf einem Marmortisch liegt im Salon eine rote Ledermappe. Dick Rutherford zieht daraus einen Bogen Papier hervor, den Céleste ohne Brille rasch überfliegt und an mich weiterreicht. Ich setze mich ihr gegenüber und lese den kurzen Text. Es ist eine vertragliche Vereinbarung, nach der ich mich verpflichte, über alle Informationen absolutes Stillschweigen zu wahren, die mir Madame Céleste Salvatori ab dem heutigen Tag mündlich anvertrauen werde und die sie auf Tonträgern sowie mit Videokameras dokumentieren lasse. Die gewünschte Vertraulichkeit ende mit dem Tod von Madame Céleste Salvatori. Nach ihrem Ableben stehe es mir dann frei, die empfangenen Informationen in einem Buch zu veröffentlichen oder in anderer Weise an Dritte mitzuteilen, wobei die Erben der Verstorbenen berechtigt seien, die inhaltliche Korrektheit einer solchen Mitteilung anhand der Film- und Tondokumente zu überprüfen und im Falle wahrheitswidriger Behauptungen die Veröffentlichung zu untersagen. Jeder Bruch dieser Vereinbarung durch Dr. Edvard Krieger verpflichte diesen zu einer Vertragsstrafe von einer Million Dollar, unabhängig von weiteren möglichen Schadensersatzforderungen.

Darf ich mir das erst einmal überlegen? Ich schaue Rutherford an, der nickt und blickt zu Céleste.

Natürlich darfst du das. Céleste senkt den Kopf, als wolle sie selbst für einen Moment mit geschlossenen Augen nachdenken. Merkwürdigerweise ist mir ihr goldener Lidschatten bisher nicht aufgefallen, und ich weiß plötzlich nicht mehr, welche Farbe die Augen haben. Oder doch, sie sind irgendwie gelbbraun, zwei Bernsteinkugeln zwischen Goldlid und schwarzem Kajal, vom

Alter kaum getrübt, wie sie mich jetzt wieder anleuchten. Hast du inzwischen nachgedacht?, fragt sie lächelnd.

So schnell?

Vielleicht habe ich nicht mehr alle Zeit der Welt, oder was meinst du, Eddy?

Ich weiß immer noch nicht, um was es dir überhaupt geht.

Um dein Vertrauen. Mir geht es um dein Vertrauen. Sie wischt mit einer ungeduldigen, wenn nicht ärgerlichen Bewegung über die Tischplatte, und auf dem Marmor mit seinen farbigen Intarsien klirrt es und kratzt. Célestes metallische Hand- und Armreifen. Wieder ihr Bernsteinblick. Du musst hier nicht zögern, nimm es als … Spiel. Nach einem kurzen Lächeln scheint ihr Ärger wieder verflogen. Du spielst das Spiel ohne eigenen Einsatz und Risiko. Irgendwann ist es vorbei, danach bist du frei von jeder Bindung, kannst damit machen, was du willst. Bis dahin erbitte ich deine Verschwiegenheit.

Als Anwalt?

Als alter … Freund.

Inzwischen ist Benedictine zu uns getreten. Céleste steht abrupt auf, das Vertragspapier liegt zwischen uns auf dem Tisch, sie sagt *au revoir* und geht erhobenen Hauptes und weniger gebeugt als vor dem Mittagessen, so will es mir scheinen. Tack, tack, tack macht ihr Silberstock auf dem Parkett, ihr voraus huscht Charissa durch den Salon, um die Flügeltüre zu einem der Nebenräume zu öffnen und sie hinter Céleste gleich zu schließen.

Meine Mutter hält jetzt ihre Siesta, danach arbeitet sie im Atelier, erklärt Benedictine. Wir sehen sie erst wieder zum Dinner.

Benedictine führt uns zurück zur Terrasse, von dort in den Garten. Im Schatten einer haushohen blühenden Magnolie sind auf dem Rasen zwei Tee- und Kaffeetische gedeckt. Professor Rutherford hat seinen Borsalino aufgesetzt und er hat die Ledermappe

mit dem Vertrag mitgenommen. Dr. Krieger, tönt sein sonorer Bass aus dem Hemingwaybart, Dr. Krieger, ich erlaube mir nicht, Ihnen als erfahrenem Kollegen irgendwelche Ratschläge zu geben. Aber ich habe den Eindruck, dass unserer Gastgeberin an Ihrer Einwilligung ganz außerordentlich gelegen wäre. Dr. Krieger, wiederholt er in seinem Stil ausgesucht bestimmender Höflichkeit, ganz *old school*, und taucht dabei ein Stück Biskuit in seinen schwarzen Kaffee, wenn Sie mir für einen theoretischen Moment gestatten, mich an Ihre Stelle zu versetzen, dann sehe ich keinen Anlass, dieses einfache Stück Papier nicht zu unterschreiben. Der massige Mann tippt mit seinem leicht abgespreizten Siegelringfinger auf den Vertrag, den er mit einer Zuckerdose beschwert auf den Gartentisch gelegt hat. Ich habe ja persönlich keine Vorstellung, was Madame Céleste Ihnen anzuvertrauen wünscht, aber ich möchte wetten, die Sache birgt für Sie tatsächlich kein Risiko. Sie reisen, hat man mir gesagt, in ein paar Tagen wieder ab und können das Ganze, auch die Klausel mit der Million, er stößt einen schnappenden Lacher aus, in Ihrem Herzen und vielleicht besser noch in Ihrem Tresor begraben. *Just forget about it!* Und sollte Madame Céleste, die ich für unsterblich halte, doch einmal hinscheiden, dann sehen wir weiter.
Rutherford bietet mir eine Zigarre an. Ich lehne dankend ab, und er – Benedictine, stört Sie das? – zündet sich eine Cohiba an. Auf das Rauchzeichen hin eilt der Junge mit dem slawischen Akzent herbei und bringt gleich drei Aschenbecher. Der Anwalt aus London schaut seinen aufsteigenden Wölkchen in den blauen Himmel nach, Benedictine hat sich in ihrem Korbsessel hinter einer enorm großen, enorm teuer aussehenden Sonnenbrille verschanzt, und ich komme mir vor wie unsichtbar belagert. Von einem Heer der Erwartung, das mir statt Speeren und Lanzen einen Haufen Füllfederhalter entgegenreckt.

Mich hatte die schiere Neugierde nach Guernsey getrieben, irgendwie bin ich von dem durch Benedictine zuvor immerhin vage angekündigten Vertrag auch nicht völlig überrascht. Mich nervt nur die gleichsam notarielle Zeremonie. In dem sommerlichen Garten, in diesem stillen südlichen Park, der hinter einem Saum von Rhododendren und blau und weiß blühenden Hortensien in eine zum Meer hin abfallende Wiesen- und Klippenlandschaft überzugehen scheint, ähnelt sie einer Erpressung.
Ich blicke zu Benedictine und habe, da sie so ungewöhnlich schweigsam wirkt, fast schon vergessen, dass auch sie ja Juristin ist, der dritte Anwalt unter der Magnolie. Was meinst du? Kanntest du den Vertrag?
Sie nimmt ihre Sonnenbrille ab, blinzelt mich an und sagt: Nur sehr ungefähr. Dick hat ihn für Céleste formuliert. Aber bitte, unterschreibe! Damit wir es hinter uns haben.

Hinter uns?

Jetzt schweigen wir alle.

Okay, … ich werde unterschreiben. Und dann würde ich gerne mein Zimmer sehen.

4

Richard Rutherford hat sich verabschiedet. Wenn ich es richtig verstanden habe, fliegt er mit dem Vertrag noch heute Abend zurück nach London. Mit Benedictine bin ich durch den Garten zu einer der früheren Stallungen gegangen. Mein Gastappartement ist ein moderner heller Einbau, der das, wie ich schätze, zweihundertjährige Gebäude drum herum fast vergessen macht. Mit Blick durch bodentiefe, im alten Stil nachgebaute Sprossenfenster: weit hinaus zu einer im strahlenden Nachmittagslicht verschwimmenden Hügelkette. Bedienstete haben bereits meinen Rollkoffer ins Schlafzimmer gebracht. Er war wohl verschlossen, sagt Benedictine, sonst hätte man dir die Kleidung schon ausgepackt und aufgehängt. Mach's dir bequem, du hast eine eigene Bar und jeden Service, wenn du irgendwelche Wünsche hast, ruf beim Housekeeping an. Dinner ist um halb neun, ich nehme davor einen Aperitif auf der Terrasse.

An was arbeitet Céleste im Moment?

Ich weiß nicht, ob sie dir auch ihr Atelier zeigt, frag sie einfach. Dort lagert zurzeit ein Modell ihrer *Broken Clouds*, zusammen mit nicht verwendeten Formen.

Benedictine erzählt, dass ihre Mutter seit Jüngstem wieder »ganz klassisch« male, nicht auf Leinwand, sondern wie in früheren Zeiten auf grundiertem Holz. Auf Kirsche und Eiche aus Korsika. Augenblicklich sei sie begeistert von den einst schon auf Holz gemalten römisch-ägyptischen Mumienporträts, andererseits entwerfe sie mythologische Landschaften mit sonderbaren Flugkörpern, Robotern, Laboratorien darin, eine Art Archäologie der Zukunft. Der Name der Serie sei *Allegria*.

Allegria, die Freude, Nummer 1, 2, 3 und so fort. Sie möchte noch mindestens bis zur Nummer 13 kommen, weil sie an einem Dreizehnten geboren wurde, sie hält das für ihre Glückszahl.

Als Benedictine gegangen ist und ich ausgepackt habe, rufe ich Astrid in China an. Sie hat mir ein paar Fotos aufs iPhone geschickt, von einer Monsterbaugrube und von sich selbst unter einem gelben Helm, umringt von lauter Chinesen mit gelben Helmen, dazu der Kommentar, dass in ihrem Rücken gerade ein Stadtviertel mit zwei Seen und achtundachtzig Hochhäusern entstehe. Von einer früheren gemeinsamen Asienreise erinnere ich mich, dass in China die Acht als Glückszahl gilt. Zum Kontrast präsentiert sich Astrid noch in einer Videomail vor dampfenden Garküchen und einem bunten Gewürzmarkt. Jetzt höre ich ihre Stimme, leicht zerhackt. Ich berichte ihr kurz von meiner Ankunft auf Guernsey, aber verstehe sie kaum. Astrid ist beim

Abendessen in einem Lokal mit Musik und offenbar vielen lauten Stimmen. Sie sagt, sie könne den Lärm nicht überschreien, es gehe hier abends immer sehr lustig zu und sie sei mit ihren chinesischen Partnern in einer Stadt im Yangtse-Delta, den Namen könne sie nicht richtig aussprechen, ich höre nur eine Millionenzahl und wünsche ihr für später eine gute Nacht.
Auf einem Couchtisch stapeln sich neben dem hotelähnlichen Begrüßungskorb mit Früchten allerhand internationale Kunstzeitschriften und Kataloge. Sie betreffen fast nur Ausstellungen und Projekte von Céleste. Ein japanisch-amerikanischer Großband zeigt auf dem Umschlag Célestes goldene Dampflokomotive mit dem schwarzen Heizer namens *Hölderlin*, die im Pariser Musée d'Orsay steht, ein anderer englischer Katalog heißt *Broken Clouds*. Ich habe die Installation vor einigen Jahren am Themse-Ufer vor der Tate Modern gesehen, im Anschluss an einen Londoner Geschäftstermin, ohne mich bei Benedictine oder Céleste zu melden. Die *Clouds* galten einen Sommer lang als Sehenswürdigkeit, ein Trümmerfeld himmlischer Kondensationen, Céleste eine Baumeisterin von Wolkenruinen aus Karbon oder sonstigem Kunststoff, durchzogen von Adern aus Chrom, in denen das natürliche Licht sich immer neu brach. Spötter hatten das als Kommentar zum englischen Wetter gedeutet, während die Kunstkritik das Werk, soweit ich mich erinnere, als Metapher sah für die Zerrissenheit unserer Zeit, unserer Existenz und der planetarischen Zustände. In dem Katalog lese ich nun, dass Céleste sich selbst allein durch die »romantische Faszination« des deutschen Worts »Wolkenbruch« inspiriert gefühlt habe. *There is a crack in everything / that's how the light gets in.*

Benedictine sitzt am Abend in ein Plaid gehüllt an der Hauswand und trinkt Champagner. Auch einen Sundowner? Ich nehme das gleiche, so stoße ich mit ihr an. Auf die neuen Zeiten. Als sie auflacht, hören wir das Tacktack im Hintergrund, und Céleste setzt sich zwischen uns. Sie trägt jetzt eine Art bunten Seidenturban, aus dem im Nacken noch ein geflochtener Haarschweif ragt, und hüllt sich gleichfalls in ein Plaid, denn wir seien hier trotz der trügerisch lange scheinenden Julisonne nicht am Mittelmeer. Dafür passe ihr Single Malt umso besser ins Bild.

Hast du noch gearbeitet?

Aber ja doch, *bien sûr, my dear.* Ich arbeite immer, auch jetzt, mit der Leber! Céleste hält ihr Glas mit dem Whisky und einem Schuss Soda demonstrativ in die Abendsonne. Dieses goldbraune Licht, wie ein Rembrandtlicht, das kriegst du nie mehr gemalt. Nur noch Werbefotografie! Sie trinkt einen Schluck und sagt, egal, *so what.* Auf meine Erkundigung nach ihrer Arbeit antwortet sie nicht weiter, sie schaut mich bloß an mit leicht gespitzten Lippen, und ich bemerke, dass sie grünen Nagellack aufgetragen hat, nur der kleine Finger ist jeweils rot. Wie ihre Zehenspitzen in den vorne offenen Sommerpumps. Und was machst du so in Sachsen?

Dass Céleste Sachsen sagt, überrascht mich. Ich delegiere am liebsten, antworte ich, der wahre Boss in unserer Kanzlei ist inzwischen meine Frau. Sie verdient das Geld, während ich Dresdner Bürgerinitiativen gegen den Bau einer neuen Autobrücke im bisher geschützten Elbtal vertrete. Ohne Erfolg. Doch es befriedigt das Gewissen, außerdem lernt man viel Neues über digitale Verkehrsleitsysteme und mutierte Fledermäuse in Uferauen. Gerade kümmere ich mich ein wenig um Urheberrechtsfragen im Internet, versuche, Schriftsteller und Künstler gegen die universelle Piraterie zu verteidigen.

Tatsächlich? Da könntest du glatt zum *global hero* werden, meint Benedictine.

Fragt sich bloß, ob als Batman oder als Don Quijote.

Worte, Bilder, Töne, Ideen sind im Netz vogelfrei. Benedictine fährt fort: Wir können sie nicht mehr einfangen. Ich hatte in meinen letzten Anwaltsjahren ziemlich viel mit Wirtschaftsspionage zu tun, da haben uns die IT-Experten schon im letzten Jahrhundert gesagt, dass nichts, absolut nichts mehr sicher sei. Du besitzt für alles Mögliche die Rechte und sogar die Schlüssel, nur kein Schloss dazu. Und keinen Safe im Orbit. Einer meiner amerikanischen Kollegen meinte, dass das Rezept von Coca-Cola am Ende unser einziges Geheimnis bleibt. Der Gral, lacht sie, ist heute eine süße, klebrige Sache.

Dann brechen wir doch mal auf zu unserer kleinen Tafelrunde. Céleste lässt ihren letzten Schluck Malt im Glas und schaut mich an. Uns fehlt nur ein zweiter Ritter, wir bleiben *à trois.* Dicks Abreise bedauere ich, er kann, wenn er ein bisschen was getankt hat, sehr amüsant sein. Céleste nimmt meinen Arm und hakt sich bei mir unter, als wir ins Haus gehen. Ich danke dir übrigens, dass du mit unserem ... Papier jetzt einverstanden bist.

Das Esszimmer, gleich neben dem Salon, wirkt auf den ersten Blick wie ein venezianischer Rokokoraum, mit Wänden aus altem bleigefasstem Spiegelglas, man sieht sich selbst darin so nah wie entrückt in den Schlieren und Schleiern der Zeit. Über dem Tisch in der Mitte ein Kristalllüster, in dem von den großen Fenstern her noch die späte Sonne funkelt, auf dem Tisch Kerzenleuchter und die Wein- und Wassergläser aus farbigem Glas der für meinen Geschmack zu bunten Murano-Art. Nur die hintere Längswand ist nackt, eine offene Ziegelwand, an der zwei große ungerahmte Gemälde in hellgrauem Grundton, überzeichnet mit feinen Schriftzeichen, hängen. Als ich sie, statt mich sofort zu setzen, noch näher betrachte, sagt Céleste: Mein guter Freund Cy. Halblaut fügt sie hinzu, ein großes Licht, vielleicht kein ganz großes.

Ich zögere erst, mache dann eine halbkreisende Handbewegung durch den Raum und sage, dass ich nur staunen kann. Benedictine wirft in ihrer schnellen Art ein: Du meinst diesen Raum?

Nein, ich staune, wie unterschiedlich die private Lebenswelt und die Arbeiten von Künstlern erscheinen. Ich denke, sage ich zu Céleste gewandt, an deine gewaltigen, beunruhigenden Maschinen, an die in Gelee eingelegte Atombombe oder diesen überdimensionalen *Wal der Zeit*.

Den hast du gesehen?

Natürlich, letztes Jahr in Berlin. Der Wal war doch ein … *big event*.

Tatsächlich hatten ein paar Hunderttausend Zuschauer das künstliche Tier dort vor dem Hamburger Bahnhof sehen wollen, wie es zu jeder Stunde, nachdem sich seine verblüffend echt erscheinende Wunde gerade geschlossen hatte, aufs Neue von einer durch die Luft sausenden Harpune getroffen wurde und der Wal immer stärker zu bluten begann. Was vor allem bei nächtlicher Beleuchtung, als sei's eine bizarre Fantasy-Inszenierung, die Handyfotografen in Scharen anlockte.

Wieso überdimensional? Das war nicht überdimensional. Es gibt dreißig Meter lange Blauwale, man jagt sie noch immer, trotz aller Verbote. Sie haben das größte Herz der Welt und das meiste Blut. Würden wir ihre Schreie hören, sagt Céleste, dann würden sie über alle Meere hallen. Bis hierher zu uns. Aber, lächelt sie, was, glaubst du, haben die alten Spiegel hier mit meiner Kunst zu tun? Ich arbeite mit allen Zeiten und lebe immer schon in … Gegensätzen. Ich war mal auf einem Dinner mit Chaplin – sie spricht ihn *Schaplin* aus. Der spielte im Kino den Clochard, aber erzählte uns frisch onduliert und manikürt in piekfeinem *Oxford English* die elegantesten, schlüpfrigsten Anekdoten. Also … Céleste formt mit der Spitze von Daumen und Zeigefinger sekundenlang einen Ring und blickt durch ihn hindurch auf mich, als sei's ein Teleskop, dann lacht sie auf, ein Scherz. Also, ein grausamer Mörder verträgt kein blutiges Steak, was heißt das schon?

Du hast einen Bacon in deinem Schlafzimmer, Mom. Ein zerstückelter Körper, sagt Benedictine, ein Kadaver in rohen Fetzen. Aber im Goldrahmen.

Bacon, den habe ich leider nie persönlich kennengelernt. Komisch, er wollte wohl nur mit Männern trinken! Ein Mannsbild, ein schönes Männerbild, er bestand darauf, dass jede krude Darstellung eine kostbare Fassung erhält, er war, selbst wenn er im Chaos lebte, *un prince*. Warum nicht? Er hat alle seine Bilder in Gold gerahmt. Es war die ... Inszenierung eines erdachten, erträumten Schreckens. Wir alle sind ... gierig, ja gierig nach der Realität und wollen sie uns zugleich ... vom Leibe halten, sonst hast du keine Luft zu atmen. Deshalb konstruiere ich so gerne große, richtig raumgreifende Dinge. Céleste winkt den Jungen vom Mittag herbei, ihr und uns Weißwein nachzuschenken. Ich mag auch nicht die Bezeichnung »Installation« für meine Sachen. Ich bin kein Installateur, ich bin eine Konstrukteurin. Voilà! Sie deutet auf die noch immer nachglühenden Sonnenstrahlen in dem spiegelnden Raum und sagt plötzlich leise, fast zu sich selbst: *All things gone, nevermore*. Geschwätz, alles Geschwätz, ruft sie nun aus. *What a noisy rubbish!* Sie schnipst dazu mit den Fingern, und ein kurzer Zischlaut entfährt ihr, als ließe sie ein paar unsichtbare Seifenblasen platzen. Sie will das Thema wechseln.

Mit dem Abendessen, hat Céleste schon zuvor verkündet, bleiben wir »in der Nachbarschaft«. Das heißt, es gibt bretonische Austern, danach bretonischen Hummer auf mächtigen Silberplatten, *steamed Lobster*, die sanft gekochten Scheren, Schwänze und am Rand das sämige, grünlich weißliche Hummerinnere, den Corail, vor dem sich Nichtkenner oft ekeln, dazu warme Zitronenbutter oder Sauce Mayonnaise. So, wie ich es am meisten liebe. Alles nur mit Baguette und einem Pouilly-Fumé, von dem der slawische Junge soeben die dritte Flasche geöffnet hat. Die Hummer, behauptet Céleste, seien noch auf traditionelle Weise mit Körben gefangen, allerdings habe sie ein schlechtes Gewissen wegen der Tötungsart. Es sei schmerzloser, den Lobster vom Kopf bis zum Schwanz zu zerschneiden, so fahre der Schnitt im Hummerhirn sofort durch den Lebensnerv, das gehe viel schneller als das Verbrühen im Kochtopf, doch derart aufgeschnitten könne man ihn nur noch grillen, zum guten Garen müsse er halt in seiner vollen Schalenpracht kopfüber ins siedende Wasser. Auch Hummer, sagt sie, würden wahrscheinlich unhörbar schreien. Benedictine und ich schauen uns für einen Moment an wie Kinder, die nicht wissen, ob sie gleich weinen oder lachen sollen.

In Deutschland, merke ich an, ist nur das Eintauchen ins kochende Wasser erlaubt, einen lebenden Hummer zu teilen, verbietet bei uns der Tierschutz. Vielleicht ist das so, als hielte man zur Entschuldigung der Todesstrafe einen Scheiterhaufen für humaner als die Guillotine.

Céleste lächelt mich nun an und hat zugleich einen Glanz im Blick. Ist es ein Reflex der Spiegel und des schimmernden Lichts der Kerzen in ihren so alten und dennoch klaren Augen? Oder doch die Schwermut, der Widerschein eines tieferen, durch die Erwähnung des Todes, und sei's nur des Hummertodes, aufgerührten Schmerzes? Ihr Ausdruck hat etwas Träumerisches angenommen. Man vergisst ja bei ihrer sonstigen Geistesgegenwart und der Großkünstlerinnengrazie nur zu leicht, dass sie bald hundert ist und an einer für alle Menschen magischen Schwelle.

Völlig unvermittelt kommt sie nochmals auf Rutherford. Wissen wir, ob er schon zurück in London ist? Benedictine sagt zu ihrer Mutter, das Büro habe vorhin gemeldet, er sei am frühen Abend gelandet. Ihr habt hier ein Büro, mit Sekretariat? Wir haben auch in der Hester Grange ein Büro, bestätigt Benedictine, und ich frage mich, wer und was selbst jetzt am Abend noch in diesem offenbar weitläufigen Anwesen für das Kunstimperium mit Namen Céleste tätig ist.

Dick Rutherford, meint Céleste und wischt sich mit ihrer Serviette einen Rest weißlichen Hummercorail von den Lippen, er mag Professor in Cambridge sein und einer meiner erfolgreichsten Anwälte. In den Golfstaaten, wo sie diese Blingblingmuseen bauen, hat er für mich schon unverschämt gute Preise verhandelt. Ich halte ihn trotzdem für einen Hochstapler und Heiratsschwindler. Aber … auf unseren Vertrag, *cheers!*

Céleste lässt zum ersten Mal die Gläser klingen, und auf einmal wirkt sie im Schwips wieder aufgekratzt. Sie beginnt, während uns Pflaumen in Portwein und Eis serviert werden, mit einer spielerischen Anzüglichkeit von ihrem *»good old Dick«* zu erzählen, der fünf oder sechs Ehefrauen gehabt habe, darunter zwei Filmschauspielerinnen, B-Movies, und er sei, jedenfalls behaupte er das, ein Neffe jener Miss-Marple-Darstellerin Margaret Rutherford, ich wisse doch, die scharfsinnige Lady aus den Agatha-Christie-Filmen, deren Mutter, also Dicks Großmutter oder Großtante, genau könne sie das nie auseinanderhalten, sich einst erhängt habe, und deren Vater geisteskrank im Irrenhaus gelandet sei, weil er seinen Vater, einen Priester, mit einem Nachttopf erschlagen habe. Mit einem Nachttopf!, lacht Céleste, aber am schönsten sei es, wenn Rutherford, also Professor Rutherford, diese Geschichte selbst erzähle.

Warum ich das alles hier höre, ist mir noch immer nicht klar. Allerdings bin ich nicht mehr in der Stimmung, ein weiteres Mal nachzufragen. Auch ich habe nicht alle Zeit der Welt, müsste ich Céleste dann sagen. Aber das ist ihr natürlich bewusst, auch jetzt, das wissen wir alle drei im Raum. Wenn ich als Anwalt und Freund zu einem so genussvollen Essen eingeladen bin, macht mich das glücklich. Oder misstrauisch. In diesem Moment setze ich lieber aufs Glück. Und Céleste sagt mit einem Mal, als habe ihre Tochter das Gedankenlesen nicht von irgendwem: Eddy, *mon cher ami*, schlaf nachher unbesorgt. Wir treffen uns morgen früh um zehn. Um zu arbeiten.

Sie ist doch nicht ganz und gar unermüdlich. Mit inzwischen

kleinen Augen bittet Céleste mich vorm Zubettgehen noch um einen Witz. Sie liebe sie, meine Witze.
Eigentlich bin ich alles andere als ein Witzbold. Aber dieser Ruf, an dessen Gründe ich mich kaum mehr erinnere, hängt mir bei ihr und Benedictine offenbar an. Vaclav, ruft Céleste den slawischen Jungen, der, wie sie nun sagt, aus einem Weindorf an der Moldau stammt, bring mir noch einen Whisky, und ihr beide, Wein, Cognac oder lieber Champagner? Ich schüttle den Kopf, während Benedictine etwas aus der Schublade einer Kommode vor der Spiegelwand holt. Zwei silberne Zigarettenspitzen, für Céleste steckt sie darauf einen Zigarillo, ihre eigene Spitze ist eigentlich ein Unding, sie mündet im Glühlicht einer E-Zigarette. Eine künstliche Zigarette auf einer Zigarettenspitze erscheint mir als doppelter Fake. Vielleicht passt das hier. Ich gebe Céleste mit einem Kerzen-Streichholz Feuer, selber rauche ich seit meiner zweiten Hochzeit nicht mehr, vermisse wohl manchmal meine filterlosen Gauloises, doch Astrid ist gegen Tabak allergisch. Aber diese neunundneunzigjährige Zigarilloraucherin mir jetzt gegenüber, das ist schon cool, und das sage ich ihr.

Oh, you make my day, darling, even at night! Céleste spitzt den Mund wie zu einem angedeuteten Kuss, dann ein kokettes Lächeln, und sie stippt ihren Zigarillo in eine Kristallschale, sagt: Ich signiere mit meiner Asche. Dann hebt sie ihr Glas mit dem Single Malt, in meine Richtung, zu Benedictine, zu dem wartenden Vaclav im Hintergrund.

Dein Witz, mahnt Benedictine. Es ist spät. Mach noch einen Witz zum Finale.

Dummerweise erinnere ich mich, wenn überhaupt, gerade nur an Witze mit Ärzten und Kranken, mit Alzheimer und Krebs. An Witze über Alter und Tod. Ich zögere, schließlich bin ich auch nicht mehr ganz nüchtern. Da fällt mir eine theologische Variante ein.

Ein Atheist stirbt, und zu seiner Überraschung erwacht er im Jenseits. Oha, habe ich doch nicht recht gehabt, so ein Pech, sagt er sich, denn er glaubt sich nun in der Hölle. Aber zu seiner Überraschung scheint die Sonne, das Klima ist wunderbar mild, er sieht einen Strand vor sich, flanierende verliebte Paare und Leute mit Cocktails in Liegestühlen, und an einer Strandbar begegnet er dem Teufel. Neu hier?, willkommen, sagt der Teufel, schau dich am besten erst mal ein bisschen um, und dann sagst du, was ich für dich tun kann. Der Atheist geht verwundert weiter am Strand entlang, bis er plötzlich an einen Abgrund gerät, an ein dunkles Loch, aus dem es qualmt, und in der Tiefe hört er furchtbare, gequälte Schreie. Der Atheist dreht erschrocken um und kehrt schnell zur Strandbar zurück. Na, gefällt es dir bei uns?, fragt der Teufel. Ja, schon, sehr schön, antwortet er, aber dort hinten, da gibt es so ein Loch, und daraus kommen entsetzliche Schreie. Keine Sorge, lächelt der Teufel, das ist nur für die Christen, die wollen das so.

Céleste prustet los, auch Benedictine muss lachen und wirft mir einen unlesbaren Blick zu. Ich sehe mich selbst mit gerötetem Gesicht in einem der Wandspiegel und im nächsten Céleste, die mir in ihrer bald Hundertjährigkeit entgegenblitzt, vervielfacht in zahllose widergespiegelte Tiefen des Raums, in ihnen zugleich verkleinert und vergrößert und mit geöffnetem Mund, darin leuchten heller noch als das Kerzenweiß ihre Zähne, und ich sehe Céleste nun von nah in den Mund, das müssen ja alles Implantate sein, so aufgerissen strahlend, als könnte ihr Lachen die Welt verschlingen. Gibt es das, ein potemkinsches Lachen?

Schön, Eddy, ruft sie mit jetzt etwas heiserer Stimme aus, schön, dass du hier bist! Ich kann in letzter Zeit nicht mehr so viele Menschen um mich herum ertragen. Das schafft auch mein Hörgerät nicht. Aber du erinnerst dich vielleicht, ich trinke abends mein letztes Glas nicht gerne allein. *You know, I am a social drinker, cheers, à votre santé!*

Gleich darauf muss Céleste jäh husten, mit Lauten wie ein undichtes Ofenrohr, sie hat sich verschluckt oder einen Anfall, es schüttelt sie, ich blicke fragend zu Benedictine, die aufgesprungen ist, aber schon huscht eine junge Frau herbei, es ist nicht Charissa, doch wieder ein Mädchen mit asiatischen Zügen, und sie bringt Céleste ein großes Stofftuch in den französischen Farben, in das sie hineinhustet, minutenlang, bis hörbar Sputum kommt. Céleste spuckt in das Tuch, zerknüllt ihre Trikolore, das Mädchen reicht ihr ein zweites Tuch, diesmal eine weiße Stoffserviette, die sie sich beim Aufstehen vors Gesicht hält, mit der rechten Hand nimmt sie ihren Silberstock, mit der linken fächelt und wedelt sie beim hustenden Abgang, als wolle sie uns oder einen Fliegenschwarm mitsamt dem inneren Reiz vertreiben.

Nur Benedictine und ich bleiben zurück im Esszimmer. Wir trinken noch ein Glas im Stehen, dann sagt Benedictine, komm, und wir gehen hinaus in den Salon und von dort in den jetzt mit ein paar Fackeln nur schwach erleuchteten Garten. Ich atme durch, mir tut die nächtliche Atlantikluft gut, die hier sonderbar weich wirkt, eine milde Kühle, in die so etwas wie Jasminduft dringt.

Es stimmt, was du gesagt hattest, es ist hier irgendwie südlich, ohne dass man wirklich im Süden ist.

Schau die Sterne an, so einen Himmel mit der Milchstraße hast du nur auf einer Insel. So wenig Streulicht, sagt Benedictine, die ihr Champagnerglas mitgenommen hat. Wir entfernen uns vom Haupthaus, da zucke ich einen Moment zusammen, aber es sind bloß die beiden Windspiele, die aus dem Dunkel fast unhörbar über den Rasen heranschießen, uns plötzlich anbellen. *Bouvie, calme-toi! C'est bon! Pécu, c'est bon!*, beruhigt sie Benedictine. Die Hunde sind offenkundig Franzosen. Ich frage Benedictine nach dem von Céleste erwähnten Hörgerät, ob sie eine neue unsichtbare Erfindung benutze.

Meines Wissens nicht. Nein, das hat sie nur so gesagt. Sie sagt manchmal so Sachen … Oder sie hat einfach ihre alten Ohren gemeint. Natürlich ist sie auch nicht bloß ein *social drinker.* Sie hat immer noch einen Whisky am Bett. Ich habe das Personal nur gebeten, die Flaschen einigermaßen unauffällig zu platzieren. Aber eigentlich macht es nichts mehr aus, zusammen mit den Schlaftabletten. Was sollte ihr noch schaden!

Sie braucht auch Schlafmittel?

Die nimmt sie von jeher. Sie sagt, der Sonnenaufgang ist am schönsten, wenn man ihn nicht sieht.

Mittlerweile fühle ich mich mit Benedictine wieder sonderbar vertraut, obwohl mir eine innere Stimme rät, sei auf der Hut. Nicht wegen Benedictine, sondern vor dem morgigen Tag. Doch heute sage ich nur: Deine Mutter ist noch immer in beeindruckender Form. Auch wenn man übers Rembrandtlicht im Whiskyglas oder die schreienden Wale und Hummer ein bisschen lächeln muss. Ich glaube, sie ist eine Spielerin. Sie spielt sogar mit dem Kitsch.

Oh yes, of course. Her kitschy thing is a big thing, absolutely. Sie badet voller Mitleid im Walblut und deutet mit ihrem blutigen Finger auf die Russen, die Japaner oder die Eskimos. Aber, meint Benedictine, als ich grinsen muss, sie hat eben auch Mut und einen sagenhaften Instinkt. Für Wirkungen. Erinnerst du dich noch an *Das goldene Zeitalter*? An *L'age d'or*?

War das nicht ein Film?

Ja, auch. Aber ich rede von ihrem Riesenkäfer, diesem über zehn Meter hohen Hirschkäfer. Der hatte auf einem seiner Geweihhörner eine kleine Hakenkreuzfahne und gegenüber ein Fähnchen mit Hammer und Sichel aufgesteckt. Ich glaube, im Jahr vor dem Fall der Berliner Mauer stellte ihn Céleste vor das Lincoln Center, unter einigem Protest von New Yorker Juden. Auch der russische Außenminister, der von Gorbatschow, ich weiß nicht mehr, wie er hieß, war gerade wegen der UN-Versammlung in New York, er hat sich das angeschaut und war regelrecht empört, das sei eine Beleidigung der Sowjetunion und aller aufrechten Antifaschisten. Nach der Wende bekam Céleste dann ein Angebot, den Käfer mitten in Warschau aufzustellen, vor dem großen stalinistischen Kulturpalast, nahe dem ehemaligen Ghetto.

Und hat sie's gemacht?

Wollte sie, aber da gab es einen Regierungswechsel in Polen, und die wollten dann nicht mehr. Später hat die Skulptur ein russischer Oligarch in London für seine Privatsammlung gekauft, auch eine Pointe. Der Käfer wurde Célestes teuerstes Werk. Wegen zweier Fähnchen!

Wir sind so, umwedelt von den Flauberthunden, ums Haupthaus der Grange herum zu den ehemaligen Stallungen geschlendert, entlang an einem weitläufigen Staudenbeet. Hier, zwischen den duftenden Pflanzen und dem Rasen, beginnt die Luft plötzlich zu glimmen und zu funkeln. Als habe sich ein Schleier der Milchstraße auf die Erde gesenkt. *Fireflies!* Ich liebe das englische Wort für die auf einmal umherschwirrenden Glühwürmchen. Ein Spektakel, und ich dachte schon, es gebe sie gar nicht mehr, diese Zauberlichter aus den Sommern meiner Kindheit.

Wir stehen vor den weit geöffneten Fenstertüren des Gästeappartements. Darf ich?, fragt Benedictine, sie weist die Hunde hinaus in den großen Garten, tritt vor mir ein, und sagt: Ich nehme zu mir in den anderen Flügel die Abkürzung durch dein Zimmer.

Wird die Hester Grange eigentlich bewacht?

Wir haben die Hunde und jemanden als Nachtportier, der ab und zu seine Runden dreht, mehr nicht. Außer den Kameras.

Ich meine nur, was sagt die Versicherung … bei all der Kunst im Haus?

Es gibt noch ein paar Alarmanlagen, so genau weiß ich das gar nicht, sagt Benedictine und schüttelt den Kopf. Darum kümmert sich Yamasato, Célestes persönlicher Assistent, du wirst ihn morgen noch kennenlernen. Ich glaube, richtig versichern lässt sich das alles nicht. Was glaubst du?, lacht sie mich an.

Keine Ahnung, was ich glauben soll.

Céleste sagt, wirklich sicher ist nichts. Niemals. Das sei ja die Grundlage jeder Versicherung. Sie ist Fatalistin.

Wenn sie Verträge macht wie heute Mittag, versucht sie aber doch sehr, sich abzusichern.

Benedictine muss wieder lachen. Na klar, meine Mutter denkt, sie hat eine Juristin zur Tochter und bezahlt teure Anwälte, da sollen die auch was zu tun bekommen.

Das ist jetzt eine schlechte Ausrede, Beny.

Benedictine steht schon an der Tür und sagt noch: Okay, okay, sie ist eine realistische Fatalistin. Im Übrigen kannst du morgen, wenn du möchtest, in einer echten römischen Wanne baden, draußen im Garten, in einem zweitausend Jahre alten Stück Marmor. Das ist wahrscheinlich auch nicht versichert, aber du brauchst nur in der Frühe zu klingeln und sagen, ob du warm oder kalt baden willst. Ich empfehle dir heiß, mit Eukalyptuszweigen. Céleste hat sich extra einen Eukalyptushain gepflanzt, den einzigen auf Guernsey. Es gibt auf der Seite, wo meine Mutter schläft und ihr Studio hat, auch einen geheizten Pool. Aber der ist am Vormittag allein für sie reserviert.

Sie schwimmt auch noch?

Jeden Morgen, so gegen neun. Mindestens zehn Bahnen.

Als ich mich ins Bett lege, fühle ich, dass meine Schläfrigkeit durch die Nachtluft fürs Erste verflogen ist. So schaue ich in einen mitgebrachten Roman von Jonas Hecker. Ich hatte ihn mir noch am Flughafen als Taschenbuch gekauft, neugierig, weil es in den Nachrichten hieß, dass der Autor seit einiger Zeit auf einer italienischen Insel verschollen sei, womöglich entführt, wie sein Verlag mitgeteilt hat. Es ist die Geschichte eines jungen Mannes, der zum dreißigsten Geburtstag bei einer Wette mit Freunden einen Besuch bei einer bekannten Wahrsagerin geschenkt bekommt. Sie liest allerhand Schönes aus seiner Hand, aber er werde in den nächsten drei Jahren töten, was er am meisten liebt. Ich bin noch am Anfang des Buchs, es heißt *Der glückliche Hiob* und zeigt auf dem Einband ein menschliches Auge und auf der Rückseite über einem Foto des Autors und einigen Pressestimmen die Luftaufnahme einer südlichen Insel, genauer gesagt, eines kraterrunden Atolls. Schaut aus wie ein zerstörtes Auge.

5

Ich habe wieder geträumt. Merkwürdig, zwanzig Jahre lang, vielleicht auch länger, habe ich nur ganz selten geträumt. Oder mich an Träume erinnern können. Ungefähr mit vierzig, in der gefühlten Mitte meines Lebens, hörten die Träume auf. Ganz wunderbar, kein nächtlicher Albdruck mehr wie in Kindertagen, als Gespenster mit Teufelszangen das Bett umstanden, Schlangen auf meiner Brust züngelten und mir Dolche in den Rücken fuhren, keine Prüfungsängste, ein Erwachen ohne Schauder und kalten Schweiß. Allerdings auch ohne die beglückende Erleichterung, dass alles Grauen nur Einbildung war und die Wirklichkeit erlösend wirkt; nicht mehr dieser erste Augenaufschlag, der die andere Welt unter den Lidern löscht, und keine schönen, feuchtgeilen Liebesträume mehr. Einfach nur Nächte, kurz oder lang, aber meist wie in Ohnmacht durchschlafen. Das hat sich in den jüngst vergangenen Jahren geändert. Seit ich über die sechzig bin, schlafe ich seltener durch, und neuerlich träume ich wieder, manchmal die alten, schon immer geträumten Träume. Oft auch Kindisches, Kindliches, Absurdes, manchmal Sexuelles, und im Nachhinein bilde ich mir sogar ein, ich hätte anders als früher in Farbe geträumt, in Halbfarben, irgendwie sepiastichig, zwielichtig Obskures. Doch ich vergesse die Träume meist schon im Augenblick des Erwachens, vergesse die Einzelheiten, nachts, wenn ich zur Toilette gehe oder mich umwälze, und morgens, wenn der Wecker summt.

Diese Nacht war es anders. Mir träumte, ich gehe durch ein Moor, jedenfalls durch eine moorähnliche Wiese, ich bin im Traum gewahr, dass dies eine Szenerie ist wie aus einer längst vergangenen englischen Kriminalgeschichte, aber ich wate weiter durch die schwammige Wiese und weiß, es ist ein Moor, ich werde darin versinken, und als ich das denke, ist die Wiese ein See, ein Moorsee, und in der Pampe schwimmt mein Sohn, der Online-Redakteur. Er tippt etwas in eine zähe braune Tastatur, ich denke, es muss wohl braun oder bräunlich sein, und es dehnt sich genauso zäh die Zeit, während sein Sohn, mein Enkel, der Tennismeister, langsam untergeht. In seinem weißen Tennisdress wird er verschluckt und sitzt nun in einem uns beiden fremden Zimmer, das sich jedoch in meinem Haus in Radebeul an der Elbe befinden muss, in Radebeul mitten im Moormeer. Als ich erwache und den Traum gegen meine Gewohnheit nicht vergessen habe, bin ich nicht sicher, ob nicht auch die Erinnerung an ihn nur Einbildung ist.

Auf Knopfdruck fahren die Vorhänge vor den französischen Fenstern zur Seite. Britisch geblümte Vorhänge. Ich öffne eine der Fenstertüren, der Tag ist noch dunstig, leicht bewölkt und gegen acht Uhr fast schwülwarm, wärmer, scheint es mir, als gestern. Mich lockt statt der Dusche das römische Bad. Eine Frauenstimme wünscht mir am Telefon einen wunderschönen Tag und verspricht, das Wasser draußen unverzüglich zu bereiten, gut vierzig Grad warm, mit Eukalyptuszweigen? Ich bitte darum.

Was eine Wanne sein soll in einer zur Küste am Horizont hin offenen Gartenlaube, ist einst wohl ein Sarkophag gewesen. Das Relief auf der Außenseite zeigt eine der typischen Abschiedsszenen zwischen Mann und Frau und daneben einen Kahn, wahr-

scheinlich am Ufer des Flusses hinüber zur Unterwelt. Statt einer der von mir erwarteten asiatischen Ladies empfängt mich eine rotblonde Britin, so glaube ich, bis mir die junge Bademeisterin mit östlichem Zungenschlag erklärt, dass sie die Eukalyptuszweige in der Vase neben der Wanne zu meiner »Verfügung« bereitgestellt habe. Sie heiße Irina und wolle mich jetzt allein lassen, wenn ich noch etwas wünsche, solle ich mit der Handglocke läuten, die hat sie in ein Körbchen zu den Seifen und Shampoos gelegt. Nein, danke, ich habe keine weiteren Wünsche und frage noch, ob sie wie Vaclav wohl ursprünglich aus Tschechien komme. Überhaupt nicht, antwortet sie mit einem kopfschüttelnden Lächeln und ihrem breit rollenden Englisch, sie sei Slowakin. Außerdem Europäerin, und deswegen hier. Für meinen Bademantel weist sie auf einen Stuhl neben der antiken Wanne.
Beim Blick in das noch dampfende, graugrüne Wasser voller Eukalyptusblätter stelle ich mir den Stein darunter ziemlich rau vor. Doch schon beim Einsteigen fühlt sich der alte Marmor wie frisch poliert an. Ich tauche bis zum Kinn ab in den kräutermedizinischen Duft und denke daran, dass ich gerade den Platz altrömischer Gebeine belege, als Benedictine erscheint. In ihrem schwarzseidenen Morgenumhang setzt sie sich wie zum Kontrast auf meinen hauseigenen weißen Bademantel. Wie hast du geschlafen, hoffentlich gut? Sie ist schon geschminkt und bis auf ihr morgendliches Seidenteil offenbar bereit für den Tag, während ich mich in der Wanne aufrichte und eine halbwegs lockere Bemerkung über ihren unverhofften Auftritt am Rande meiner Blöße versuche. Sicher seien unter dem heilkräftigen Grün zwischen meinen Beinen auch ein paar Feigenblätter. Worauf Benedictine erwidert, sie werde sich, falls ich eine Erektion bekäme und die Wanne überlaufe, sofort zurückziehen. Mit Bouvie und Pécu, die sich hinter ihr gelagert haben.

Ich habe gut geschlafen und nur ein bisschen geträumt, von englischen Mooren und Modder und Schlamm, von Tod und Leben, was einem in unserem Alter so durch die Birne rauscht. Ich sagte »unserem« Alter, weil meine urzeitliche Exgeliebte hier so ungeniert neben mir sitzt. Die *Fireflies* gestern haben mir gefallen, ohne deine und Célestes Einladung hätte ich so etwas vielleicht nie mehr erlebt.

Willst du noch mehr von dem Eukalyptus?

Mehr vom Eukalyptus?

Von den Zweigen, das ist der Witz an der Sache. Es macht einen unheimlich wach! Komm, Eddy, steh mal auf, heb deine Eier, steh auf und dreh dich um! *I'll show you.*

Während ich nackt in der Antike stehe, mit dem Rücken zu Benedictine, beginnt sie, mich mit den ins Badewasser getauchten Eukalyptuszweigen erst sanft zu streicheln, vom Nacken den Rücken runter bis zu den Waden, dann klatscht sie die Zweige schon etwas stärker auf meine nasse Haut.

Auf solch neumodische Spielchen stehe ich eigentlich nicht!

Keine Angst, das sind keine neuen Spielchen, die sind uralt, das durchblutet dich. Bekannte von mir machen das sogar mit Brennnesseln. Auch meine Mutter hat sich früher, als sie noch Liebhaber hatte, mit Nesseln traktieren lassen und dann ein Eisbad genommen. Nicht ganz mein Fall, das ist eher für die kälteren Tage oder echten Sex. Ich meine, statt Koks.

Koks. Beny mit Ende siebzig spricht von Koks. Ich hatte mir mit ihr in New York die eine oder andere Nase reingezogen, in unserer Kanzlei war das üblich, später auch auf einer swingerhaften Party bei Célestes Galerist in Paris, aber daran hätte ich mich ohne ihre Bemerkung kaum mehr erinnert. Ich stand immer auf klassische Drogen, war mehr der Alkoholtyp, der Gauloisesraucher, dazu mal eine Tüte Hasch. Beny und Koks, nach all den Jahren, und diese Rückennummer in der Römerwanne, das überrascht mich jetzt doch. Als ich ihr das sage, ahne ich nur ihr Lächeln hinter mir, und ein Eukalyptuszweig streicht mir wieder über die Schultern, das Rückgrat hinab und zwei, drei Mal auch zwischen die Beine.

Bitte, reich mir den Bademantel!

Die kleine Prozedur hat immerhin was, ich spüre nun unter dem Mantel eine pulsierende Körperwärme. Nur hätte es das Bad allein vermutlich auch getan. Benedictine sagt, gerne geschehen, *je t'en prie*, obwohl ich mich nicht bedankt habe. Doch ihr Ton ist ohnehin eher mokant. Sonderbar spitz, oder sie überspielt an diesem Morgen eine gewisse Nervosität. Ihre oder meine.

Ich hoffe, du bist jetzt fit für nachher. Vorher gibt's noch Frühstück auf der Terrasse. Sie tippt mir auf die Brust, Dresscode leger.

Vorher und nachher, denke ich. Mal sehen.

6

Benedictine frühstückt französisch, Kaffee schwarz und ein Croissant, ich trinke Tee mit Milch und esse Bacon and Eggs. *When in Rome* ..., kommentiert sie das und führt mich nach dem Frühstück wieder durch den Garten, diesmal weg vom Haupthaus und von den ehemaligen Stallungen in einen Seitenbau auf der anderen Seite der Grange. Wir durchlaufen im Erdgeschoss einen Gang, von dem mehrere offene Büroräume abgehen, ich sehe einige telefonierende junge Leute hinter ihren Rechnern, dann stehen wir vor der Wand eines offenbar höheren Quergebäudes.

Ich habe Céleste heute Morgen auch noch nicht gesehen, erklärt Benedictine. Wir steigen in einen Lift aus Stahl und Glas, so, als befänden wir uns nicht mehr in einem früheren Landgut. Als wir wieder heraustreten, öffnet sich vor und unter uns eine weite Halle mit weiß übermalten Backsteinwänden, der Bau gleicht einer der großstädtischen, in Lofts, Ateliers oder Restaurants verwandelten Gründerzeitfabriken. Unter die Holzgiebel sind an der Decke quer und längs laufende Stahlträger eingezogen, an denen Scheinwerfer hängen und an weiteren Streben Metallplatten, Maschinenteile, irgendwelche Luftskulpturen, Flugkörper und riesige Leinwände.

Das ist das Studio meiner Mutter. Will sie den Überblick haben oder die Draufsicht auf ihre Objekte, dann kommt sie hier herauf. Wir schauen von einer Aussichtsplattform in den Raum, während uns Céleste nicht zu beachten scheint. Sie steht unten neben einer Reihe von Staffeleien und großformatigen Fotos, im Gespräch mit einem jungen Mann, der gleichzeitig in sein Handy spricht. Benedictine ruft einen Namen herab, den ich nicht verstehe, worauf der junge Mann eine Handbewegung zu Céleste hin macht und mit seinem Handy an einen Tisch voller Apparaturen geht. Sekunden später beginnt unsere Plattform in zwei Wandschienen herabzugleiten.

Céleste unterbricht ihre Unterhaltung mit dem jungen Mann, die beiden sprechen französisch, mich begrüßt sie, nach den Wangenküssen zwischen Mutter und Tochter, wieder auf Englisch, reservierter als gestern. Sie kann das Wort Darling in einem So-nebenbei-Ton sagen, wie man süßsaure Drops verteilt. Gut, dass du da bist, Darling, wir fangen gleich an. Ich muss kurz noch etwas mit ihm hier regeln. Monsieur Yamasato, mein Assistent. Ihr könnt euch schon setzen.

Der Assistent führt Benedictine und mich zu einer Art Insel im Raum, einem zweistufigen Podest mit einer Couchecke, einem niedrigen Tisch, ein paar Korbsesseln und einem Schaukelstuhl. Nach einer kleinen Verbeugung schwirrt er sofort zurück zu Céleste. Yamasato, erklärt Benedictine, die auf der Couch Platz nimmt, stammt aus Nagasaki. Dabei hält sie kurz inne. Ich weiß nicht, ob ihr Blick nun prüfend sein soll und ob etwa die Atombombe von vor bald siebzig Jahren gerade eine besondere Bedeutung hat.

Er spricht alle mir bekannten Weltsprachen, sogar diese afrikanische …

Kisuaheli?

Wahrscheinlich, und er vergisst absolut nichts. Fast wie Céleste.

Ein Wunder. Ich meine, deine Mutter.

Ein Monster. Und sag jetzt nicht: ein heiliges!, lacht Benedictine, offenbar wieder entspannt. Hier kommt sie schon. Tacktacktack. Céleste erklettert das Podest.

Mein Training, nach dem Schwimmen. Sie trägt heute eine weite dunkelrote Seidenbluse zum schwarzen Hosenrock und einen goldenen Haarreif, wirft ihren Stock auf die Couch neben Benedictine und setzt sich in den Schaukelstuhl, für den ihr ein lautlos herbeigehuschtes Mädchen, kein asiatisches diesmal, ein paar Kissen und eine dünne rote Wolldecke bringt. Ihre Füße stecken in schwarzen Espadrilles.

Eddy, du bist ja unser Ehrengast. Céleste wirkt etwas förmlich, als spräche sie weniger zu mir als in den Raum. Nahe dem Podest liegen oder türmen sich wie graue Kunstfelsen Teile, die wohl zu den *Broken Clouds* gehören, und ich entdecke an einem der Deckenträger eine auf unsere Gruppe gerichtete Kamera, blicke sonst noch in mindestens zwei weitere Kameraaugen und sehe herabhängende Mikrofone, als Yamasato mich auf Deutsch mit einem überraschend lauten »Schönen guten Tag, Herr Dr. Krieger« ein zweites Mal begrüßt. Er ist ein sehr großer, schlanker Mann mit rasiertem Schädel, eine elegante Erscheinung im schwarzen Anzug, feiner dünner Stoff, darunter ein schwarzes T-Shirt mit V-Ausschnitt.

Sie sprechen auch Deutsch?

Oh ja, ein bisschen. Ich habe zwei Semester in Heidelberg studiert, deutsche Philosophie und Hermeneutik.

Hermeneutik?

Mich interessieren die Quellen der Wahrnehmung. Dabei bin

ich der Lehre von Professor Hans-Georg Gadamer begegnet, seine Bücher sind bei uns in Japan fast alle übersetzt. Ein großer Wahrheitsforscher, aber, kurz bevor ich nach Heidelberg kam, leider gestorben, mit hundertzwei Jahren.
Ich schaue jetzt Benedictine an, da fällt mir ein, sie versteht ja kein Deutsch. Zu meiner Überraschung aber sagt Céleste: Das ist doch ein schönes Alter, irgendwann … irgendwie. Und wieder spricht sie halb zu uns und halb in die Halle: *Allez*, Kinder, wir wollen anfangen. Bescherung. Dazu setzt sie sich eine dunkle Brille auf. Ich muss meine Augen schonen. Bei all den Scheinwerfern. Ich lebe von meinen Augen!
Bevor Céleste fortfährt, bietet das herumhuschende Mädchen noch Kaffee, Tee und Wasser an, verteilt die Getränke und eine Schale Gebäck auf dem Tisch zwischen uns. Vor Céleste stellt sie eine offene Silberdose mit Zigarillos und ein Feuerzeug, neben einem Aschenbecher liegt bereits die Zigarillospitze. Ich sitze Céleste gegenüber auf einem der Korbsessel, mit Blick in den Raum voll der Dinge, nach denen ich gerade fragen wollte. Statt dieser etwas theatralischen Sitzung hätte ich lieber einen Rundgang durch das Atelier gemacht. Durch das Theater der Farben und Formen.

Mom wird dir nachher sicher einige ihrer Sachen zeigen, sagt die Gedanken oder auch Blicke lesende Benedictine.

Nachher, gerne nachher. Jetzt stelle ich zu Beginn nur klar, dass wir gefilmt werden und alles von mir Gesagte aufgenommen wird. Monsieur Yamasato wird die Aufnahme in einem Nebenraum an seinem Monitor kontrollieren. Natürlich, fügt Céleste mit einem schmalen Lächeln hinzu, natürlich kontrolliert er nur die Technik. Sonst ist außer uns niemand als Zeuge im Raum.

Herr Yamasato hört alles mit?

Aber ja, was denkst du? Er ist verschwiegen wie ein Grab. Wie ein ganzer Friedhof! Keine Sorge.

Ich mache mir keine Sorgen. Ich frage nur, weil ich diesen Vertrag unterschreiben musste …

Yamasato wird schweigen. *Et fini!* Mit ihm bestehen ganz andere Verträge.

Verstehe. Céleste, hast du etwas dagegen, wenn ich auch mein eigenes Aufnahmegerät benutze? Ich ziehe ein kaum handygroßes Teil aus meiner Jackentasche und lege es vor mich auf den Tisch.

Dagegen habe ich nichts. Du bekommst zum Dank hinterher auch eine DVD. Statt eines Honorars.

Sagen wir, wirft Benedictine ein, statt einer Aufwandsentschädigung, oder?

Wir lächeln uns an, und leider fällt mir kein englisches Wort für »Sparwitz« ein.

Ich bin gespannt. Du willst uns etwas erzählen.

Céleste nickt. Ich erwarte, dass sie nun spricht, weil in ihr das ungeduldig rasche Temperament steckt, das Benedictine von der Mutter geerbt hat. Doch Céleste schweigt hinter ihren schwarzen Gläsern, wippt nur leicht in ihrem Schaukelstuhl, und als Anwalt, der Auftritte, Aussagen, Inszenierungen ein halbes Leben lang kennt, wette ich mit mir selbst wie ein Schachspieler auf die gegnerische Eröffnung. Erst die Bauern und ein Springer, oder gleich die Königin? Möglich noch, dass Benedictine die Anfangsstille überbrücken wird, gleichsam als Anwältin ihrer Mutter. Aber das hängt davon ab, wie viel sie über die ganze Sache weiß. Ihrem angeblichen Nichtwissen traue ich nicht, seit dem ersten Treffen in Dresden.

Nachher zeige ich euch, was ich zuletzt gemalt habe. Nicht auf Leinwand, auf Holz. Holztafelbilder, ganz alter Stil. Beny, du kennst das schon, aber nicht die neusten Stücke. Vielleicht werden es auch die letzten. Sie sind alle auf korsischem Holz gemalt. Eiche und Kirsche. Schon meine Familie hat mit Holz gearbeitet.

Mein Vater war Küfer. Fassmacher in San Fiorenzu, wo ich geboren bin. Die Franzosen sagen Saint-Florent. Der Wein auf Korsika war vor und nach dem Großen Krieg meist nicht sehr gut. *La grande guerre*, so nennt Céleste den Ersten Weltkrieg, wie es die Franzosen und Engländer, *The Great War*, bis heute tun. Der Wein war zu süß und schwer, aber die Winzer auf dem Festland, in Südfrankreich, haben ihn früher gerne als Most beigemischt. Deshalb gab es einen regen Export nach Marseille und Toulon, in den Fässern meines Vaters.
Sie atmet hörbar aus, räuspert sich, trinkt einen Schluck Wasser. *Voilà*, ich war das einzige Kind, eine Tochter, die als Schulmädchen gerne die gestapelten Fässer zeichnete und die muskulösen Körper der Küfer und Schmiede. Ich habe den Geruch des Eichenholzes so geliebt – sie dehnt den dunklen englischen Vokal –, habe es geliebt, wenn die Dauben geschnitten und geformt wurden, das Holz musste möglichst alt und trocken sein, und in dem harten, staubigen Geruch lebte für mich der Sommer, die trockene Erde, die flirrende Hitze. Ich mochte es auch, wenn die eisernen Fassreifen, die mein Vater bei uns in der Werkstatt schmieden ließ, in der Esse glühten oder wenn die Fässer innen ausgekohlt wurden, das machte man, um alle Harzreste zu verbrennen und das Holz für den Wein zu versiegeln. *Voilà!* … Ich komme von einem heißen Felsen im Sonnenmeer. Bin die Frau fürs Feuer, schon immer … Lacht ihr über mich oder freut ihr euch?

Mom, lächelt Benedictine und wendet sich an mich, hat früher auch selbst an ihren Metallobjekten rumgelötet. Ich sehe sie noch, wie sie sogar in unserem New Yorker Loft mit Schutzbrille und blauer Stichflamme hantiert hat.

Das war die beste Zeit! Für die richtig großen Sachen habe ich ja nur noch die Konstruktionsskizzen gemacht. Heute wird das alles eingescannt, meist arbeiten computergesteuerte Maschinen damit, meine Kunstroboter. Mir war die Handarbeit mit den starken Männern lieber. Obwohl die Maschinen raffinierter sind. Aber zurück, sonst verlier ich den Faden. Ich war ein ziemlich großes, kräftiges Mädchen, hübsch und nicht dumm, das gefiel meinen Eltern, doch einen Fassbenderbetrieb zu leiten und gar mal zu erben, dafür galt eine Frau als zu schwach. Tatsächlich ist meine Mutter längst der Boss in der Buchhaltung gewesen und hatte auch beim Vertrieb den Laden in der Hand. Mein Vater ließ das zu, Papa war immerhin tolerant und er mochte die Frauen. Vom Wein gab er mir schon mit vierzehn, fünfzehn zu trinken. Zur Gewöhnung. Er wollte, dass seine Tochter, wie er sagte, nicht beim ersten Dusel gleich *unter* die Männer gerät. Bleib obenauf, Céleste, sagte er, wie es dein Name verspricht! Den Kopf in den Wolken und mit beiden Beinen auf der Erde. Auch meine Mutter war eine trinkfeste Madame, und ehrbar, lacht Céleste. Wieder wippt sie ein paarmal in ihrem Schaukelstuhl, dann zündet sie sich einen Zigarillo an.

Wir Mädchen haben nach der Traubenlese oft in den großen Bottichen die Beeren mit nackten Füßen zerstampft und sie zertanzt, die Jungs machten auf Gitarren und mit ihren Trommeln und Bandoneons die Musik dazu. Und bei einem der Winzerfeste, als ich kaum achtzehn war, hat ein Sohn von Freunden und Kunden meiner Eltern mich gefragt, ob ich, Céleste Muniol, seine Frau werden wolle. Das war Pascal Salvatori.

Mon père.

Ton père, sagt Céleste und nimmt ihre dunklen Gläser ab, schaut Benedictine als ihr Geschöpf an und setzte die Divabrille wieder auf.

Pascal war blond und braun gebrannt wie Regnier, sein Zwillingsbruder, blond wie Vater Salvatori, der ein Nachfahre der Normannen war und sich bei den Söhnen gegenüber seiner Frau mit ihrer pechschwarzen Mähne völlig durchgesetzt hatte. Die Salvatoris hießen bei uns auch *les Normands*, und sie waren umraunt. Man sagte in San Fiorenzu … – das ist, für dich, Eddy, ein Fischer- und Winzerdorf an der Nordküste – warst du nicht schon mal auf Korsika?

Leider nie.

Also, man sagte, die Salvatoris müssten was Besonderes sein, mit der Magie im Bunde. Oder mit Gott und dem Teufel. Wenn es Gott war, dann war's Bacco, der Weingott, und viel dionysische Magie. Die Salvatoris waren Weinbauern und auf wundersame Weise sind ihre Trauben als einzige in unserer Gegend nicht von der Reblaus vernichtet worden. Die große Reblauspest hatte ganz Korsika zu Beginn des Jahrhunderts heimgesucht. So galten die Salvatoris als ziemlich reich und wurden beneidet. Und sie brauchten die Fässer meines Vaters. Stahltanks hatte man damals noch keine. Nicht, dass ich wüsste.

Céleste wippt, stoppt, bläst ihre Rauchwölkchen an Benedictine vorbei. Dein Krebs, ich weiß, entschuldige, murmelt sie und fährt fort: Eine Liaison zwischen einem der Winzersöhne und der Tochter des besten Küfers weit und breit erschien beiden Familien als ideal.

Und was dachtest du? Oder hat man dich gar nicht gefragt?

Im Gegenteil, Eddy, *chéri*. Sie haben mich gefragt, und ich habe zuerst nur gezögert, weil es ja Zwillinge waren. Sie gefielen mir beide. Sie waren zwei Jahre älter als ich, Pascal arbeitete längst schon im Weinberg, nur Regnier hing etwas rum. Regnier hatte von meiner Lust am Zeichnen gehört, ich war gerade fertig mit dem Lyzeum in Bastia und wollte am liebsten gleich Malerei studieren. Dazu hätte ich jedoch nach Frankreich, aufs Festland gemusst. Bei uns auf der Insel gab's natürlich keine Kunstakademie. Regnier schaute sich irgendwann meine Blätter an. Ich weiß noch, ich hatte Pyramiden von Fässern gezeichnet, auch Karikaturen von Männern als wandelnde Weinfässer mit Spundhähnen oder Weintrauben als Frauenbrüste und so Zeugs. Auch kippende, rollende Fässer. Aber wie zeichnete man ein fallendes

Fass? Ein Bild, das nicht bloß ein Fass in der Luft zeigte, sondern den Sturz?
Sie raucht und markiert mit der Zigarillospitze erst eine gezackte, dann eine wellig abfallende Linie in der Luft. Wie ein zerfließendes Fragezeichen.

Regnier ging daran, ein paar meiner Bilder zu korrigieren, er verbesserte sie wirklich, und ich sah, dass auch er Talent hatte. Erst später merkte ich, dass er ein sehr guter Abmaler war. Aber kein Maler. Seine Phantasie zog ihn in die Küche, zum Essen, er kochte gerne und für unsere damaligen Verhältnisse ganz ungewöhnlich. Er kombinierte Ziege und Kalb, tat Muscheln an Fleischsoßen, so etwas mochte ich. Bei den Männern hatte er besonderen Erfolg mit Herz und Nieren. *Coeurrognons, cuorognu*, nannte er das Gericht, es war seine Erfindung. Regnier machte dann ein Lokal am Hafen von San Fiorenzu auf, das sehr beliebt wurde bei den französischen Sommertouristen, die Anfang der Dreißigerjahre immer häufiger kamen. Wegen der Touristen hieß unser Ort irgendwann nur noch Saint-Fiorent.

Aber du hast Pascal geheiratet …

Pascal. Nicht deinen Onkel Regnier. Trotzdem, Regnier hat mich auch gereizt, in mehrfacher Hinsicht. Er erschien mir irgendwie … der Reifere. Pascal war der sanftere, verspieltere Mann, vielleicht darum verführerischer. Die Mädchen hingen an ihm. Beide hatten diese normannischen wasserblauen Augen, nur war Pascals Blick weicher. Im Weinberg war er ein Träumer, ein schlechterer Winzer als sein Vater. Und Regnier interessierte sich, obwohl er viel trank und viel ausschenkte, nicht wirklich für den Weinbau. Er sagte, jeder Burgunder oder Bordeaux, selbst ein Languedoc sei so unerreichbar viel besser als die korsischen Bauernweine, besser auch als der schöne tiefrote Nieluccio seines Vaters, das lohne die Mühe nicht. Er hatte einen Zug zur Arroganz und ließ mich gerne seine Überlegenheit spüren. Seine eingebildete Überlegenheit, in der er mich mit einem leicht spöttischen, manchmal harten, manchmal gierigen Blick betrachtete. Ich schaue ja immer auf die Augen, ich bin ein Augentier, ich denke und arbeite mit den Augen. Dabei nimmt sie wieder ihre Brille ab, dreht sie kurz um und sieht in die Gläser wie in zwei schwarze Spiegel, lässt dann die Reflexion der Scheinwerfer in den Gläsern als helle Punkte auf der Wand gegenüber tanzen. Kinderspiel, lächelt sie, mustert mich mit dem kajalumflorten Bernsteinblick, raucht mit der Rechten, schwenkt die Brille am Bügel zum Takt ihres Schaukelstuhls, drückt den Zigarillo aus und nimmt einen tiefen Schluck Wasser. Irgendwie will sie die dunkle Brille tragen und nicht tragen, sich schützen oder nicht.

Mich reizte Regniers spöttische Verachtung, darum oder trotzdem, ich weiß es gar nicht mehr so genau, habe ich Pascal geheiratet und geliebt. Er war mein Mann schon vor der Hochzeit. Und auf der Hochzeit tanzten und tranken wir, was sonst, und die beiden Normannenbrüder leuchteten blond in der Nacht. Sie waren trotz ihres für mich ganz verschiedenen Wesens auch jetzt noch wie ein schwer zertrennliches Paar, tranken manchmal aus einem Glas, balgten sich zum Spaß wie junge Hunde. Zwillinge, Blutsbrüder, die auch körperlich ihre gegenseitige Nähe suchten. Manchmal tanzten wir so zu dritt. Regnier war der schlechtere Tänzer, ruppiger, kein musikalischer Mann. Pascal hatte mehr Rhythmus und Zärtlichkeit. Aber den jungen Frauen auf dem großen Fest erschienen sie beide wie Engel. Umschwärmte Jungs …

Céleste schließt die Augen, setzt wieder die dunkle Brille auf. Ihre langen beringten Finger hüpfen beim Reden mit spatzenhafter Behändigkeit auf den Armlehnen, mal pochen und trommeln sie kurz auf das Holz, bald sind sie sekundenlang wie erstarrt im angespannten Griff, und ihre braune, gefleckte Haut wird ganz weiß um die Knöchel.

Komischerweise sind Engel immer blond, sie waren das auch bei uns auf den Fresken in der alten Dorfkirche, durch die in ihrer Mitte noch ein schwarz gelockter, dunkelhäutiger kleiner Engel flog. Der war eine Sehenswürdigkeit. Für uns Kinder hieß er Baby Balthasar, viele meinten aber, er sei ein Teufelsknabe, die Frucht eines gefallenen Engels. Ich hatte als kleines Mädchen sogar Angst vor ihm. Bis ich merkte, dass einige Frauen zu ihm beteten. Das waren die, die als unfruchtbar galten und Kinder wollten. Vielleicht auch schwarze ... Pascal jedenfalls war mein blonder, wirklicher Engel, so dachte ich. Nach dem Hochzeitsfest, in unserer ersten gemeinsamen Nacht, waren wir sehr berauscht, doch Pascal konnte auch betrunken ein guter Liebhaber sein. Das wusste ich schon vorher, ich war ja keine Jungfrau mehr. Er nahm mich zwei- oder dreimal, irgendwann schlief ich erschöpft und glücklich ein, spürte ihn später nochmals und eine Weile darauf wieder in mir und wieder, ich habe das alles nicht mehr richtig mitbekommen, war im Dunkel und Rausch längst besinnungslos. Als ich morgens erwacht bin, war Pascal schon auf und weg, das leere Bett mit dem zerrissenen, fleckigen Laken erschreckte mich, ich fühlte mich auch ganz wund, überall, von vorne bis hinten, da kam Pascal nach ein paar Minuten mit einem kühlen Krug Wasser. Es war Spätsommer, wir waren nackt, und Pascal wollte wieder zu mir, zwischen meine Beine, da konnte ich nicht mehr. Nicht so.

Warum erzählst du uns das?

Wartet ab. Ich habe eine solche Nacht mit ihm nur dieses eine Mal erlebt. Es gab noch viele schöne Tage und Nächte, und ich schlief wieder ... mit einem Mann, mit meinem Mann. Nicht mit einem Hengst. Und mir kam ein Verdacht, den ich nie beweisen konnte. Aber pünktlich neun Monate später kamst auch du, Benedictine. Meine Freude. Ich habe dich die ersten beiden Jahre zwischen den zwei Elternhäusern aufgezogen, habe im Weinberg mitgeholfen oder meinem Vater beim Fassausbrennen, meiner Mutter bei der Buchhaltung und der Organisation des Betriebs.

Sie hält einen Moment inne, fasst sich an die Stirn, als suche sie nach einem Faden, einem erloschenen Inbild.

Ja, einmal bin ich auch allein mit Benedictine auf einem Frachtschiff mit unseren Weinfässern nach Toulon gefahren, mein erstes Mal in Frankreich! Wir haben auf Korsika nur das Festland Frankreich genannt. Die meisten von uns waren Korsen, nichts sonst. Wer politisch dachte und links war, sympathisierte mit den Franzosen, die Rechten waren mehr für Mussolini und Italien.

Erneut nimmt sie ihre Brille ab, und auf ein für mich unsichtbares Zeichen huscht das Mädchen herein, sie bringt Céleste eine Schale Tee.

Mit Honig. Für die Stimme … Mir wurde unsere Insel inzwischen zu klein. Ich wollte nach Frankreich, auf eine Kunstakademie. So habe ich mich in Nizza beworben, das war sowieso der nächste Festlandhafen. Und sie haben mich genommen. Pascal wollte meinem Drang zum Malen und überhaupt zur Kunst nicht im Wege stehen, auch meine Eltern unterstützten mich, mein Vater war anfangs noch sehr dagegen, es gab einen kurzen Streit mit meiner Mutter, aber am nächsten Tag meinte mein Vater, wenn es sein müsse, müsse es eben sein. Aus dem Mädchen, rief er, kann ja glatt was werden! Und wenn nicht, dann könne ich immer noch das Weingut und den Fassbenderbetrieb übernehmen. Auf einmal. Pascal oder die anderen Salvatoris schien er dazu gar nicht mehr fragen zu müssen. Mir selbst war das egal, Hauptsache, meine Eltern bezahlten das Studium, sie waren nicht reich, doch wohlhabend genug, weil die Wirtschaftskrise in den Dreißigerjahren an ihrem Geschäft fast spurlos vorüberging. Weinfässer wurden immer gebraucht.

Ich blieb bei meinen Großeltern, sagt Benedictine zu mir gewandt.

Ja, dich konnte ich nicht mitnehmen nach Nizza. Du warst

drei und bei deinem Vater. Pascal hat noch immer auf dem Gut seiner Eltern gelebt, wo wir unsere Wohnung hatten, und deine beiden Großmütter haben dich eigentlich aufgezogen, auch später im Krieg. War das schlimm?

Benedictine schüttelt den Kopf. Erst im Krieg, als ich zur Schule ging, habe ich dich vermisst. Vorher war's jedes Mal ein kleines Fest, wenn du mit dem Schiff aus Nizza kamst, zu den Feiertagen, an einem Wochenende und in den Semesterferien. Mit vier oder fünf wollte ich immer gleich etwas von deinen Bildern sehen und dass du mich malst. Da war ich stolz, weil ich das einzige kleine Mädchen war, von dem es ein Ölbild gab.

Céleste nickt, trinkt einen Schluck Tee, atmet durch. Ich bin 1936, mit dreiundzwanzig, nach Nizza gegangen, auf die Akademie in der schon damals ziemlich angesehenen Villa Arson. Es war nicht Paris, das nicht! Aber wir hatten einige gute Lehrer, schon wegen der Nähe zu den Künstlern, die es aus Paris ins Licht des Südens zog. Matisse gab uns manchmal Stunden, kleine Meisterkurse, und wir durften ihn ein paar Mal in seinem Atelier am Rand von Nizza besuchen. Ich war ihm aufgefallen, trotzdem war ich enttäuscht, als er nur fragte, ob ich ihm Modell stehen würde. Ich glaube, er war sogar etwas verliebt in mich, aber … Matisse muss schon um die sechzig gewesen sein. Er zeigte ein herrisches und zugleich doch höfliches Begehren, vielleicht spürte er … meinen Stolz. Ich sagte ihm zu, unter der Bedingung, kein Aktmodell zu sein. Dass ich eine Bedingung stellte, überraschte ihn, und die Sache verlief im Sand. Doch in seinem Atelier hatte ich eine ganz neue Bewegung des Figürlichen gesehen, die … ja, bei Matisse ahnte ich zum ersten Mal den Raum dahinter, das war mir bei Picasso kaum passiert, nicht vor *Guernica*, nicht, soweit wir seine kubistischen Gemälde oder diese … forcierten Stierkampfbilder damals von Abbildungen kannten. Die natürlich-schwebende Verräumlichung von Menschen und Dingen, Matisse ging da für mich über den Kubismus oder Surrealismus hinaus.

Célestes Bernsteinblick leuchtet, als hätte eine kleine Seligkeit sie erfasst, der Nachhall ihrer Anfänge. *She is in full swing*, flüstere ich Benedictine zu, während ihre Mutter nach diesem Sprint in die Frühzeit wieder kurz zu verschnaufen scheint.

Von den Deutschen, von ihren Expressionisten haben wir an der Akademie nur wenig erfahren. Trotzdem, für mich selbst … war das Märchenhafte, das Surreale der erste Schritt ins Freie. Ein offenes Terrain, auch um als Frau ein bisschen frech zu sein. Da ging es mir ähnlich wie Meret. Meret Oppenheim. Und ich habe früh begriffen, dass der Witz, dass die Wirkung eines Werks mit am Titel hängt. Ich verstehe bis heute nicht, warum so viele jüngere Künstler ihre Arbeiten mit diesem verschleiernden *o.T.* versehen.

Kanntest du damals bereits Paul Klee oder Max Ernst?, frage ich. Ein Gemälde, das *Die Jungfrau verhaut das Jesuskind* oder so ähnlich heißt, wäre doch ohne diesen Titel nicht so leicht zur Ikone geworden.

Nein, dafür brauchte ich keine Vorbilder. Ich verließ mich auf meinen Instinkt. Ende der Vierzigerjahre war eines der ersten Bilder, die von mir in Paris verkauft wurden, ein Selbstporträt in weißer Bluse mit einer Korallenkette und in der rechten Hand einem Revolver. Auf meiner einen Brust hatte die Bluse einen großen Blutfleck. Kein richtig gutes Bild, nur ganz gut, *not too bad*, ein paar Leute aber erzählten etwas von dieser mexikanischen Malerin Frida Kahlo, von der ich noch nie gehört hatte. Man hat mich bald darauf mit ihr verglichen, obwohl das Quatsch war. Frida hat sich als heroisches Opfer dargestellt, was sie ja auch war. Ich bin nie das Opfer gewesen.

Und wie hieß dein Bild mit dem Revolver?

Die blutige Koralle, das fand ich … poetisch. Und nicht larmoyant. Eine Frau mit so einer Waffe, das war noch ein seltenes Motiv. Und wenn ich gefragt wurde, ob meine Brust, ob mein Herz auf dem Bild dort blute, war meine Antwort: Fragen Sie das Bild!

Und wer sagt Ihnen überhaupt, dass der Blutfleck auf meiner Bluse von meinem Blut stammt?
Céleste trommelt ein paar Takte auf ihre Armlehne.

Ein großer Käfer mit der Naziflagge und Hammer und Sichel im Gehörn, der *Das goldene Zeitalter* heißt, ist einfach stärker und vieldeutiger, als wenn du ihn bloß, was weiß ich ... *Das Ende der Ideologien* nennst. Als ich Max Ernst zum ersten Mal traf, in den Fünfzigerjahren in Paris, hatte er von mir noch keine Ahnung. Natürlich nicht. Aber mich amüsierte, dass er mir wie eine Geheimbotschaft ins Ohr flüsterte: *Sans titre vous êtes rien du tout!*

Maman, du schweifst ab. Die Anekdote hast du mir oder vielleicht sogar Eddy schon vor Jahren erzählt. Benedictine, die ihre Mutter abwechselnd Mom oder Maman anspricht, deutet mahnend auf ihre Armbanduhr. Über dich und den Krieg und meinen Vater hast du bisher viel weniger gesprochen.

Bien sûr. You are absolutely right. Ich habe darüber fast nie gesprochen.

Es entsteht eine Pause, und ich merke erst jetzt in der Stille, dass in diese Halle kein Laut von außen dringt. Als säßen wir unter den Scheinwerfern und den Fischaugen der Kameras in einem schalldichten Raum.

Ich bin Pascal während meiner Zeit in Nizza, bis auf ein paar luftige Flirts, immer ziemlich treu geblieben. Obwohl unter den Studenten an unserer Akademie ein paar richtige Kerle waren. Nicht so begabt, aber attraktiv. Und wenn ich zurück nach Korsika kam, haben meine alten Schulkameradinnen mich sofort mit dem Dorfklatsch versorgt. Vor allem mit den kleinen Affären meines Mannes. Pascal schlief, wenn ich weg war, mit den Helferinnen bei der Weinlese, mit Touristinnen, mit einer Menge Frauen. Manchmal sollen Pascal und Regnier sich die Frauen auch geteilt haben, doch blieb Regnier immer unverheiratet. Und mir gegenüber benahm er sich weiter … arrogant. Weil ich jetzt drüben in Frankreich studierte, also draußen in der größeren Welt, ließ er mich seinen Hochmut nun anders spüren. Durch süffisante Anspielungen auf die betrogene Ehefrau und alles nur unterschwellig, das empfand ich als doppelt gemein, nie so, dass ich ihn wirklich packen konnte. In dem Fall hätte er ohnehin zu seinem Bruder gehalten … Ich weiß nicht, ich hatte irgendwie nicht den Mut und irgendwann nicht mehr die Lust, Pascal selbst zur Rede zu stellen. Ich liebte ihn, begehrte ihn, doch auf eine abgelöstere, unpersönlichere Weise. Ich hoffte damals nur, dass meine Tochter nichts von unserer … Entfremdung mitbekäme.

Benedictine wiegt den Kopf. Ich habe schon mal was geahnt, auch dass Papa mit anderen Frauen … schäkerte oder komisch war. Aber in unser Haus, zu den Großeltern Salvatori, hat er nie eine fremde Frau gebracht. Das hätte er sich nicht getraut, und das beruhigte mich wieder. Ich war ja erst sechs, erklärt Benedictine für mich, und ich kam gerade in die Schule, als der Krieg begann.

Ein Mal, kurz vor Kriegsausbruch, fährt Céleste fort, habe ich übrigens versucht, Regniers spöttische Überheblichkeit zu brechen. Ich habe ihn mir als Aktmodell genommen.

Als Aktmodell, Regnier?

Als wir einmal vor Öffnung seines Lokals am Hafen allein waren und ein paar Gläser tranken, fragte ich spontan, ob ich ihn zeichnen könne. Nackt. Völlig nackt? Ja, ich meine, nackt. Das traf sein Ego und bedeutete eine offene Herausforderung. Weil ich natürlich wusste, dass er ablehnen würde, versprach ich ihm, dass wir hinterher miteinander schlafen würden. Falls er das wolle. Regnier schaute mich erst mit einem schiefen Lächeln an, fing schließlich an, schallend zu lachen, und wurde auf einen Schlag ernst. Er sagte Ja.

Hast du mit ihm geschlafen?

Nicht so ungeduldig, Beny. Ich bin an einem der nächsten Nachmittage zu ihm nach Hause gegangen. Er hatte sich schon bis auf eine Badehose ausgezogen, und ich bat ihn, sich ins Licht eines Fensters auf einen Stuhl zu setzen, ganz nackt, und, klar, weil ich ihn so ansah und in bestimmte Positionen dirigieren konnte, hatte ich für diese Stunde eine gewisse Macht über ihn. Dabei sah auch sein Körper dem von Pascal zum Verwechseln ähnlich, die gleichen Muskeln, die Hautfarbe inzwischen etwas blasser, weil er weniger als Pascal in der Sonne arbeitete, der gleiche schöne Penis, beide Brüder waren beschnitten, ich glaube, ihm fehlte nur ein Muttermal, das Pascal am Oberschenkel hatte. Es ist wunderlich, wenn du jemanden so porennah kennst und doch nicht kennst, eine Wachskopie in Fleisch und Blut. Dabei, muss ich sagen, waren mir die Salvatori-Zwillinge als Nachbarjungen … völlig selbstverständlich. Regnier erschien mir nie als Pascals Doppelgänger. Klar hatte ich mir seinen Körper und unsere Sitzung in Gedanken schon ausgemalt, aber es hat mich trotzdem verwirrt. Du saugst etwas auf und verwandelst es in eine Form. Während ich Regnier wie … eine Beute im Netz mit meinem Kohlestift gezeichnet habe, blieb ich innerlich doch nicht so ganz das kalte Spinnenweibchen.
Céleste schürzt ihre Lippen, blickt uns beide an. Ja, ich spürte, wie mein Begehren wuchs.

Und dann?

Dann habe ich ihm gesagt, er könne sich wieder anziehen, und wollte gehen. Als er zornig wurde und mich eine Lügnerin nannte, sagte ich ihm, er solle es nur wagen, mich zu schlagen! Regnier entriss mir meinen Zeichenblock, der ist ihm leider geblieben. Schade. Aber ich ging hinaus, während er mir halb nackt noch irgendwas hinterherzischte. Dass ich ihm dafür bezahlen werde. Ich rief ihm nur zu: Du hast ja meine Skizzen. Die werden einmal mehr wert sein als mein Körper!
Céleste scheint in diesem Augenblick, siebzig Jahre später, erneut

zu triumphieren, sie setzt ihre Brille auf und ab, zwinkert und blitzt uns an.

Eine deiner Pointen, meint Benedictine.

Glaubst du? Wenn nicht wahr, so gut erfunden. Das denkt ihr jetzt, und ich selbst habe die Szene von damals … noch vor Augen. Aber Beny hat irgendwie recht. Ich … ich komme mir vor wie eine Schauspielerin, die meine Rolle spielt. Es ist mein Text, mein Leben. Aber ihr Spiel. Céleste trinkt von ihrem Honigtee. Jedenfalls ist es das, was ich ihm damals gerne gesagt hätte!
Ihr kurzes, heiseres Lachen. Im Ernst, das war nicht nur lustig. Ich habe um Pascals fast schon verlorene Liebe getrauert. Ich war auf ihn nie wirklich zornig. Nur traurig, über sein verwildertes Herz. Und dann … dann begann der Krieg.
Sie atmet wieder durch, klopft einmal mehr auf die Armlehnen und sendet ein für mich nicht erkennbares Zeichen in den Raum, worauf die Scheinwerfer über unserer kleinen Bühne abgedimmt werden. Céleste erhebt sich, streckt sich, Benedictine reicht ihr den Silberknaufstock, und das Serviermädchen und Yamasato, den ich bereits vergessen hatte, treten wieder vor uns auf. Wir folgen Céleste zu der Gruppe von verhängten Staffeleien, über denen nun andere Scheinwerfer angehen. Auf großen Schwarz-Weiß-Fotos an der Wand dahinter sind einige Mumienporträts zu sehen, die in Ägypten unter römischer Herrschaft hoch beliebt waren. Abbilder von Verstorbenen, zu deren Lebzeiten in Farbe auf kleine Holztafeln gemalt und ihren Mumien als Grabgabe beigelegt. Ich habe einige dieser auch nach zweitausend Jahren noch so lebensvoll wirkenden Porträts schon einmal im Kairoer Nationalmuseum und später bei einer Ausstellung in Berlin gesehen.

Warum sind die Fotos nur in Schwarz-Weiß?
Céleste macht eine Handbewegung, und Yamasato zieht die verhüllenden Tücher von den ersten drei Staffeleien ab. Auf unterschiedlich monochromen Hintergrund hat Céleste in antiker Ma-

nier drei farbige Frauenköpfe gemalt. Ihr eigenes Gesicht auf hellgrünem Grund, daneben ihre Tochter vor einem dunklen Rot und eine dritte junge Frau, vor leuchtendem Blau.

Ich wollte ganz unbeeinflusst über die Farben bestimmen. Die Fotos sind nur eine Anregung, ich liebe diese Porträts, sie wurden damals für reiche Auftraggeber in Serie gemalt, alles Konfektion, aber ich finde sie virtuos. Europa hat danach beinahe anderthalbtausend Jahre gebraucht, um das Gesicht des Menschen derart … wachzurufen. Und ich? Ich brauche zu Vorbildern auch eine Distanz, die originalen Farben hätten mich gestört, darum die Schwarz-Weiß-Fotos als … neutrale Anregung. Diese Tafelbilder sind für mich nach all den monumentalen Raumwerken nochmal eine Art *exercise*. Ob die alten Finger noch mitmachen, was der Kopf sich denkt.

Du hast unsere beiden Porträts auswendig gemalt?

Sagen wir … fast auswendig, antwortet Céleste.

Und wer ist die dritte Dame, in Blau?

Meine Mutter.

Meine Großmutter?

Nein, nicht deine Großmutter! Das ist Sofonisba. Die Renaissancemalerin Sofonisba Anguissola, die Mutter aller Künstlerinnen. Ihre Züge, die übergroßen Mädchenaugen und das Spitzenkrägelchen habe ich von ihren diversen Selbstporträts abgenommen, doch ihr Blick … der ist von mir. Céleste weist mit dem Silberknaufstock kurz auf das kleine Gemälde und danach himmelwärts in die Höhe des Raums. Sofonisba ist vor vierhundert Jahren mit über neunzig gestorben. Im 17. Jahrhundert, mit über neunzig! Célestes Miene wirkt heiter.

Wollt ihr vorm Mittagessen noch kurz die anderen sehen? Sie lässt Yamasato die übrigen Vorhänge vor den Staffeleien wegziehen. Mit zwei Ausnahmen.

Es sind Stillleben, wieder vor wechselnden farbkräftigen Hintergründen. Alle Bilder zeigen einzelne Körperteile, wie abgehackt oder ausgeschnitten. Eine Hand mit einem Ring am Finger, eine Schulter oder das Stück eines Arms mit einem Tattoo, ein Fuß mit einem Kettchen, ein halber Kopf im Profil, ein Augapfel auf goldenem Grund. Die Gemälde sind delikat, von altmeisterlicher Schönheit und unheimlich. So graziös präsentiert auch grausig. Nur die beiden letzten Staffeleien bleiben hinter einem schwarzen Tuch verborgen.

Bevor ich danach fragen kann, wendet sich Céleste zum Gehen, die Scheinwerfer blenden ab, wir alle folgen ihr durch eine Tür und einen kurzen Gang direkt in den Garten. Gerne hätte ich noch einen näheren Blick auf die auch im schwachen Licht noch metallisch schimmernden Flugkörper und sonderbaren Maschinen im hinteren Teil der Atelierhalle geworfen. Doch Céleste braucht die Pause, und uns schlägt draußen in der abrupten Helligkeit des Mittags eine jähe Hitze entgegen. Ich merke, dass mein Leinenjackett durchgeschwitzt ist, lege es an der Gartenterrasse ab, auf der unter der Markise bereits für uns gedeckt ist und zwei Standventilatoren rauschen.

Es muss mindestens dreißig Grad haben, wahrscheinlich sind jetzt alle außer uns am Strand.

Leider ist der Weg von hier zur Küste etwas beschwerlich, das Meer am Horizont ist weiter weg, als man glaubt, antwortet Benedictine. Aber wenn Mom nichts dagegen hat, kannst du nachher ein Bad im Pool nehmen.

Warum nicht, Eddy, Darling, fühl dich wie zu Hause. Wir machen am Nachmittag um fünf weiter, *same place, same story new.*

Charissa und Vaclav servieren uns eine kalte Gurkensuppe mit Garnelen, es gibt Salat, Gemüse, Bayonner Schinken, wie Benedictine erklärt. Céleste isst vegetarisch, ohne Garnelen in der Suppe, sie verzichtet auch auf Wein, Dessert und Kaffee. Kümmert euch nicht um mich, *adieu*, wir sehen uns nach der Siesta.

Eine Frage noch, entschuldige: Ich begreife immer noch nicht, warum ich hier eigentlich dabei bin? Nicht, dass du, dass deine Geschichte mich nicht interessiert. Im Gegenteil. Aber warum gerade ich?

Darling, feel safe, stay calm. Vielleicht … vielleicht ist es wie … mit diesen Schwarz-Weiß-Fotos. Ich … ich brauche Abstand, um mich zu nähern. Ich brauche jemanden, dem ich vertrauen kann, ohne dass er selbst mir zu sehr vertraut ist. Verstehst du das?

Nicht ganz.

Du warst mal mit Benedictine zusammen, okay, du warst mein Anwalt in Deutschland, wir hatten Kontakt und haben uns dann ewig nicht gesehen, es gab keinen Streit, keinen Schmerz, und von unserer … Sympathie bleibt immer ein Rest. Das reicht, das spüre ich. In Menschen wie dir irre ich mich … wohl nicht. Nicht mehr. Ich habe damals übrigens dein Gutachten gelesen in dem Prozess oder was das war, wegen des Tigerfellautos. Das war gut. Du hast Duchamps zitiert, in solchen Dingen bin ich ein Elefant, ich meine, mein Gedächtnis. Es gibt keinen Fortschritt in der Kunst, so wenig wie in der Liebe. Das hat mir gefallen. Charmant. Du hast im Unterschied zum Plagiat oder der Fälschung vom ewigen, wie war das gleich, ja, vom *Umerfinden* geschrieben – Céleste spricht das Wort auf Deutsch, Um-ähr-fin-dön, und dass alle Kunst auch ein Dialog ist mit früheren Werken … *un dialogue imaginaire*, genau!

Ich staune, das alles weißt du noch? Nach dieser … urheberrechtlich, sagen wir mal, riskanten Theorie muss ich als dein Verteidiger wohl noch haarscharf die Kurve gekriegt haben. Zu einem ganz originalen Kunstwerk!

Eddy, du siehst, ruft Benedictine jetzt aus, Mom ist deine unerschütterliche Verehrerin. Bei dem großen Zores wegen des Käfers mit dem Hakenkreuz und Hammer und Sichel hast du ihr einen Brief geschrieben, den hat sie tatsächlich gelesen, obwohl sie Briefe fast nie selber liest.

Sind viel zu viele, und heute noch die Mails! Du hattest mir in dem Brief einen Rat gegeben. Mir wurde ja vorgeworfen, diese beiden Flaggen würden eine Gleichsetzung von Hitler und Stalin bedeuten. Du hast mir geraten, auf solche Unterstellungen nicht einzugehen und am besten eine Gegenfrage zu stellen … Was ist geheimnisvoller als die Klarheit? Das war's. *Very smart*. Ich habe den Satz noch öfter verwendet.

Du hast doch nie Interviews gegeben.

Zwei, drei Mal musste ich. Bei dem Käfer blieb die *New York Times* derart hartnäckig.

Sonderbar. Diesen Brief soll ich dir geschrieben haben? Ich kann mich überhaupt nicht mehr daran erinnern. Was du sagst, klingt sehr schmeichelhaft, nur, … wenn dein Gedächtnis ein Elefant ist, ist meines offenbar eine Mücke.

Eine Mücke fängt man leichter als einen Elefanten, sagt Benedictine.

Als Céleste gegangen ist, wiederhole ich beim Kaffee: Ich habe nicht den Schatten einer Erinnerung. Weißt du, was, Beny, ich glaube, den Brief an deine Mutter gibt es nicht. Nicht von mir.

Du meinst, es war eine Verwechslung? Selber habe ich keinen Brief gesehen, aber ich bin mir sicher, sie hat damals davon erzählt.

Lassen wir's. Es ist heiß, und nicht der Hauch einer Brise vom Atlantik. Benedictine zeigt mir vor einer mit Bougainvillea umrankten Veranda den Pool, ein moosgrünes schmales Band voll funkelnder, flirrender Einsprengsel.

Céleste hat sich eine Art römisches Bad gewünscht. Da sind lauter Mosaiksteine im Wasser. Viel Spaß damit! Ich nutze den Cliffhanger und lege mich ein Weilchen aufs Ohr. Mein *Powernap*.

Nach dem Schwimmen rufe ich Astrid an. Sie müsse noch länger in China bleiben, die juristischen Probleme für das Joint Venture beim Bau der Satellitenstadt hätten »wir alle« unterschätzt, aber die Chancen stünden nicht schlecht. Es gehe um viel zu viel, um das »vor Torschluss« zu überstürzen oder gar abzubrechen. In ein paar Tagen sehe sie klarer und werde sich in den nächstmöglichen Flieger setzen. Hat dir Madame Céleste schon ihre Geheimnisse verraten?

Benedictine meint, wir hätten gerade einen Cliffhanger. Aber du weißt, ich mag gar keine Geheimnisse, nicht im wirklichen Leben.

8

Private Kriegsbilder sehen alle irgendwie ähnlich aus. Landserromantik. Was uns Céleste am Nachmittag in ihrem Atelier als Erstes vorführt, sind an die Wand gebeamte Fotos. Schwarz-Weiß, aschgrau, manche schon halb verblichen, viele junge Männer und Frauen mit kühnen Gesichtern, wildem Haar, mit Zigaretten in den Mundwinkeln, mit Weinflaschen oder Gewehren bewaffnet. Durch die Vergrößerung sind die Fotografien oft leicht unscharf, auf einigen sieht man Felsen, Macchia oder bewaldete Berge im staubigen Hintergrund, einmal einen mit Patronengurten und einem Maschinengewehr bepackten Esel, einmal einen toten Mann in schwarzer Uniform. Oft tragen die jungen Frauen und Männer Baskenmützen oder haubenähnliche Kopfbedeckungen, und sie lachen in die Kamera wie in die Zukunft. Ein blonder Mann mit Paartagebart ist Pascal, ein anderer Blondkopf Regnier, einmal umarmen sie eine Kameradin in ihrer Mitte, eine Frau mit schwarzer Mähne.

Das bin ich.

Es ist eine Zeitreise, doch wirken die Fotos, die eine Welt von gestern dokumentieren, auf mich weniger authentisch, als wenn Céleste einfach nur erzählt. Hier, an ihrer Atelierwand, sind die alten Albumfotos überwirklich oder auch unwirklich. Ein Schauspiel aus Licht und Schatten, und mehr noch als ihr heutiges Alter kommt mir nun Célestes Jugend auf den Fotos an der Wand schier unglaublich vor. Diese Abbilder der jungen Kämpfer sehen, obwohl sie Zeugnisse ihres Lebensmuts sind, wie Totenbilder aus, Ansichten längst Verstorbener, und ich muss an die ägyptischen Mumienporträts denken. Aber das wird Céleste kaum bedacht haben. Sie beendet die Projektion mit einem knappen »*Stop it!*« und fährt im wieder helleren Licht der Scheinwerfer sogleich fort.

Als der Krieg auf dem Festland ausbrach, schauten wir auf Korsika anfangs nur zu. Ich habe 1940 noch mein Examen in Nizza gemacht, Pascal und Regnier wurden schon 1939 für einige Wochen zur Armee einberufen, sie blieben jedoch auf der Insel. Gekämpft wurde bei uns zunächst nicht. Es wurde nur fast kein Wein mehr nach Frankreich verkauft, die Schiffe waren von der Marine beschlagnahmt worden, auch der Tourismus versiegte, erst nach der Kapitulation kam das Geschäft für kurze Zeit wieder in Gang. Ich selbst bin nach der Kunstakademie zurück zu meiner Familie gegangen, es war plötzlich alles in der Schwebe, und ich wollte noch ein zweites Kind. Es wäre Benedictines Bruder geworden, aber ich habe ihn nach sechs Monaten verloren …

Das hast du mir nie erzählt.

Nein, wollte ich nicht.

Warum denn nicht? Benedictine wirkt ungläubig.

Céleste wischt die Nachfrage weg, leicht ärgerlich. Darauf kommt es heute nicht mehr an, *chérie*, wirklich nicht … Sie atmet hörbar durch: Erst 1942 wurden wir von den Italienern und im Jahr darauf von den in Nordafrika geschlagenen deutschen Truppen besetzt. Herr Rommel besuchte uns. Ich war schon in Nizza mit einigen kommunistischen Studenten befreundet gewesen und inzwischen Mitglied einer kleinen kommunistischen Gruppe in Bastia, also stachelte ich Pascal an, mit mir in den Widerstand zu gehen. Anfangs schien er noch etwas zögerlich, nicht aus Angst, es war dieses Freundlich-Träumerische in ihm. Seine Eltern waren sowieso dagegen, aber Regnier wollte sofort mitmachen. Aus Abenteuerlust. Später, als wir in Frankreich operierten, wurde Pascal dann ein wahrer Kämpfer!

Ihr habt euch der Résistance angeschlossen.

Natürlich. Auf Korsika, das war uns klar, würde sich der Krieg nicht entscheiden. Ich ließ Benedictine bei meinen Eltern und Schwiegereltern, und wir fuhren nachts auf einem Schmugglerboot hinüber nach Frankreich. In Nizza hatte ich noch meine Kontakte, ab 1943 gehörten wir zu einer Gruppe aus der Provence, unser anfängliches Quartier lag im Hinterland von Saint-Rémy, und ich kam als Kurier zum ersten Mal nach Paris ... Später brauchten wir immer neue Rückzugsgebiete, nach Überfällen auf deutsche Posten im besetzten Gebiet. Oder auf Eisenbahnlinien. Pascal hatte die Idee, sich als blauäugiger blonder Normanne in erbeuteten deutschen Uniformen zu tarnen, um so immer waghalsigere Sabotageakte zu unternehmen. Hierzu lernten wir auch etwas Deutsch bei einem jungen Juden aus Hamburg, den seine Eltern vor Kriegsbeginn in einem katholischen Internat in den Savoyen untergebracht hatten. Alfred Bernheimer, der einen perfekt gefälschten Pass auf den Namen Friedrich Barner besaß. Er hatte sich uns angeschlossen, auch er sah wunderbar germanisch aus, das war für uns von Nutzen.

Du weißt nach so langer Zeit noch seinen Namen?

So lange Zeit? Ich bin in der Gegenwart manchmal vergesslich, dafür ... rückt die Vergangenheit immer näher ... Na ja, ich habe Freddy um 1950 herum in Paris wiedergetroffen, er war ein erfolgreicher Geschäftsmann geworden, sehr charmant, wir hatten eine kleine Liaison, und ein paar Jahre später höre ich zufällig, er hat sich erschossen. Schade.

Mir erscheint Céleste jetzt entspannter als noch am Vormittag. Sie trägt eine neue Bluse, schwarz statt rot, und hat frisches Make-up aufgelegt, viel schwarzer Eyeliner, dunkelroter Lippenstift, goldene Lider. Sie wirkt erfrischt, gibt die Siebzigjährige, und das Orchester ihrer nun blau lackierten Finger spielt auf der Schaukelstuhllehne einen langsamen Satz. Ich frage sie zwischendurch, als wir noch einen späten Tee serviert bekommen, ob ich ein Foto von ihr machen darf, mit dem Handy, und Céleste nickt.

Ich habe mich schon manchmal darüber gewundert, dass du wohl etwas Deutsch verstehst, auch wenn du es nie sprichst.

Richtig, das rührt vom Krieg her. Die Résistance bestand ja nicht dauernd aus Kämpfen, sondern die meiste Zeit aus Verstecken, Verbergen, Abwarten, Ausharren. Aus … angespannter Geduld. Da gab's auch viel Zeit zum Lernen einer anderen Sprache. Das Problem bei Pascal und Regnier, der wieder zu unserer Gruppe gestoßen war, nachdem er eine Weile im Norden zu tun hatte, blieb ihr Akzent. Sie konnten beide wie Bilderbuchdeutsche aussehen, aber in der Sprache des Feindes nur sehr wenige kurze Sätze sagen, ohne sogleich Misstrauen zu erregen.

Mir fällt ein, dass ich mein kleines Aufnahmegerät seit der Mittagspause nicht wieder angestellt habe. Ich lege es vor mich hin, drücke *Record* und höre Céleste erzählen, während mich eine kurze Nachmittagsschläfrigkeit befällt. Sie spricht über wechselnde Einsätze, ihre ersten Schüsse auf einen deutschen Trupp aus dem Hinterhalt, über fremde und eigene Tote, sie erwähnt, dass einer ihrer Schlupfwinkel in der Zone der Vichy-Regierung in der Landschaft von van Gogh gewesen sei und ein anderer »bei Cézanne«, am Fuß der Montagne Sainte-Victoire. Das sei ein entlegenes Tal gewesen, in der Nähe ihres Verstecks bei Schafhirten gab es nur ein winziges Dorf und ein Schloss, jenes Château Vauvenargues, das nach dem Krieg Picasso gekauft hat und wo er begraben ist. Als sie von dort mit zwei LKWs nach Orange und weiter die Rhone aufwärts Richtung Lyon aufgebrochen seien, habe es eine unerwartete Aktion der Vichy-Kollaborateure gegeben, der sie nur mit Verlusten entkamen.

Regnier wurde bald darauf gefangen genommen und Pascal verwundet, unsere Leute brachten Pascal in ein Landkrankenhaus südlich von Lyon. Es sollte nur für ein paar Tage sein. Dort hat ihn die Gestapo am zweiten Tag verhaftet. Sie haben ihn dann gefoltert und erschossen. Seine Leiche wurde angeblich verbrannt, das ist alles, was wir erfahren haben.

Und Regnier?

Er konnte in Lyon aus einem Gefängnis oder Lager fliehen, sagte er. Nach einer Woche schon hatte er uns wiedergefunden, es war im Sommer 1944, die Alliierten rückten auf Paris vor, bombardierten die Deutschen und die Vichy-Verräter überall. Trotzdem rätselten wir, wie Regnier so schnell entkommen konnte. Nach seiner Gefangennahme hatte die Gestapo auch ihn befragt. Das hieß fast immer Folter und Erschießung oder Deportation. Regnier war kühn, die Flucht offenbar eine Heldentat. Doch entstand auch das Gerücht, dass Regnier geredet habe. Er bestritt das, sagte, es habe bei den Deutschen ein merkwürdiges Chaos geherrscht und er habe nur die Namen einiger Kameraden genannt, die schon tot oder auf der Seite der Alliierten und der von de Gaulle aus dem Londoner Exil befehligten französischen Kompanien waren. Wir mussten ihm das glauben, Regnier hatte oft genug sein Leben riskiert und viele Feinde getötet. Ein exzellenter Schütze. Ich war ein paarmal dabei und habe gemerkt, dass ihm das Töten nichts ausmachte, im Gegenteil, es schien ihm richtig Spaß zu bereiten. Er hatte schon als Wirt auf Korsika gerne selbst geschlachtet. Nein, Regnier war verdächtig, aber er hatte als Kämpfer Kredit. Zumal die Sache mit dem deutschen Chaos stimmte. Ein paar Wochen zuvor waren die Alliierten in der Normandie gelandet, und aus dem Radio hatten wir von dem Attentat auf Hitler erfahren. Die Deutschen und ihre Kollaborateure waren ziemlich in Aufruhr.

Was hast du denn persönlich geglaubt?, fragt Benedictine.

Ich war völlig durcheinander. War schockiert, verzweifelt, verwirrt. Trotz allem verkörperte Regnier noch … das Abbild von Pascal. Als könnte auch er noch leben, weil der andere lebte. Das war zweifach grausam, denn jetzt erschien Regnier mir im Wachen oder in Träumen als das, was er vorher nie gewesen war. Als der Doppelgänger meines Mannes. Ihr könnt euch das nicht vorstellen, dieses wiederkehrende … Entsetzen … über den äußeren Schein, die Illusion, die doch keinen Trost bot. Natürlich wollte ich, dass Regnier so schnell wie möglich unsere Gruppe verließ. Ich war inzwischen im Rang eines Offiziers, eines *Capitaine*, und konnte das mitbestimmen. Aber ich suchte auch … noch immer nach Pascal, nach einer letzten Gewissheit.

Über seinen Tod? Über Regniers Verrat?

Wir wussten ja nicht, ob er ihn verraten hat. Deshalb habe ich dann mit ihm geschlafen.

Mit ihm geschlafen, nach Papas Tod?

Ja. Im Krieg waren wir sowieso sehr … promisk. Die Liebe der Partisanen, dabei lacht Céleste kurz auf, sie galt dem Leben, im Angesicht des Todes. Es konnte ja immer das letzte Mal sein. Wir waren hungrig, durstig, geil aufeinander und brauchten Trost. Sex war nicht mehr der *kleine Tod*, sondern das kleine Leben. Und mit Regnier … ich wollte nur seinen Körper sehen, er sollte mir seine Folterspuren zeigen.

Céleste macht eine Pause, senkt den Kopf auf die Brust, richtet sich wieder auf. Er war … sehr nervös. Hinterher habe ich ihn gefragt und gefragt. Auch nach meiner Hochzeitsnacht. Ob auch er damals … Er hat alles abgestritten, wie ich darauf käme, er habe seinen Bruder nie verraten, nicht damals, nicht jetzt!

Und die Folterspuren?

Er hatte keine. Nur ein paar blaue Flecken und Schrammen. Regnier sagte, die Deutschen seien zwar Teufel, aber sie arbeiteten nicht allein mit glühenden Zangen. Man habe ihn in einem Wassereimer immer wieder untergetaucht, bis er ohnmächtig geworden sei. Sie hätten ihn mehrmals zurückgeholt, ihm wieder bis fast zum Ersticken den Kopf in den Kübel getaucht, und dann habe er die Namen der Toten und Ungefährdeten genannt … *Waterboarding*. Das ist keine neue Erfindung der Amerikaner.

Also hast du Onkel Regnier geglaubt?, fragt Benedictine.

Ich weiß es nicht. Es war alles unglaublich. Kinder, sagt sie nun wieder und legt ihre schwarze Brille ab, klappt die Bügel zusammen, Kinder, ich gehe heute durch meinen Kopf wie … durch Tapetentüren. Ich will noch durch eine letzte Tür, aber … manchmal sind Eingang und Ausgang für mich gleich. Gleich ungewiss.

Ein Schimmer liegt nun auf Célestes Stirn, als schwitze auch sie ein wenig unter den Scheinwerfern, unter ihrem Make-up. Sie sagt: Ich bin, wie jeder weiß, keine Melancholikerin. Aber ich lache nicht von allein. Ich brauche Menschen, am besten einen Mann, der mich zum Lachen bringt. Zum Lachen auch über die Männer. Und zum Weinen. Meine Trauer um Pascal machte mich so einsam, dass ich nicht mehr allein sein wollte. Allein zu sein, kann ich nur aushalten, wenn ich arbeite. Einen Zeichenblock und ein paar Stifte hatte ich in meinem Gepäck, mehr nicht, keine Farbtuben, nichts. Um nicht verrückt zu werden, habe ich tagelang unsere Gewehre und ein MG auseinandergenommen, eingefettet und wieder zusammengeschraubt. Immer wieder. Dabei begann ich, mir ganz andere Maschinen vorzustellen, Zylinder, künstliche Turbinen, Mischwesen aus Maschine, Mensch und Tier. Eiserne Wölfe. Das war mein Neubeginn im Kopf.

Das verstehe ich jetzt nicht. Benedictine klingt ungeduldig, gereizt.

Musst du auch nicht. Du glaubst immer, erwidert Céleste in einem eingeschnürten Ton, als hätte sie einen Kloß im Hals und müsste sich erst wieder freisprechen, du glaubst, andere Leute schweifen ab. Ich bin keine Advokatin wie du … Regnier habe ich abkommandiert und bin selber gleich Ende August 1944, sofort nach dem Einzug der Alliierten nach Paris gegangen. Paris ist frei, jubelten wir alle. Für mich aber war die Stadt so anziehend wie abstoßend. Die Euphorie riss mich mit und rauschte an mir vorbei, wie ein Sturzbach. Ich vermisste Pascal, meine Familie, und ich kam als Kombattantin. In eine Stadt voller Kollaborateure. Voller … Opportunisten. Meine kommunistische Begeisterung war schon nicht mehr so feurig, einer meiner Mitkämpfer war ein naturalisierter Russe, ein junger Revolutionär ehemals, der durch Stalin den Großteil seiner Familie verloren hatte. In Paris traf ich plötzlich die Stalin-Schwärmer, die *gauche kaviar.* Doch viel suspekter waren mir alle, die unter den Deutschen weiter Theater gespielt hatten und Filme gedreht und Stücke geschrieben. Wie auch Sartre. Ich fragte nach Picasso, für uns alle der absolut Größte. Er war in Paris geblieben –

Er durfte keine Bilder ausstellen oder verkaufen, sage ich.

Ja klar, das sagten alle. Und er hat sich nie beklagt, Pablo war stolz, kein bisschen wehleidig. Aber die Deutschen haben ihn nicht angerührt. Trotz *Guernica*! Es wurde erzählt, der eine oder andere kunstsinnige deutsche Offizier hätte ihn in seiner Atelierwohnung besuchen dürfen. Vermutlich haben sie auch Sachen von ihm gekauft.

Das ist nicht belegt.

Belegt, schnappt Céleste mit schier höhnischer Miene zurück. Belegt? Was sind das für Worte! Belegt. Ich bin doch kein Jurist oder Journalist und habe keine Dossiers! Außerdem hat Pablo immer seine eigene Geschichte geschrieben. Er hatte sein Leben jederzeit in der Hand, auch den Nachruhm.

Versucht das nicht jeder große Künstler? Geht das überhaupt, ein großer Künstler zu sein und kein Egomane?

Gute Frage, Eddy, das fragst du mich? Als Angeklagte oder als Zeugin?

Als Kronzeugin. Aber du kannst die Aussage verweigern!

Das würde ich dir auch dringend raten, bekräftigt Benedictine, und nun lachen wir drei, für den Moment wie befreit. Auf meinem kleinen Recorder, bilde ich mir ein, flackert sogar der rote Lichtpunkt vom Aufnahme-Modus.

Ich sage doch noch ein bisschen aus. Céleste zündet sich auf der silbernen Spitze wieder einen Zigarillo an und murmelt: Noch einen Zug, bis der Henker kommt. Nun knipst sich auch Benedictine ihre E-Zigarette an.

Ich fühlte mich am Anfang sehr einsam in Paris, obwohl ich durch einen Kommilitonen von der Akademie schnell viele Leute kennenlernte. Es herrschte diese schöne hektische Aufbruchstimmung, bald würden Hitler und sein Reich endgültig fallen. Die meisten aus meiner alten Gruppe wollten noch weiter gegen die zurückweichenden deutschen Truppen kämpfen, jetzt in französischen Uniformen an der Seite der Amerikaner und Engländer. Aber ich konnte plötzlich nicht mehr, ich war wie … ausgebrannt. Kehrte so im Herbst 44 zurück nach Korsika, sah dich wieder, Beny, und meine Familie, erholte mich vom Krieg und ging 1945 wieder nach Paris, einsam, obwohl nie allein. Es war wie in den alten Filmen, wir hörten Jazz und lasen Hemingway und Camus, das waren natürlich auch meine Favoriten und die habe ich später an Beny weitergegeben. Eine Weile las ich fast nur, malte kaum was, las, um keine dumme Gans vom Land zu sein. Die Insel lag ja noch weit hinterm Land.

Sie schaukelt ein wenig in ihrem Stuhl und wirkt immer frischer: Mein erstes Atelier in Paris finanzierte Burt, mein amerikanischer Freund, den ich genau drei Jahre nach der Befreiung von Paris, am 25. August 1947, geheiratet habe. Er war zunächst Kulturattaché an der Botschaft, quittierte bald den Dienst, wollte einen Roman schreiben über eine Insel der Zukunft, der so wenig fertig wurde wie die Zukunft. Eigentlich war Burt Kunsthistoriker, und er schrieb für amerikanische Zeitungen über die europäische Nachkriegsszene, er machte 1945 auch das erste große Interview mit Picasso. Und hatte reiche Eltern in Boston. Sogar dein Internat in Frankreich und später dein Jurastudium in Paris und Harvard konnte ich mir von seinem Geld leisten, nicht von meinen Bildern oder den ersten Skulpturen.

Du hast damals, frage ich, deinen Namen behalten?

Ja, Pascals Namen. Ich blieb Céleste Salvatori. Durch Burt aber habe ich richtig Englisch gelernt, ich kam zum ersten Mal nach London, nach New York, und in Paris verschaffte er mir ein Atelier und Kontakte zu einigen ausländischen Galeristen und Sammlern, dafür blieb ich ihm immer dankbar. Nach ein paar Jahren haben wir uns in Freundschaft getrennt, was vor allem an mir lag. Ich sah in Paris, ganz anders als er, nicht nur die Stadt der Freiheit, sondern lange Zeit noch die Stadt auch des Verrats, des Stillschweigens, der Kollaboration. Wie viele meiner neuen Bekannten hatten in den Cafés gesessen und geschrieben, gequatscht, gespielt, irgendwas gemalt! Während so viele alte Freunde verwundet wurden oder gestorben sind. Wir hatten getötet, gerettet, befreit, gekämpft und nicht bloß geredet. Ich war …, Céleste hält inne, raucht, trinkt ihren Honigtee, ich war in dieser Frage … ziemlich neurotisch. Erst fanatisch, dann verstört. Meine Befreiung wurde der Ausbruch in den Raum. Wirklich, in den Freiraum! Meine neuen Freunde lachten damals, und mein erster Galerist schien fassungslos, aber irgendwann hatte ich ein riesiges rostiges Maschinengewehr konstruiert und setzte ihm stählerne Flügel ein und einen grotesken senkrechten Stachel auf und nannte das Ding *Emma Bovarys Traum*.

Kann man das noch sehen?

Céleste lächelt jetzt, und ich finde, es ist ein merkwürdig bitteres Lächeln.

Das Original besitzt mittlerweile ein alter Sammler von mir in Japan. Eine spätere Version habe ich der Villa Arson in Nizza gestiftet, aus Sentimentalität. Sie steht dort im Garten, unter einem Sturz aus Panzerglas.

Sie macht ein Handzeichen, worauf das Serviermädchen aus dem Off erscheint und gleich wieder verschwindet. Céleste pafft ihren Zigarillo, bis das Mädchen ihr einen Whisky bringt. *Any more drinks for you folks?*

Wir nehmen nun alle einen Whisky, ich ohne Eis.

Über Regnier hörte ich nur, dass er nach dem Krieg für kurze Zeit nach Korsika zurückgekehrt ist. Es gab wohl Spannungen, auch in seiner Familie, weil das Gerücht, er habe seinen Bruder an die Deutschen verraten, bis auf die Insel gedrungen war. Er arbeitete dann als Koch auf dem Festland, hat ein Lokal im Burgund aufgemacht und ging später nach Paris.

Warst du einmal dort?

Nein, ich habe ihn nicht mehr wiedergesehen. Weiß bloß, dass er nie geheiratet hat. Aber er hatte wohl wieder zu malen begonnen.

In seinem Petit Palais in Paris hingen einige dieser Bilder als Wanddekoration. Ich glaube, sagt Benedictine, es waren vor allem Meerlandschaften, die Küste von Korsika, Hafenansichten und so. Seine Küche war sehr erfolgreich. Eddy erinnert sich trotz seines Mückengedächtnisses daran, dass wir bei einem Essen dort einmal Mitterrand gesehen haben.

Was weißt du von Regniers merkwürdigem Ende?

Hm, nicht viel, antwortet Céleste. Ich besitze nur … zwei Erinnerungsstücke, so kann man es nennen. Ihr wisst aber, dass ab und an auch mal Fälschungen meiner Sachen auftauchen, das geht Kollegen, bei denen es sich preislich lohnt, nicht anders. Ich habe immer wenig dagegen unternommen, entgegen deinem Rat, Beny …

Oh ja, ich finde dich darin bis heute ziemlich lax.

Dich hat es halt mehr geärgert als mich. Mir ist es im Grunde egal, bei meinen großen Sachen kann man sowieso keine Fälschungen auf den Markt bringen. Vor ungefähr dreißig Jahren bekam ich allerdings einen Hinweis auf ein frühes Werk, das mir nicht egal war. Denn es war verloren gegangen.

Was meinst du? Benedictine wirkt auf einmal gespannt.

Eine Liebesszene. Eine Umarmung, die ich Pascal geschenkt hatte. Eine Gouache. Du erkennst ein Paar, die Körper von Nahem, ohne die Gesichter, eine Frau über einem liegenden Mann, zwischen seinen geöffneten Schenkeln. Als wir in den Krieg zogen, habe ich das kleine Blatt eingerollt und Pascal in einem Lederfutteral mitgegeben. Er sollte es, falls wir getrennt würden, immer bei sich haben. Ich hatte von ihm dafür eine Locke in einem Medaillon. Als er verhaftet wurde und bei den Deutschen verschwand, war das Bild mit ihm verschwunden.

Und es ist später wiederaufgetaucht?

Ich bekam Anfang der Achtzigerjahre einen Hinweis aus Japan. Mein schon erwähnter Sammler ist in der Region ein einflussreicher Mann, mit vielen Kontakten. Ich glaube, in Südkorea oder Taiwan, genau weiß ich das nicht mehr, sollte ein ungewöhnlich frühes, weil mit der Jahreszahl 1943 signiertes Bild von mir aufgetaucht sein. Damals gab es noch keine Mails mit Fotos, ich erhielt nur eine Beschreibung und ließ das Blatt über japanische Mittelsleute diskret ankaufen. Für einen Haufen Dollar. Als ich es dann sah, war es die bewusste Gouache. Bis ich nach dem ersten Schock entdeckte, dass es eine Fälschung war, eine sehr gute Fälschung.

Wie das?

Céleste hat ihre Beine angezogen bis an die Sitzkante, vorgebeugt umarmt sie ihre zusammengepressten Knie und starrt so geradeaus, zwischen uns hindurch. Aus der Königin eines Kunstkonzerns ist in dieser Minute ein zusammengeschnurrtes altes Mädchen geworden. Oder ein kauernder Gnom.

Die Minute dauert. Bis sie leicht aufseufzt und sich streckt, als sei sie aus einer Meditation erwacht.

Bitte verzeiht … Es ist so, dass ich schon früher manchmal rechts und links verwechselt habe und Details gleichsam seitenverkehrt sehe. Wie im Spiegelbild. Vielleicht aber war's gar nicht das. Wahrscheinlich wollte ich eine winzige Erinnerung an Pascal einfach in meiner Zeichnung haben. Pascal hatte eine für mich niedliche kleine Warze, ein Muttermal innen am linken Oberschenkel. Auf meinem Bild aber lag nur der rechte Schenkel offen dar, das andere Bein war um die Frau geschlungen. Um mich geschlungen. Zu meinem eigenen Vergnügen habe ich die Warze als winziges, fast unsichtbares Erkennungsmal in den offenen Schenkel eingezeichnet. Céleste lacht auf: *Right or wrong, it was right for me.* Als ich vierzig Jahre später das Bild von 1943 näher betrachtete, sah ich, dass das Zeichen fehlte. Dieser dunkle Punkt, an den ich mich in jenem Moment erinnerte, als sei es gestern gewesen. Das war der zweite Schock.

Wir schweigen nun eine Weile, und ich frage, ob es hier im Atelier eine Toilette gibt. Danach möchte ich einen weiteren Whisky.

Hattest du nun Regnier im Verdacht?

Nicht nur ihn. Das Bild konnte bei Pascals Verhaftung den Deutschen in die Hände gefallen sein, es gab viele Möglichkeiten. Und ich wollte das Original, nicht die Fälschung. Aber Regnier war mein einziger Anhalt. Darum ließ ich ihn überwachen.

Überwachen?

Natürlich, was sonst. Dick, also Dick Rutherford, besorgte ein paar erstklassige Detektive, die fanden heraus, dass Regnier ein Zocker war und manchmal mehr Geld verspielte, als er mit seinem Lokal verdienen konnte. Er hatte auch noch ein Landhaus in der Haute-Provence, dort malte er und war da mit seinen offenbar immer jüngeren Freundinnen. In seiner Abwesenheit haben unsere Leute das Haus vom Weinkeller bis zum Wäschespeicher durchsucht, unter die Dielen geschaut und in jede Mauerritze. Nichts. Zumindest nicht mein Bild. Aber sie haben das Futteral gefunden.

Da bist du dir sicher?

Absolut sicher. Das war der Beweis … und sein Urteil. Nein, nicht schon das Urteil. Ich habe die ganze Sache erst mal ruhen lassen und nachgedacht. Das hat nur alles nichts geholfen. Ich wollte ihn auf keinen Fall mehr sehen und ich wusste, dass er nie die Wahrheit sagen würde. Nicht einmal, wenn ich ihn …

Wenn du ihn gefoltert hättest?

Das kam doch nicht infrage! Zugleich war mir klar, dass ich in dieser Unsicherheit, in dieser Ungeklärtheit nicht hätte weiterleben können. Nicht mit dem Schatten von Pascal und seinem möglichen Mörder und diesem Bild. Dieser zweiten Fälschung.

Das ist kein Grund, seinerseits einen Verdächtigen zu ermorden. Ich blicke Benedictine an, die meinen Blick ausdruckslos erwidert. Sorry, *falls* du das getan hast, was ich … nicht glauben will.

Doch, ich habe es irgendwann befohlen. Schnell, schmerzlos, spurlos.

Befohlen, ah ja. *Capitaine* Céleste!

Ich denke, in ihrem Kopf muss noch immer Krieg herrschen. Hinter ihrer Stirn Trommelfeuer, Blut, Stacheldraht, in ihren Falten Abzugsgräben, im Kopf Granaten. Aber Célestes Miene verrät nichts. Eine lebende Maske. Auch Benedictine ist nur noch Maske, aber weiß wie Porzellan. Die Gesichter von Mutter und Tochter sind in diesem Moment beide ohne Ausdruck.

Wie ist das passiert?

Dicks Leute kamen hierfür nicht in Betracht. Das haben ein paar Japaner gemacht. Spezialisten. Ich hatte ja meinen Draht dorthin, und wollte nur ein … ein Erinnerungsstück. Von Regnier. Sie haben es mir gebracht, der Rest, diese ganze blutige …

Schweinerei in seinem Restaurant war ansonsten nur Theater. Damit hatte ich nichts zu tun. Etwas Undramatisches sollte wohl dramatisch aussehen, das haben sich diese …, ja diese Spezialisten ausgedacht. Viele Spuren verwischen die Spur. Seid ihr schockiert?
Bevor Benedictine oder ich etwas antworten können, fährt sie fort: Ich muss euch noch etwas zeigen, damit wir die Sache … ganz hinter uns haben.
Wie aufs Stichwort betritt Yamasato den Raum, dazu ein Wink von Céleste, und der Assistent holt aus dem Hintergrund ein kleines Tablett mit einem Gegenstand unter einem dunklen Stofftuch, verharrt halb in Kellnerpose neben einer der beiden noch verhüllten Staffeleien und zieht mit seiner freien Hand das Tuch weg. Mit schnellen Schritten ist er bei uns, stellt das Tablett vor Céleste auf den niedrigen Tisch zwischen uns und entfernt sich mit einem stummen Nicken.
Auf der von Yamasato enthüllten Staffelei befindet sich ein weiteres Stillleben, der Form nach wieder ein isolierter Körperteil. Diesmal wohl ein inneres Organ. Ich kann das von unserem Podest aus nicht so genau erkennen, es sieht aus wie ein dunkles Gehirn. Nun deutet Céleste auf den Gegenstand vor ihr, sagt, bitte nicht erschrecken, und zieht das kleine Tuch ab. Vor uns steht ein Glas, eine Art Einweckglas, und darin in einer leicht trüben Flüssigkeit ein bräunlich grauer Klumpen. Ein Stück Fleisch?
Céleste sagt zu Benedictine: Keine Angst, es ist dicht, heb es mal hoch und lies die Schrift. Benedictine hält das Glas und ein daran klebendes Etikett vor ihre Augen, lässt das Glas wieder sinken und stellt es behutsam zurück aufs Tablett.

Da steht: *My enemy's liver.* Die Leber meines Feindes. Das … Maman, das ist nicht dein Ernst!?
Ich beuge mich vor, setze meine Lesebrille auf und zucke zurück. Mir ist plötzlich etwas kühl, als sei die Temperatur im Raum gefallen.

Was ist das?

Das ist Regniers Leber.

Wären wir nicht leibhaftig hier, hielte ich das alles für einen Filmspuk. Wir stellen uns die Uralten, die Hundertjährigen schon fast blutleer vor, völlig ledern, knöchrig, mit steinkalten Herzen und Augen, die schauen aus Gespensterhöhlen und blicken durch uns hindurch in ein fernes Land. Aber dort sitzt diese Frau, als sei ihre Erinnerung noch Gegenwart, und viel größer als ihre Kunst ist das Wunder ihrer Natur. Der Tod hat sie längst vergessen. Oder vor ihr kapituliert. Für den über Sechzigjährigen verkörpert das die Hoffnung, der Pfeil, der ihn einmal treffen wird, sei noch etwas länger in der Luft. Ich weiß noch, wie es war, als mein Vater starb, da war ich zwanzig und er gerade vierundvierzig. Ein Herzinfarkt. Bis zu meinem fünfundvierzigsten Geburtstag fürchtete ich mich insgeheim. Und nun habe ich meinen Vater schon um die Spanne überlebt, die damals, als er starb, mein Lebensalter war. Ich könnte bereits der Vater meines Vaters sein und bin ihm, seit ich sein Sterbealter erreicht hatte, immer ähnlicher geworden, obwohl mein Vater auf den Fotos, die ihn mit Anfang vierzig zeigen, viel älter aussah, fast so, wie ich erst heute ausschaue, weshalb mich die inzwischen überstandenen Jahre nicht wirklich schützen. Doch einem Wesen wie Céleste zu begegnen und sie so reden und lachen und trinken zu sehen, das, hoffst du, vertreibt die eigene Todesnähe, die du dir täglich auszureden versuchst, weshalb du sie nie vergisst. Und nun? Diese Frau des ewigen Lebens spielt vor uns die Todesgöttin. Ein Spuk, was sonst?

Das Ding im Glas ist ein Artefakt, sage ich. Wieder nur eine Fälschung. Ich denke, du bist ... wir alle sind keine Kannibalen.

Wir sind keine Kannibalen. Obwohl ...

Bitte rede jetzt nicht von deinem Tierschutz, keine Menschenaffen, nicht jetzt!, unterbricht Benedictine ihre Mutter. Ob echt oder nicht echt, ich finde dieses Ding … eklig. Sie deutet hinüber zu dem Bild auf der Staffelei: Es reicht, wenn du so was malst! Céleste schüttelt den Kopf, lässt das ominöse Glas freilich abräumen.

Was sollte das?

Ich bin Mythologin.

Daran wird niemand zweifeln, aber …

Einst war die Leber der Sitz der Seele, für manche sogar der Sitz der Liebe. Eros und Aphrodite haben ihre Pfeile in die Leber geschossen. Nicht nur ins Herz. Regnier hatte kein Herz, deshalb wollte ich seine Leber. Das ist alles!

Céleste nimmt einen Schluck Whisky, kickt sich ab in ihrem Schaukelstuhl und wippt. So wild wie noch nie an diesem Tag. Ihre versteinerte Maske bricht dabei auf, und sie wirkt erleichtert, als hätte sie eben eine Operation überstanden.

Ich bin doch kein grausamer Gott, ich schmiede niemanden an den Felsen und habe keinen Adler, der täglich die Leber hackt. Regnier hat es nicht mehr gespürt, mein Schmerz währt länger.

Etwas habe ich schon geahnt, aber es nicht gewusst, murmelt Benedictine. Auch sie kippt ihren Whisky runter. Und … ich glaube das einfach nicht. Nein. Sie macht eine Pause, schaut ihre Mutter an, dann mich und blickt schließlich in den Raum. *Can such things be?*

They can be, chérie. Nun kommt das Letzte, ich muss dir auch das sagen.

Was noch?

Ich habe eine DNA-Analyse machen lassen. Regnier war vermutlich dein Vater.

Bullshit!

Benedictine bricht in ein höhnisches Lachen aus. *Total bullshit!*

Erzählt dir das die Leber deines Feindes? Papa und Regnier waren Zwillinge!

Eineiige Zwillinge, mische ich mich leise ein, haben meines Wissens die identische DNA. Jedenfalls scheitern daran alle einschlägigen Vaterschaftsprozesse.

Das weiß ich. Aber es gibt inzwischen wohl besondere Methoden, sehr teure Methoden, ich habe … unser Material erst kürzlich testen lassen.

Bullshit, bullshit, bullshit! Außerdem macht es nichts, mein Vater bleibt mein Vater und der Onkel Onkel. Schluss damit!

Ist das auch dein Schluss, Céleste? Ich frage dich nicht als Anwalt, aber warum hast du uns diese Geschichte überhaupt erzählt?

Es gibt eine alte Winzerregel: Am Ende musst du reinen Wein einschenken. Das ist die Wahrheit.

Ach ja?

Nur eines stimmt nicht, sagt Céleste. Die Zeit heilt keine Wunden. Es gibt selbst Narben, die bluten.

Jetzt atme ich durch, möchte hier raus, ich brauche Luft. Ich sage ihr: Die Zeit verwundet auch den Heiler. Ein Spruch, glaub ich, von John Lennon. Gut, antwortet Céleste, das ist sehr gut, und sie lässt die Scheinwerfer ausgehen. Yamasato tritt zu ihr, doch sie lehnt seine Hilfe ab beim Verlassen des Podests. Ihr Bernsteinblick schaut sich um, schaut uns an, wach und ein kühles Feuer, wie die Flamme im elektrischen Kamin. Dann geht sie ab in die halb verdunkelte Tiefe des Raums, geht vorbei an ihren Staffeleien und schwenkt, ohne sich nochmals zu uns umzudrehen, ihren Silberknaufstock zum kurzen, stummen Gruß. Von ihren neuen Werken der Freude, den *Allegria*-Maschinen, bekommen wir auch jetzt nichts mehr zu sehen.

9

Zum Abendessen, diesmal auf der Terrasse, ist Céleste nicht erschienen.

Diese schwüle Wärme, sagt Benedictine in einem schwarzen Sommerkleid mit Spaghettiträgern und frisch geföhnter Frisur, habe ich hier noch nie erlebt. Eine südliche Nacht. Als hätte sich der Golfstrom aufgeheizt. Hast du Appetit?

Ich nehme an, das sind keine Innereien?

Charissa serviert uns als Vorspeise etwas Überbackenes oder Karamellisiertes auf Blattspinat.

Gebratene Austern. Roh sind sie ein bisschen milchig, ein bisschen schwanger im Sommer, eigentlich keine Austernzeit, fandest du nicht gestern Abend? Aber Franzosen und Engländer sind bei Austern unersättlich. Inzwischen essen sie sie ganzjährig.

Bei uns auch. Hat deine Mutter dabei kein Artenschutzproblem?

Mollusken gibt's genug. Seit der letzten Austernpest sind das die japanischen Stämme, und die vermehren sich offenbar wie wild. Mom hat dabei irgendwelche sentimentalen Erinnerungen an Korsika. Kennst du die korsischen Austern?

Austern auf Korsika?

Ja, südlich von Bastia. Von dort bezogen schon die Römer ihre Austern. Die Eroberer hatten sich nur an die Küste gewagt, weil im Inneren der Insel noch die Malaria herrschte. Auch ein Schutz. Nur nicht für die Austern.

Benedictine bewahrt ihre souveräne Süffisanz. Und wir umschiffen erst mal das Thema des Tages. Bis zur Hauptspeise, einem pochierten Steinbutt, der weiß wie Schnee in einer Blutsoße liegt.

Das ist kein Blut!, lacht Benedictine, werde bitte nicht überempfindlich. Es ist von Roten Beten.

Apropos blutig. Die Arbeit damals im Petit Palais haben laut Céleste japanische Spezialisten gemacht. Ich nehme an, Sashimi-

Spezialisten … Und nehmen wir nur mal weiter an, die Leber vorhin war wirklich echt. Wenn die Japaner aber den Eindruck vermeiden wollten, dass es irgendwie um Organhandel ging, dann hätte, trotz dieser ganzen Schmiererei mit den Eingeweiden, Regniers Leber am Ende doch gefehlt. Hat das die Spurensicherung nicht gemerkt? Oder ein Pathologe, der die gesammelten Leichenteile begutachtet?

Keine Ahnung, wie genau die bei so einem Blutbad vorgegangen sind. Ein Organ mehr oder weniger, das könnte ja gerade zu einem mysteriösen Ritual gehören, meint Benedictine. Außerdem, an Organhandel hätte wohl keiner geglaubt. Regnier war schon Anfang siebzig und immer ein starker Trinker, dafür gab es jede Menge Zeugen. Niemand klaut eine derart gebrauchte Leber!

Ich navigiere ein Stück Steinbutt mit der Gabel durch das rote Meer auf meinem Teller. Die Japaner. Wieso durfte Yamasato, der Assistent, alles mithören?

Weil er meiner Mutter hörig ist. Tatsächlich, so kann man es nennen. Er ist ihr vollkommen ergeben. Céleste hat Yamasatos Familie vor Jahren kennengelernt, als sie eine große Ausstellung in einem Museum in Tokio hatte. Ich glaube, Yamasato war damals ihr persönlicher Guide und Übersetzer. Und sein Bruder ist bildender Künstler, aber er hat die Glasknochenkrankheit, eine späte Erbschaft der Atombombe. Yamasatos Familie kommt ja aus Nagasaki. Die Behandlung des Bruders ist jedenfalls unheimlich teuer, Céleste unterstützt darum die Familie. Sie hat auch Bilder des Glasknochenmalers angekauft und ihn weitervermittelt. Yamasato würde meine Mutter niemals verraten.

Nach einer Weile fragt mich Benedictine: Wirst du sie verraten? Ich wiege den Kopf und würde jetzt selbst gerne mein Gesicht sehen. Ich sage: *Nyes*, ein entschiedenes Jein. Was soll ich auf so eine Frage schon antworten? So etwas fragen doch Anwälte nicht. Übrigens habe ich im Netz nachgesehen, ein Mord wäre nach französischem Recht bereits verjährt.

Das weiß ich auch. Als Anwältin! Benedictine wirkt nicht eingeschnappt, eher nur patzig mokant. Ich möchte von ihr wissen, ob sie die Geschichte mit ihrem Vater, also die Vaterschaftsfrage bedrückt, und überlege, ob ich kurz ihre Hand ergreifen soll. Noch kaum gedacht, lässt sie ihr Besteck fahren und zieht beide Hände vom Tisch zurück. Das wisse sie noch nicht. Es sei zu plötzlich gekommen, weil darüber nie, auch nicht in Andeutungen, gesprochen worden sei. Sie frage sich allerdings, ob ihre Mutter mit ihrem Geheimnis nicht auch, wie solle sie sagen … ein Stück ihrer Macht preisgegeben habe.

Ihre Macht?

Sagen wir, ihre absolute Macht. Celestate wird jetzt eine konstitutionelle Monarchie!

Aber ihre Macht, wie du das nennst, ist doch ihre Kunst. In der Weltszene ist sie eine Königin. Eine Königin der Künste mit schamanischen Zügen.

Genau das ist es doch, sie lebt auch von ihren magischen … Aspekten.

Ich nicke, verstehe Benedictine jedoch nicht so ganz und sage nur, vielleicht war der Mord zugleich ihr größtes Kunststück.

Der Mord ihr größtes Kunststück! Benedictine wirkt für einen Moment konsterniert. Auf diese Idee kann nur ein Deutscher kommen! Sie schaut mich an aus ihren blauen Vatertochteraugen, mit prüfend verengtem Blick, und sie wechselt abrupt das Thema. Woran ist eigentlich deine Ehe gescheitert? Wie hieß noch mal deine erste Frau?

Ulla.

Das kommt nun für mich überraschend, und ich habe wenig Lust, darüber zu sprechen. Wir waren erschöpft, bei Tisch, im Bett, sage ich, es gab einfach immer weniger zwischen uns. Nach kaum einem Jahr kam unser Sohn, nach zwanzig Jahren hatten wir schon einen Enkelsohn, das war wunderbar, aber es gab uns keinen Kick mehr. Ich nehme einen kräftigen Schluck Chablis. Das normale Ende einer normalen Ehe. Vielleicht zu normal.

Ulla war sehr schön, du hattest damals bei Regnier, erinnere ich mich, schon ein Foto von ihr dabei.

Ja, sie war schön. Wie alle meine Frauen, Beny. Okay?
Sie muss lächeln und will doch noch mehr wissen.

Mein Gott, Ulla war Buchhändlerin, sie wollte eigentlich immer einen kleinen Verlag haben, aber hat sich nach unserer Trennung ziemlich schnell mit einem Fechtlehrer von der Berliner Universität der Künste zusammengetan. Sie ist dann wenige Wochen nach der Hochzeit bei einem Autounfall in der Türkei ums Leben gekommen.

Bei einem Unfall? Davon hast du mir in Dresden nicht erzählt.

Warum auch. Ich war damals völlig schockiert. Bekam Schuldgefühle, las in jedem Blick meines erwachsenen Sohnes den Vorwurf: Warum habt ihr euch getrennt! Das hat mich eine Weile fast aus der Bahn geworfen. Auch als ich dann schon mit Astrid lebte, war ich zuerst skeptisch gegenüber einer neuen Ehe und regelrecht abergläubisch, als Astrid für die Hochzeitsreise Marokko und eine Motorradtour durch den Atlas vorschlug.

Seid ihr gefahren?

Wir haben geheiratet, und ich bin Astrid hinterhergefahren.
Benedictine erhebt amüsiert ihr Glas. *Bonne chance!*

Bisher geht das ganz gut. Auch mein Sohn und der Enkel finden meine neue Frau … ziemlich passabel. Du wolltest nie Kinder?

Nicht unbedingt. Es hat sich nicht ergeben. Ich war ja schon vor unserer Begegnung mit einem französischen Filmproduzenten verheiratet gewesen, später habe ich's noch mal mit einem Anwaltskollegen in den Staaten versucht. Zwei überwiegend glückliche Scheidungen, bemerkt Benedictine. Zuletzt hat sie die Londoner Dependance der New Yorker Kanzlei geleitet, jetzt ist sie noch im Vorstand von Celestate Inc., ihr Beritt sei die weltweite Vermarktung von Céleste-Motiven auf Drucken, Postkarten, T-Shirts oder in Videospielen. Die Videosachen liefen vor allem in Asien wie geschmiert. Nur gegen die chinesischen Kopien sei juristisch und praktisch kein Kraut gewachsen.

Wir trinken viel unter dem mittlerweile sternenlosen Himmel, und ich erzähle von meiner ersten China-Reise mit Astrid. Ein Architekt, der inzwischen als Künstler gilt, hatte mich gebeten, seine Projekte in Peking und Shanghai als Anwalt zu begleiten. Inzwischen hat das Mandat weitgehend Astrid übernommen. Damals gab's gegen Ende der Verhandlungen ein Dinner mit einer Reihe chinesischer Investoren, *big tigers*, und einer, der ziemlich gut Englisch sprach, hatte uns, als nach Unmengen Champagner, Bier und Wein die härteren Flaschen kamen, mit dem Spruch ermuntert: Ein klarer Schnaps hilft nicht gegen ein dunkles Geheimnis. Es müssen schon mehrere sein!
Benedictine ist amüsiert, und ich sage ihr, dass ich gleich morgen Vormittag abreisen möchte. Mit dem Flieger, über Paris oder London.

Kein Problem. Das arrangieren wir. Schade nur, dass es so kurz war.

Ja. Schade.

10

In der Nacht hat es geregnet, ein Gewitter und leichte Abkühlung. Ich schlief mit Ohropax, bin nur ein- oder zweimal wegen der zuckenden Blitze erwacht, es war ein viel besserer Schlaf als die Nacht zuvor. Wie traumlos geträumt. Und jetzt scheint schon wieder eine milchige Sonne hinter den Vorhängen. Es ist erst mein dritter Tag auf Guernsey, aber es kommt mir wie eine viel längere Reise vor, als habe sich die Zeit unmerklich gedehnt, ohne viel Raum für die Zukunft. Jedenfalls will ich hier weg.

Was wirst du jetzt machen?

Nichts, was soll ich schon machen?, erwidere ich und küsse Benedictine zum Abschied gleich nach dem Frühstück. Sie möge ihre Mutter von mir grüßen. Dann fährt mich Yamasato in einem Range Rover zum Airport von Guernsey. Wir sind beide nicht zum Reden aufgelegt, ich erkundige mich nur behutsam nach seiner Familie in Japan, und er erzählt mir höflich fast nichts. Zwei Stunden später nicke ich über dem Ärmelkanal auf dem kurzen Trip nach London Gatwick ein. Am frühen Nachmittag geht ein Anschlussflug nach Berlin, während der Wartezeit versuche ich im *Glücklichen Hiob* voranzukommen, merke aber, dass ich mich auf die Lektüre des Romans kaum konzentrieren kann, und blättere, um nicht wieder nur rumzusinnen oder einzuschlafen, in den Sport- und Gesellschaftsseiten einiger englischer Zeitungen. Später im Flieger nach Berlin greife ich nach meinem Aufnahmegerät, aber die Folder sind versprungen, es ist ohnehin zu laut in der Maschine, und ich möchte die ganze Geschichte erst einmal vergessen. Auf Wiedervorlage legen, irgendwann. Mich erfüllt eine betäubende Gleichgültigkeit, wie die Leere nach dem Sturm. Merkwürdig, auch jetzt wieder diese schleierhafte Müdigkeit, so geradezu lebensmüde, dass ich über der Wolkendecke das Gefühl habe, selbst ein Absturz aus achttausend Metern würde mich nicht sehr besorgt machen. Doch ich gebe mir einen Ruck und probiere es noch einmal mit dem Roman von Jonas Hecker und lese das Kapitel, in dem der Held einen Autor trifft, der eine Erzählung mit dem Titel *Das Gesetz der Serie* schreibt, über eine schier unglaubliche, aber konsequente Folge von Verkettungen zwischen einander eben noch unbekannten Menschen. Fall auf Fall am selben Fallstrick. Ich selber lese daraus als Anwalt die Kausallogik des vermeintlich Unwahrscheinlichen, die ich in meiner juristischen Praxis immer wieder erfahren habe, und wundere mich über wenig mehr.

Die versprochene DVD von unserer Aufnahme auf Guernsey ist dann auch vier Wochen später noch nicht eingetroffen. Dafür ruft mich Benedictine am 14. August aus London an. Céleste ist gestern Abend gestorben.

Ich sage nur, oh nein, Beny, wie das?, und versuche ein, zwei unbeholfene Sätze des Bedauerns.

Sie ist in ihrem Atelier gestürzt, bloß ein gebrochener Finger und eine Rippenprellung. Ich war in Paris und bin gleich nach Guernsey geflogen. Wir haben sie in eine Privatklinik in St. Peter Port gebracht, und sie wollten sie nach dem Röntgen noch für einen Tag im Krankenhaus behalten. Da bekam sie eine Lungenentzündung, spürte plötzlich starke Schmerzen in der Brust, und sie gaben ihr Morphium, erzählt Benedictine. Gestern hatte sie tagsüber, wenn sie wach war, stark phantasiert, erst am Abend war sie ganz klar und verlangte nach ihrem Single Malt. Ich war bei ihr. Sie schien etwas unruhig, aber nach zwei Gläsern wurde es besser, sie wollte dann ihre Tabletten und ist schnell eingeschlafen. Und nicht mehr erwacht. Das solltest du gleich wissen. Ich meine, du sollst es nicht erst aus den Nachrichten erfahren. Dick gibt es in diesen Minuten an die Medien.

Also ist sie am 13. gestorben, ihrem Glückstag?

Ja, an ihrem Glückstag. Zwei Monate bevor sie hundert geworden wäre.

Du bist schon wieder in London?

Ja, von hier können wir das besser … organisieren.

Hm. Bist du traurig?

Natürlich, sie war meine Mutter, trotz allem. Traurig und … erleichtert.

Steht schon fest, wann das Begräbnis ist?

Kaum unterdrücke ich die Frage, ob auch ich als Trauergast erwartet werde, da sagt Benedictine, über das Begräbnis sei noch nicht entschieden. Sie werde sich in den nächsten Tagen wieder melden.

Die Nachrufe in den Zeitungen und die Fernsehberichte sind lang und groß, überall wird ihr magisches Alter beschworen, einmal bin ich auch auf die Wendung gestoßen: »Sie war, wenn das überhaupt denkbar ist, ein weiblicher Picasso.« Ruhm und respektvolles Raunen, dafür ist gesorgt. Erstaunlich, wie wenig selbst die kunstkundigen Stimmen von Célestes Leben wissen, und ich lese das alles und sehe in einer sonderbar verschworenen Rolle zu. Es ist ein öffentliches Schauspiel, bei dem Céleste noch immer Regie führt. Sie hat die Fäden weiter in der Hand, und ich fühle mich unwillkürlich als Mitglied eines sie überdauernden geheimen Bundes.

Als Benedictine nach ein paar Tagen wieder anruft, ist Céleste schon in der Erde. Benedictine hatte in einer Anzeige in mehreren internationalen Tageszeitungen weder Zeit noch Ort, stattdessen nur die Kontonummern von Célestes Stiftung zum Schutz bedrohter Tiere genannt.

Frankreichs Staatspräsident hat ihr ein Ehrengrab angeboten, auf dem Friedhof Montmartre oder auf dem Père Lachaise. Aber wir haben ihre Urne im Garten der Hester Grange beigesetzt, still, zwischen den Blumenrabatten und einem von ihr gepflanzten Feigenbaum.

Schön.

Ja. Sie macht eine Pause, und ich glaube schon, das Gespräch ist unterbrochen.

Da fragt Benedictine, ob ich mich noch erinnere, dass eines der Holztafelbilder in Célestes Atelier bei »unserer Sitzung« verhängt geblieben war. Céleste habe es ihr auch danach nicht gezeigt. Erst jetzt hat sie es enthüllt.

Und was ist auf dem Bild?

Es war noch einmal ein Porträt von Céleste, im Stil der ägyptisch-römischen Mumienbilder. Aber diesmal nicht das Antlitz einer überlebensvollen schönen Person. Sondern Célestes Totenbild. Ein Selbstporträt mit halb offenen erloschenen Augen, mit eingefallenem Mund. Als hätte sie sich … vorhergesehen.

Wieder eine kurze lange Stille. Als ich Benedictine bitte, mir bei Gelegenheit ein Foto von Célestes Grab zu schicken, antwortet sie, es werde auf der Erde nur eine Bronzetafel liegen, mit dem eingravierten Namen und den Daten: 13. 10. 1913 – 13. 8. 2013. Aber an das Foto für dich will ich denken. Ich war dieser Tage übrigens noch beim Arzt. Er behauptet, mein Krebs sei weg.

Beny, das … das ist ja endlich eine gute Nachricht, gratuliere!

Danke. Und wie geht es dir?

So lala. Ich bin in meinem Haus an der Elbe. Allein.

Was heißt allein?

Astrid ist schon wieder in Shanghai. Sie hat einen Chinesen kennengelernt.

Nicht im Ernst.

Doch, wirklich.

Oh no! Oh shit! Einen Chinesen? Sorry, Eddy, das klingt irgendwie komisch. Ein Baulöwe?

Nein, überhaupt nicht. Nun muss ich gleichfalls lachen, obwohl ich doch traurig bin. Er ist Masseur. Spezialist für dynamische Fußmassagen. Und er kennt irgendeinen sagenhaften Rückentrick. Astrid sagt, sie fühle sich bei ihm hinterher jedes Mal … wie ein entbeintes Huhn. Knochenlos glücklich.

Die grüne Frau

Noch eine Vorgeschichte

1

Er denkt, mein Abenteuer ist auf Sand gebaut, und so schaut er über ein Büschel Seegras und den letzten Schwung der Düne hinweg auf die näherkommende Flut und einen schleierlos klaren Horizont. Aller Enttäuschung zum Trotz spürt er jetzt einen zweiten Wind im Kopf, sanfter, wärmer als die Nordseeluft. Sein Unmut wächst da schnell auf zum Übermut, schon zielt er auf die nackten sandigen Beine zu seinen Füßen …

*

Julius Seelenberg war zum ersten Mal auf Sylt. Über die Einladung hatte er sich zunächst gewundert, weil auf dem Briefkopf das insulare Sprudelwasserunternehmen firmierte, mit einer perlend gestylten Grafik, die bei ihm eher molekulare als mineralische Vorstellungen weckte.
Doch die junge Chefin des Sylter Selters packte Seelenberg mit der Botschaft, dass sie ihr früh geerbtes Familienunternehmen auch als Zentrum geistig sprudelnder Belebung verstehe. Daher bitte sie ihn, im Mai oder Juni im geheizten und gedeckten Brunnenhof aus seinem ganz wunderbaren neuen Buch *Küsten der Welt. Über Landanfang und Meeresende* zu lesen. Vor allem, aber beileibe nicht allein, habe ihr der unvergessliche letzte Satz sei-

nes Buchs gefallen: »Die Gegenwart ist das Pompeji der Zukunft.« Ihre für Lesungen und Ausstellungen im Brunnenhof zuständige Mitarbeiterin, Frau Dr. Marietta Maier-Glutte, habe ihr dazu spontan gesagt: Das ist ein cooler Philosoph!
Am Briefende grüßte ihn dann sehr herzlich »Ihre Cassandra Schweeger«.
Als cooler Philosoph mailte er an Frau Schweeger, dass er kaum wisse, wovon er mehr beeindruckt sei: von ihrer Unternehmensphilosophie oder von ihrem Vornamen. Und weil Julius Seelenberg schon nach Bora Bora und zu den Osterinseln gereist war, jedoch noch nie von Berlin den Zug nach Westerland genommen hatte, sagte er für die zweite Maihälfte zu. Im Internet hatte er zuvor herausgefunden, dass die Sprudelfabrikation auch einen Inseldichter-Preis ausgelobt hatte und dass das Inhaber-Ehepaar, wohl Cassandras Eltern, vor einigen Jahren bei einem Flugzeugabsturz in Peru ums Leben gekommen war.

Lesungen vereinbarte üblicherweise nur sein Verlag. Oder ausnahmsweise auch seine Agentin. Merkwürdig, dass sich beide in diesem Fall erst rührten, als auf Sylt eine größere Anzahl des neuen und einige seiner früheren Bücher bestellt wurden. Seelenberg glaubte, dass seine Agentin Lissy Schröer, die ein Haus auf der Insel besaß und ihn schon öfter nach Kampen eingeladen hatte, die Lesung initiiert habe. Seine erste Lesereise, die in einem Kulturkaufhaus im küstenfernen Innsbruck begonnen und sich über Hamburg hinaus nie dem offenen Meer genähert hatte, lag im Mai schon hinter ihm, als Lissy wie aus allen Wolken gefallen bei ihm anrief. Sie habe absolut keine Ahnung gehabt und es sei jammerschade und eine »Grottenschande«, doch müsse sie gerade um diese Zeit mit einem angolanischen Literaturnobelpreiskandidaten auf Madeira verhandeln, auch eine schöne Insel, und überhaupt müsse sein Buch möglichst bald ins Portugiesische und Spanische übersetzt werden, aber ihr Haus in Kampen, das ihm natürlich jederzeit offenstehe, sei leider noch seit letztem Silvester zugesperrt und darum etwas wintermuffig. Sie lasse es allerdings sofort für ihn lüften, heizen und … Er unterbrach sie: Lissy, es ist mitten in der Woche, und ich kann sowieso nur eine Nacht bleiben. Lieber ein anderes Mal!

Kampen und Westerland waren die einzigen Ortsnamen, von denen er schon gehört hatte. Der Sitz des Sylter Selters lag indes weitab von den womöglich mondäneren Plätzen, lag am südlichen Zipfel der knochenmäßig langgestreckten Insel, wo man ihm am Hörnumer Landsende auch ein Hotel gebucht hatte. Der Maiabend war kühl, bereits vorsommerlich hell, die lange Landstraße von Westerland in den Inselsüden fast ohne Verkehr, so erschien ihm das Eiland zur Vorsaison leer und spröd. Umso mehr überraschte ihn der Brunnenhof.
Er hatte sich keine genauere Vorstellung gemacht, aber auf dem flachen Land hin zum Watt ein irgendwie friesischeres Ensemble erwartet, etwas zwischen Reetgedecktem und vielleicht volkshochschulhafter, doch backsteinwarmer Mehrzweckhalle. Stattdessen lief ein gläsernes Tortenstück, an dessen einer Ecke sich ein silbriger Metallkubus als Abfüllhalle erhob, messerscharf auf eine Stahl-Glasspirale zu. Das war der Turm der Unternehmensführung, deren Mitglieder, wie man ihm sagte, sich selbst als Wasser-Leitung bezeichneten. Seelenberg, dem die Existenz des Syltsprudels vorher nicht bekannt gewesen war, gewann sogleich den Eindruck einer weltläufig ambitionierten Quelle. Deren Ursprung war zwar nirgends zu erkennen, entlang der Glastorte ließ jedoch ein rot-blauer, gestürzter Neonschriftzug das Wort *Brunnenhof* leuchten. Drinnen im Glashaus saßen wohl an die hundert Leute. Viel mehr hätten kaum hineingepasst, denn nur an der scharfen Spitze war vor dem Übergang zur Management-Spirale noch Platz für ein rotes Philippe-Starck-Tischchen mit blauem Stuhl und blauer Leselampe. Frau Dr. Marietta Maier-

Glutte begrüßte den Autor und die Anwesenden, auch im Namen ihrer Chefin Cassandra Schweeger. Zu ihrem Bedauern müsse Cassandra ausgerechnet heute Abend einer Freundin in Bergamo beistehen, die dort ihr Solistinnendebüt auf der Opernbühne gebe. Die Freundin sei eine sehr enge Freundin, es handle sich um eine reisende Produktion der Mailänder Scala, und die etatmäßige Mimi in *La Bohème* habe erst vorgestern einen Schlaganfall erlitten. Nun wandte sich Frau Dr. Maier-Glutte in ihrem hautengen schwarzen Lederanzug mit viertels aufgezogenem Reißverschluss an Julius Seelenberg. Sie streckte ihm ihre Hände wie zu einer Umarmung entgegen und begann kurz und, wie Julius fand, nicht allzu abgeschmackt von dem Berliner Philosophen zu schwärmen, der zugleich Träumer und Denker, vor allem aber ein beflügelnder Erzähler sei, den wohl von früh auf Reisen, Seefahrt, Schiffbrüche und diesmal das Phänomen der Küste als Anfang allen Landes und Ende des Meeres fasziniert haben.
Trotz seiner gewohnten Auftritte war es Seelenberg jedes Mal peinlich, wenn man in seiner Anwesenheit öffentlich über ihn redete und ihn gar lobte und zu erklären suchte. Weil er indes weder nur auf seine Hände oder Knie mit dem Leseexemplar der *Küste* starren noch schon zu früh in die Gesichter seiner Zuhörer blicken wollte, versuchte er, Halt an Frau Dr. Maier-Glutte zu finden. Aber da wogten nur Leder, weiße Haut und eine rote Mähne, die Programmdirektorin der Syltsprudelkultur war so statiös, dass Seelenberg dachte: der Typ Doppelrahmstufe plus promovierter Motorradbraut. Das verwirrte ihn, vor seinen Augen tanzten die ausladenden Formen, die doch nur seiner Einladung dienten, darum sah er möglichst unbeschämt herab auf seinen Buchumschlag, auf dem Caspar Davids Rügener Kreidefelsküste mit ihren nördlichen Beobachtern überging in eine maledivische Tropenvision.
Er fing sich, so ging es immer, wenn er dann selber las. Und weil er jede Auswahl hasste und allen selbstinszenatorischen Drama-

turgien misstraute, machte er es sich und seinen Zuhörern einfach: Seelenberg las grundsätzlich nur das erste und das letzte Kapitel seiner Bücher. Anfang und Ende setzten als Verführung und Bestätigung jeweils wirkungsvolle Pointen und beugten allzu langen, zerredenden Diskussionen im Anschluss an die Lesung vor. Da er ja keine Kriminalromane schrieb, verriet der Schluss auch nie das Ganze, vielmehr servierte er nur Vorspeise und Nachspeise, um Appetit auf den Hauptgang zu wecken. In der Wissenschaft und in der Philosophie hatten ihn von jeher die Grenzen und Schwellen gereizt. Also erzählte er von den Unschärferelationen und Übergängen zwischen Land und Meer, von der Verheißung, die bis heute das Auftauchen einer Küste am Horizont bedeutet, von Neuland und Land's End, von der fluthaften Vermählung der Elemente, vom Scheitern und Kentern an Klippen, von Rettung und Fluch, von Odysseus, Robinson und ihren Erben. Auch von den *Boatpeople* vieler Zeiten, zumal in den Jahren des neuen Jahrtausends, von den Verzweifelten, Hoffenden, die Europas oder Australiens Küsten zu erreichen suchten. Seelenberg sprach dabei das Wort Heimsuchung mit einer Zäsur nach der ersten Silbe aus. Freilich war sein Buch keines der journalistisch aktuellen.

Beim Atemholen schaute er ab und an ins Publikum und sah, wie fast immer, in der Mehrzahl Frauen. Er wusste, das lag nicht an ihm, sondern an der Majorität der Leserinnen in der ganzen westlichen Welt, doch auf Sylt war das, jetzt atmete er wieder ein, wohl schon eine Zweidrittelmehrheit, und beim nächsten Innehalten fing sich sein Blick einen Moment lang im Gesicht eines erstaunlich schwarz-blonden Mädchens mit Brille, aus dem ihn, wie er zwei Buchseiten später bemerkte, mehrfach kleine Blitze trafen. Es war wohl die Reflexion im Saal, Spots und Gläser, zwischenrein dachte er auch, Spott und Gläser, ja, es waren spöttische kleine Augen, bebrillte Knopfaugen, und von diesem Moment an musste er sich etwas stärker konzentrieren, obwohl ihm der Text so geläufig war. Seelenberg wusste zudem, dass Küste und Küsse selbst in seinem ganz untheatralischen Vortrag einander oft näher als nur lautverwandt klangen. Das Meer küsst in den alten Liedern die Erde an ihrem Saum, mit seinem Schaum, bei diesen Assoziationen blieb er durchaus auf eine gewisse Nüchternheit bedacht. Gleichwohl war ihm die Geschichte der schaumgeborenen Venus an Zyperns Küste mit allem göttlichen Ejakulat und mythologischen Zauber zu einem kleinen bildungsironischen Glanzstück geraten. Das entfachte allerhand Sog, gleich am Anfang des Buchs, und so war es auch ein gewagter Sprung, buchstäblich ein Cliffhanger, ins letzte *Küsten*-Kapitel zu wechseln und dennoch die Spannung im Saal zu halten.

Eine Küste war nicht mehr ganz See oder Meer, aber auch nie schon völlig Land, selbst wenn das die Küstenstadtbaumeister von Malta bis Manhattan zu widerlegen trachteten. Doch dann bauten sie ihre Städte ans Wasser wie steinerne Schiffe. Und jenseits der Häfen, Leuchttürme, Seefahrerkathedralen fanden sich für Seelenberg, den Liebhaber der Unschärferelation, den seine universitären Fachkollegen einen »Quantenphilosophen« oder zum Scherz auch den »Seelenheisenberg« nannten, fanden sich für ihn im Nichtmehr und Nochnicht der Küste auch immer wieder Inbilder der dahinter verborgenen Kontinente. Bei Montauk, am östlichsten Vorsprung von Long Island, hatte er das hinter dem Leuchtturm in den Atlantik abfallende Felskap eingehüllt in einen bräunlichen Kokon aus Weltkriegsstacheldraht gesehen. Dort rostete im Zeitalter der hochtechnologischen Terrorabwehr auch nach siebzig Jahren noch der Respekt vor den deutschen Kampfschwimmern. Oder er erzählte von der Insel des Elefantengottes eine Schiffsstunde südlich von Bombay, wo die Fischer im Lendenschurz ihre Netze an Bambusrohren durch die Lagune zogen, und hinter ihnen am Horizont leer und weit Indiens schilfige Küste und nichts sonst in der Abendsonne als ein golden leuchtendes Ei. Die Haube eines Atomreaktors.

Das Ende des Buchs galt den abbrechenden Küsten, den schmelzenden Inseln aus Eis und den weggerissenen Sandstränden. Seelenberg folgte den Spuren der Wirbelstürme und dem in polarer Erwärmung womöglich erkaltenden Golfstrom. Aber er sah bei allen Formen und Phänomenen eher drohende Rätsel. Die Gründe der an den Küsten ablesbaren Erdveränderungen waren ihm deutlicher als die folgenden Abgründe. Sicher schien ihm nur: »Die Gegenwart ist das Pompeji der Zukunft.« Danach eine kurze Stille, dann sich steigernder Beifall, anschließend signierte er sein Buch, das im Foyer des Spiralturms verkauft wurde. Manchmal waren es auch schon gelesene Exemplare, Folge vermutlich der Lektüreempfehlung einer populären Fernsehfrau, die den *Küsten*-Band etwas übertrieben, aber werbewirksam, als »poetisch-philosophischen Thriller« bezeichnet hatte.
Als ihm eine Frauenhand mit einem antikisierenden goldenen Siegelring sein Buch vorlegte und dabei mit einer kurzen Entschuldigung noch den Rest der Zellophanhülle abstreifte, schaute er auf. Die randlose Brille, ein, wenn er sich nicht täuschte, amüsiertes Zwinkern und in den schwarzen Haaren eine kunstblonde Strähne. Seelenberg fragte, ob er ihren Namen mit einschreiben solle.

Ja bitte, ich heiße Giulia.

Julia?

Nein, Giulia, das ist Italienisch. Wie Romeo. Er musste lächeln, murmelte überflüssigerweise, ich weiß, und schrieb »Für Giulias Augen«, signierte das Buch und gab es ihr zugeklappt zurück.

Später luden Frau Dr. Maier-Glutte und ein jüngerer Mann, der in der Wasser-Leitung offenbar für Werbung und Marketing verantwortlich war, Julius Seelenberg in einen Range Rover und fuhren mit ihm über die dunkle Insel in ein Dünen-Restaurant. Das Sansibar, das sie als Sylter Institution bezeichneten. Seelenberg aß eine gebratene Scholle und trank Bier, obwohl ihm die

luxuriös umfängliche Weinkarte des Lokals empfohlen wurde. Doch vorsorglich hatte er schon leichte Kopfschmerzen angemeldet, um am Tisch der fidelen Honoratioren und insularen Kulturbürger, deren Namen oder Funktionen er sich nach der Lesung ohnehin kaum merken konnte, nicht über Gebühr und Honorar ausharren zu müssen. Am liebsten wäre ihm gewesen, wenn ihn jetzt Lissy Schröer nach ein paar freundlichen Dankeschöns einfach abgeholt und mit in ihr Haus in Kampen genommen hätte.
Als Seelenberg nach der Scholle und zwei Pils von der Toilette zurückkehrte und sich verabschieden wollte, saß ihm an dem langen Tisch plötzlich Schwarz-Blond gegenüber. Die junge Frau blinzelte, die Knopfaugen erschienen aus der Nähe weicher, und sie lachte ihn an.

Ich wollte wenigstens auf einen Sprung hereinschauen! Er setzte sich, zögernd noch, während sie im Ton einer eben nur unterbrochenen längeren Unterhaltung fortfuhr. Leider haben Sie gar nicht das Kapitel über Ebbe und Flut gelesen, das hat mich so tief … so stark berührt, weil … – sie nahm kurz ihre Brille ab und prüfte die Gläser, als hätten sie sich beschlagen – … weil es für mich war, als schrieben Sie da eigentlich nicht über Land und Meer.

Ach ja, über was habe ich denn Ihrer Ansicht nach geschrieben?

Keine Ahnung. Über etwas anderes. Über Mann und Frau. Ja, Ebbe und Flut, wie Mann und Frau.
Julius Seelenberg war verblüfft. Dazu glaubte er sich zu erinnern, dass ihr Buch vorm Signieren noch frisch verpackt gewesen war. Also eigens ein zweites Exemplar, nach dem zu Hause bereits zerlesenen, die junge Frau ein besonders begieriger Fan? Ihr Deutsch hatte einen leicht südlichen Klang. Giulia? Sie tragen meinen Mädchennamen, sagte Julius nun selber lächelnd. Kommen Sie aus Italien?

Eigentlich heiße ich Giuliana. Aber alle nennen mich Giulia, meine Freunde in Deutschland auch Giuli. Meine Mutter stammt aus Kiel, mein Vater vom Golf von Neapel. Kennen Sie Herculaneum?

Gewiss. Obwohl ich nur in Pompeji war.

Ein Fehler. Ich komme aus Ercolano. Der Schlusssatz in Ihrem Buch klingt so pompejanisch natürlich besser. Aber die Ruinen von Ercolano sind viel schöner als die in Pompeji, alles ist übersichtlicher und besser erhalten. Meine Familie wohnte nicht weit von den Ausgrabungen, und als Kind, ihr großer Mund lachte ihn wieder an, da habe ich aus meinem Zimmer jeden Tag auf den Vesuv geschaut.

Und was machen Sie heute?

Ich studiere Malerei und Bildhauerei in Hamburg und entwerfe zum Geldverdienen ein bisschen Schmuck.

Ist der von Ihnen? Seelenberg berührte kurz ihre Hand und deutete auf den Ring mit dem kleinen goldenen Siegel, das einer antiken Münze glich. Nein, den habe ich von meiner Großmutter. Sie tippte auf die Miniatur des eingeprägten Kopfs: Es ist Marc Aurel, der Philosophenkaiser – extra für Sie!
Er nickte wie zum Dank und fragte, ob er ihr einen Wein bestellen dürfe. Die Halbitalienerin, deren blonde Strähne sich bei ihrem Kopfschütteln im Fenster vor dem dunklen Strand spiegelte wie ein Wetterleuchten, fragte ihn, ob er noch länger auf Sylt bleibe. Bis morgen Mittag, ich nehme einen Zug gegen zwei. Wie aber kommen Sie überhaupt hierher?

Mein Onkel lebt als Architekt einen Teil des Jahres in Keitum. Er liebt den Norden, auch die nordischen Frauen, und meine Tante hat ein Baugeschäft in Westerland. Ich bin gerade zu Besuch. Der Brunnenhof, in dem Sie gelesen haben, den hat mein Onkel gebaut. Die wollten ein Tortenstück, und er hat ihnen ein Stück gläserne Pizza gebacken.
Jetzt waren ihre Augen wieder der blanke, sanfte Spott. Und er bemerkte, was ihm zuvor höchstens halbbewusst aufgefallen

war, dass sie verschiedenfarbig waren, eines braun, das andere grünlich, grünbläulich.

Giulia, rief der Augenleser verwundert, Sie und Ihre Familie sind also die lebende Verbindung zwischen römischer Antike und italienischer Postmoderne! Aber ich muss jetzt gehen.

Einen Moment, sagte sie und drehte, als suche sie einen Gedanken, kurz an ihrem Ring. Was ist das für Sie, eine Un…, eine Unschärferelation? Seelenberg antwortete schnell, auch wenn er mit einem angedeuteten Seufzer begann. Es ist vielleicht so etwas wie das Verhältnis von Männern und Frauen. Aber, Giulia, im Ernst, lachte er, es geht eigentlich um Physik. Das kann ich Ihnen heute Abend nicht mehr erklären. Während Sie als junges Mädchen auf den Vesuv geschaut haben, hat mir, als ich vielleicht zehn war, mein Vater die Geschichte von Achill und der Schildkröte erzählt. Dass der starke schnelle Achill im Wettlauf mit einer Schildkröte diese nie einholen könne, weil die Schildkröte, wenn Achill glaubt, auf ihrer Höhe zu sein, immer schon wieder weitergekrochen ist. Es ist das berühmte Paradox eines griechischen Philosophen, Zenon von Elea. Mich hat das von früh auf fasziniert. Denn wir können bei einem bewegten Objekt zwischen zwei Punkten nie gleichzeitig die Geschwindigkeit und den Ort des Objektes messen. Schon daraus ergibt sich eine Unschärfe.

Ah, ja, warf sie ein und wischte sich die ungebärdige Blitzsträhne aus dem Gesicht. Das ist so etwas wie ein logisches Geheimnis?

Jein. Eher ein Geheimnis der Logik. Weil wir annehmen, dass es nur eine Logik gibt, aber mehrere Dimensionen des Rechnens und Denkens. So ungefähr. So unscharf. Jetzt fasste er sie an der Hand, ließ wieder los und stand auf. Und schon lotste ihn Dr. Maier-Glutte, deren eigene Erwartungen an seine Unterhaltsamkeit er womöglich enttäuscht hatte, über eine Holzveranda zum Parkplatz zwischen den Dünen. Da fühlte er von hinten einen leichten Griff an seinem linken Arm. Er drehte sich

um, und Giulia aus Ercolano, Hamburg und Sylt sprach ihn noch einmal mit leiser Stimme an, sagte, wenn er noch Zeit und Lust habe, sei sie morgen um halb eins am Strand bei Kampen, um ihm etwas zu zeigen. Er solle sich einfach zum kleinen Leuchtturm am Kliffende von Kampen fahren lassen und von dort am Strand einige Minuten nach Norden gehen, weg vom Roten Kliff, das er an der Farbe des Sands leicht erkennen könne. Es gebe dann gleich neben einem Fahnenmast eine unübersehbare, jetzt im Mai wohl noch geschlossene Eisbude. In der nächsten Düne nördlich der Eisbude werde sie ihn erwarten. Bei Sonne trage sie einen flaschengrünen Badeanzug. Leuchtturm, Kliffende, Bude, Düne, Giulia, nicht vergessen!
Schon war sie weg.

Vor dem Einschlafen in seinem Hotel im Sylter Süden stellte er sich die Maitemperaturen der Nordsee vor und eine Italienerin, eine Halbitalienerin in einem flaschengrünen Badeanzug. Am nächsten Morgen schaltete Seelenberg den Hotelfernseher an und erfuhr im Frühstücksprogramm, dass am Abend das Opernhaus von Bergamo ausgebrannt war. Wohl durch einen rauchenden Bühnenarbeiter habe sich in den Kulissen ein Theaterfeuerwerk entzündet, das erst gegen Ende einer Puccini-Aufführung eingesetzt werden sollte. Publikum und Künstler hätten sich unversehrt retten können, nur der Bühnenarbeiter werde in der Ruine eines der ältesten italienischen Opernhäuser vermisst. Seelenberg murmelte die Namen Mimi und Cassandra und dachte, vielleicht haben wir hier ja noch Glück gehabt! Er unternahm nur einen verkürzten Spaziergang am Südkap von Hörnum und ließ sich gegen Mittag mit seiner Reisetasche zum Leuchtturm am Kliffende von Kampen fahren. Seelenberg bat den Taxifahrer, ihn eine Stunde später wieder am Parkplatz eines Strandcafés nahe dem Leuchtturm abzuholen.
Es hatte die zweite Nachthälfte bis in den Morgen geregnet, jetzt

klarte es im Westen vom Meer her auf, und er stapfte bei halbhoher Flut den Strand am Dünenkamm entlang bis zu der verschlossenen Eisbude, die ihn mit ihrer handgemalten Aufschrift an einen kleinen Zirkuswagen erinnerte. *Gelato Paradiso* stand darauf, und aus einer Eistüte flogen wie aus einer Trompete Töne, deren Notenschlüssel Eiskugeln mit bunten Fähnchen waren. Abgesehen von ein paar Joggern und einigen, wie er vermutete, Rentnern mit Hunden, war der Strand menschenleer. In den Dünen keine Seele. Er stand in seiner offenen Lederjacke mit Schal im Wind und blickte auf die See, wechselte noch einmal zur nächsten Düne, dann sah er eine nackte Frau im Sand.

Seelenberg trat näher, es war eine schöne, bäuchlings liegende Nackte, den Kopf zur Seite, von ihm weggeneigt. Eine junge Frau im Sand, aus Sand geformt. Er wollte für einen Moment noch nicht glauben, dass es ein im ersten Anblick täuschendes Abbild war, so, als läge das lebende Original wie ein sommerlicher Sandmensch gleich unter der aufgehäuften, festgebackenen Schicht. Das war Giulia. Aber nur Giulias Werk. Trotzdem spürte er eine leichte Scheu, wie er kurz über den rauen Rücken strich und mit dem Finger in ihre (ihre?) Wade stieß. Es bröckelte, und er dachte: Mein Abenteuer ist auf Sand gebaut. Fast hätte er mit einem Kick in die Beine begonnen, das Bild zu zerstören. Doch er musste lachen, über sich und den Scherz, den sich eine sonderbare Kunststudentin mit ihm erlaubt hatte. Erst später im Zug nach Berlin fielen ihm noch die braunen Hohlformen der in Pompeji oder auch Herculaneum unter der Lavaasche ausgeglühten, im Moment ihres Todes zu ewigen Schläfern erstarrten Menschenmasken ein.

2

Im Dezember rief ihn Lissy Schröer an, ob er nicht mit ihr und ihrem Mann in Kampen Silvester feiern wolle. Dann lerne er endlich mal ihr Haus kennen, das sie selbst so selten nützten und im Sommer immer wieder zu Freundschaftspreisen irgendwelchen Autoren überließen. Seelenberg sagte sofort zu, neugierig auf einen Jahreswechsel außerhalb der Stadt, ganz in der Stille des Sturms, wie er sich selber sagte. Zudem waren ihm Lissy und ihr Mann Jochen, beide um die sechzig, die so ziemlich liebsten Menschen im Büchergewerbe. Ursprünglich war Lissy eine Geigenvirtuosin, die nur eine Handgelenkarthrose zur Literaturagentin gemacht hatte. Und Jochen hatte als Jurist einen Hang zur Zoologie und sich frühzeitig pensionieren lassen, um vornehmlich Ameisen, Schlangen, Salamander und Echsen in Kinderbuchfiguren zu verwandeln. Sein größter Erfolg war *Der verliebte Gecko* gewesen, neuerdings arbeitete er an der Freundschaft eines Skorpions mit einem vegetarischen Krokodil.

Für das Silvesteressen holten Seelenberg und Jochen Schröer am letzten Mittag des Jahres noch einen Korb Sylter Austern. Lissy empfing sie mit einem großformatigen Brief, der gerade aus dem von einer Buschwindrosenhecke fast überwachsenen Postkasten an der meerabgewandten Seite des Hauses herausgeschaut hatte. Der unfrankierte Brief war zu dessen Überraschung für Seelenberg. Wer weiß denn hier, dass ich bei euch bin?
Lissy meinte, die Schrift auf dem Umschlag sehe aus wie von Frauenhand, vielleicht eine hellsichtige Verehrerin. Da wurde Seelenberg ahnungsvoll und ging hinauf in das Turmzimmer des kleinen Hauses, das einstmals dem Bahnwärter von Kampen gehört hatte. Jetzt gab es keine Bahn mehr, anstelle des einen Gleises führte ein Fahrradweg am Grundstück vorbei, durchs Hinterland der Dünen. Vom Fenster über dem Gästebett sah man

die weißen, reetgedeckten Häuser von Kliffende und jenseits der Dünen einen grauen Streifen Meer, dazu warf der trübe Himmel noch genug Licht ins Zimmer, sodass Seelenberg die kleine schwarze Tintenschrift auf dem Bogen Papier ohne Lampe und Brille lesen konnte. Er möge morgen Mittag, am Neujahrstag, zur bekannten Zeit, gegen halb eins, zu der Düne kommen, die für ihn diesmal ja nur einen Katzensprung entfernt sei, so nah, wie er am Leuchtturm vom Kliffende wohne.
Für einen Moment überlegte Seelenberg, ob er den Brief zerknüllen und Lissy und Jochen nichts Näheres sagen sollte. Die Botschaft einer Verrückten, nichts weiter. Er traf, nach einer mehrstündigen Siesta, die beiden am Altjahrsabend wieder. So hieß hier Silvester. Jochen öffnete vorm Kamin die erste Flasche Champagner, die er, ein weißhaariger Hüne, zu Seelenbergs Freude jedes Mal den »kleinen Professor Schampanski« nannte. Wollen doch schauen, was Professor Schampanski uns wieder zu sagen hat. Julius meinte nach dem zweiten Schluck, auch er habe vielleicht was zu sagen, und er erzählte die ganze Geschichte von Signorina Giulia aus Ercolano oder wo immer her. Irgendwie hatte er auch Lissy im Verdacht. Er glaubte inzwischen an ein geheimes Zusammenspiel. An eine Frauengeschichte. Seine Tochter studierte Welthandel in Amerika und hatte ihn gerade zu Weihnachten in Berlin besucht; er selbst war noch nicht fünfzig und freundschaftlich geschieden, was er seine glücklich unglücklichste Unschärferelation nannte, während Lissy das schon länger als absoluten Blödsinn und relative Übergangssituation bezeichnete.
Sie hatte recht.

Ich gehe jedenfalls morgen nicht hin, meinte er bei den Austern.

Natürlich gehst du da hin, sagte Lissy und klopfte mit dem Silbergäbelchen gegen eine der Felsenmuscheln, wie auf Holz.

Steckst du etwa hinter der ganzen Geschichte? Da musste Lissy so heftig lachen, dass sie sich am Schampanski verschluckte.

Der nächste Morgen war brausend schön. Ein Silvestersturm hatte die Dezembertrübnis weggeblasen, und über der Insel strahlte das offene All, überirdisch blau. Solch ein Neujahrslicht hatte Seelenberg bisher nur bei Föhn und Schnee in den Alpen gesehen. Hier war der einzige Schnee die Gischt, die wie Persilschaum zwischen Menschenbeinen und Hundeschnauzen über den ebbeweiten Strand bis in die Dünen wehte. Dass auf Sylt an Silvester Hochsaison war, hatte ihn schon bei der Ankunft in Westerland überrascht, angesichts der Limousinen und Sportwagen nicht nur aus Hamburg, sondern mit Kennzeichen auch aus Berlin und München, Stuttgart, Köln oder Düsseldorf. Jetzt herrschte am Meer vielspuriger Fußgängerverkehr, in der tief stehenden Mittagssonne öffneten sich die Daunenmäntel und Nerze, auch, wie er sah, mancher Herrenpelz. Seelenberg stapfte zu der verabredeten Düne und wartete im Wind. Eine halbe Stunde stand er so, allein über dem Gewimmel. Er schaute herab auf das wieder verschlossene Eisparadies und wandte den Blick von den Spaziergängern ab zu den menschenleeren Dünen. Wie unter einer Eingebung schweifte sein Auge über die Sandmulden, da entdeckte er einen metallischen Schimmer. Ein grünlich glänzender Knopf, nein, ein kleiner Kopf. Er zog ihn aus dem Sand, plötzlich kalt, feucht und unerwartet schwer. Es war das obere Ende einer wohl bronzenen Frauenfigur, die dünn wie eine Stele nach einem halben Meter füßlings auslief in einen spitzen Stecken, ähnlich einer Lanze. Dabei erinnerte ihn die Skulptur an jene Sandfrau im Frühjahr, die ihn an Giulia erinnert hatte, wobei ihm das grün patinierte Gesicht jetzt zuzulächeln schien. Julius Seelenberg wischte den Sand von dem schmalen Körper, der erst nackt wirkte, doch bei näherer Betrachtung erkannte er von den Brüsten herab einen Schleier, so fein, als flössen Haarsträhnen oder Wellen über die erzene Haut.

Was sollte er anstellen mit dem Ding? Gäbe es ein zweites Teil, einen Mann dazu, hätte es vielleicht als eine Art Kaminbesteck getaugt. Er blickte wieder hinunter auf den Strand, suchte das italienische Mädchen unter den hin- und herwogenden, bisweilen gestikulierenden Menschen, die sich wie in einem Stummfilm zur rauschenden Musik des Meeres bewegten. Seelenberg war jetzt fast sicher, dass ihn Giulia oder ein puckhaft verbündeter Kumpan beobachtete, womöglich mit einem Fernglas irgendwo aus der Menge oder von jenseits des Strands von einem ihm verborgenen Punkt in den Hügeln aus Sand, Gras und struppigem Heidekraut. Da stand er, als wartender Witz, kreischend verlacht von einer Schar Möwen. Schon ließ er die Figur fallen, wollte losrennen wie im Sommer ein ertappter Voyeur und vergaß, dass die Beine hier im feuchten Sand Klumpfüße hatten. Nach ein paar Schritten drehte er um, ergriff das grünmetallische Ding, die Bronzefrau, als Trophäe und stapfte am Leuchtturm von Kliffende vorbei zu Lissys und Jochens Haus hinter den Dünen.

3

Er hatte sich ohnehin oft unsichtbar beobachtet gefühlt, er war dann jemand, der sich zusieht, wie ihm jemand zusieht. Darüber wurde ihm nicht unwohl, es war für ihn kein Fall von tieferer Selbstentfremdung, vielmehr schien es ihm nur leichter, aus der eigenen Haut zu geraten, als es Philosophie oder Psychologie uns träumen lassen. Meine Eltern, erinnerte er sich, sie fragten mich einst, warum ich manchmal etwas von mir in der dritten Person erzählt habe, lange nach der Frühkindphase, in der das Subjekt sich noch nicht selbst erkennt und auch ich von mir als »dem Julius« sprach. So möchte ich wieder öfter reden können, lieber er statt ich sagen und wie Rumpelstilz für mich tanzen, aber ohne mir dabei zuzusehen. Das war Seelenbergs Silvesterwunsch, der dann schnell verflog.

Seine Freundin, die er gerne auch seine Agentin fürs Leben nannte, nahm ihn kurz in den Arm, sie setzten sich ins Kaminzimmer, und er fragte, ob sie und Jochen den Bronzestab mit Meerjungfrau irgendwie zum Feuerschüren gebrauchen könnten. Eine antike Ausgrabung, obwohl in griechisch-römischem Stil, sei das ja nicht. Kommt nicht infrage, die Dame ist nicht fürs Feuer!, meinte Lissy, die das Ding übrigens »gut gearbeitet« fand, aus einem schönen Guss, und der kleine Kopf trage ein seltsames Lächeln in einem sehr hübschen und zugleich traurigen Gesicht.

Das musst du behalten! Die Figur gehört aufgestellt, zum Beispiel in einem Garten. Du könntest sie in die Erde stecken. Seelenberg besaß keinen Garten. Aber Lissy und Jochen hatten eine wild gepflegte Zauberlandschaft, die ihr Lebenshaus bei München umgab. Kampen war nur Lissys Erbschaft für wenige Wochen im Jahr.

Nehmt ihr das Ding mit nach München!

Nein, Julius. Du brauchst, ich sag das seit Jahren, eine Frau und ein Haus mit Garten. Am besten im Süden, und eine Frau mit einer grünen Hand. Ein Philosoph sollte seine Bücher überhaupt nur im Garten schreiben, nicht im Büro!

Woher weißt du das?

Frauen wissen das, fuhr Jochen mit seinem sanften Hünenlachen dazwischen, das weißt du doch selbst. Er schenkte einen Portwein ein, als Seelenberg durchs Fenster schweigend auf die im letzten Nachmittagslicht türkis gefärbte Heidekrautweite schaute, eine bis ans Haus reichende Macchia des Nordens. Wie von fern, dann schnell näher kommend, klang Jochens leise sonore Stimme: Die eigenen Worte holen dich ein. So was kommt vor. Wie war das? Die Gegenwart ist das ... ehm ... Herculaneum der Zukunft. Prost Neujahr!

Julius Seelenberg stößt mit Lissy und Jochen an. Ein feiner Klang aus altem Glas, und in der Dämmerung fiel ihm auf, fällt mir auf, dass der kleine Leuchtturm über den Dünen keine Signale sendet.

Liberty

Das Endspiel

1

Marie ist meine Rettung, denke ich jedes Mal, wenn ich versuche, Konturen in mein dahinschwimmendes Leben zu bringen. Marie, die vernünftige Chaotin, die so viel spontaner ist als ich. Schriftsteller sind oft langweilige Leute, die aus Schwäche, Trägheit, Sehnsucht spannende Geschichten erfinden. Selten selbst erlebte. Nicht jeder ist ein Jack London oder Rimbaud, der das Abenteuer schon im Herzen trägt.

Mir kann nicht mehr viel passieren an Maries Seite, und der Tod hat noch Zeit. Das spüre ich, besonders in den Momenten, da mich Marie aus der Bahn wirft. Das ist komisch, wirklich zum Lachen merkwürdig und mir selbst nie recht erklärlich, seit wir uns kennen. Aber was heißt schon kennen nach einem Jahr, in dem sie mit ihren Überfällen auch meine Einfälle puscht und dem Dahindümpelnden neue Segel setzt. Eben wieder rauscht sie barfuß in mein Arbeitszimmer, pflanzt sich mit ihrem kurzen Rock auf den mit Papieren überhäuften Schreibtisch. Ihre nackten, um diese Jahreszeit schon früh gebräunten Beine schlägt sie erst links, dann wieder rechts übereinander, raucht eine Zigarette ohne Aschenbecher, ich angle nach der Tasse meines gerade halb ausgetrunkenen Cappuccinos, sage, für deine Asche, und sie schlägt ihre Beine zurück und hat die an ihr klebenden Blätter, meine verstreuten Notizen für ein vielleicht entstehendes Buch, zwischen ihren jetzt knisternden Schenkeln. Sie legt den Kopf zur Seite. Küss mich, sagt ihr wortlos geöffneter Mund, und ohne meine Reaktion abzuwarten, springt sie mir fast auf den Schoß, streift sich ein paar verknitterte Seiten, meine Seiten, vom Po und Bein und redet weiter auf meinem Knie. Juli, du, ich hab eine Superidee. Für eine Geschichte, ein Drama, das könnte was fürs Fernsehen werden.

Du meinst, die Idee für einen Film?

Ja, vielleicht. Ein Drehbucheinfall. Es geht um ein Paar, er so über achtzig, ein berühmter Künstler, ein Pianist, um den es in den letzten Jahren ziemlich still geworden ist, sie ist seine viel jüngere Frau, Muse, Mitarbeiterin, selber vielleicht Cellistin. Nun heißt es, der große Mann leidet an Alzheimer und beginnt, dement zu werden. Eine Wochenzeitung veröffentlicht mit ihm und seiner meist für ihn sprechenden Frau ein mehrseitiges Interview über das schwindende Gedächtnis eines Genies, das innere Verlöschen einer musikalischen Welt. Bald darauf folgt auch ein Gespräch im Fernsehen, die beiden sitzen bei sich daheim, in einem schönen Landhaus, sagen wir auf Sylt oder Usedom oder vielleicht am Bodensee, in Meersburg, wo wir zu deiner Lesung waren … Man sieht die Wand voller Bücher und Bilder, Fotos von seinen gefeierten Konzerten, auf dem Kamin die gerahmten Widmungen von Karajan, Bernstein, Abbado, im Kamin kein Feuer, im Hintergrund der Steinway, zugeklappt, und er, der immer … der immer die Ewigkeit der Töne beschworen hat, hockt nur stumm dabei. Die Frau redet, und er schaut mit seinen unbewegten, schon etwas milchigen Augen, wie sie alte Menschen oft haben, durch die Zuschauer hindurch, schaut ins weite Land hinter unserem Horizont.

Hinter unserem Horizont?

Nicht unterbrechen! Also, ab und an nimmt sie seine Hand, streichelt ihn, streicht ihm eine Strähne seines weißen Haars aus der Stirn, und man weiß nicht, ob … ob ein Zucken der Mundwinkel noch Freude ausdrückt, Dankbarkeit … oder eher Trauer. Marie springt mir vom Knie und lehnt sich an meinen Schreibtisch, es ist ein warmer Frühlingstag in Berlin, ihr kurzer Rock ist vorhin bis zum Slip hochgerutscht, ich fahre mit meinem Handrücken an der Innenseite ihrer Schenkel empor, da zupft sie den Rock zurecht und stippt ihre Zigarette in meinen nun aschgrauen Cappuccino. Lass das, hör zu, merk dir lieber die Story, falls ich später was vergesse.

Du hast es nicht aufgeschrieben, all die szenischen Details?

Nein, wozu? Dafür habe ich doch dich. Ich denke in Bildern, sagt Marie mit einer luftigen Geste, zwischen wegwerfend und wegweisend. Ich denke in Bildern, du bist das Wörterhirn. Also noch mal, die beiden erscheinen als rührend beeindruckendes Paar, die Frau veröffentlicht mithilfe eines Ghostwriters ein Buch über ihren erinnerungslosen Mann, der nur noch im Schatten seines Ruhmes lebt und natürlich im Licht ihrer Liebe. Das Buch wird ein Bestseller. Bald soll's eine Verfilmung geben. Die zuvor in der weiten Öffentlichkeit fast unbekannte Frau, die Cellistin, ist nun selbst berühmt, verzichtet jedoch auf eigene Konzerte. Sie erklärt, die Sorge um ihren Mann sei die Aufgabe ihres Lebens, auch als Musikerin, und so weiter.

Ja und was weiter?, frage ich. Demenz ist ein grassierendes Thema, aber wo ist die Pointe?

Marie hockt sich neben mich auf den Boden, verknotet ihre Beine im Schneidersitz. Sie sagt, hör zu, und ich erwidere, ich höre dir immer zu, auch wenn es anders aussieht. Leichte Absenz ist noch kein Fall von Demenz, sondern meine Arbeitsgrundlage.

Sie schüttelt den Kopf und schaut amüsiert. Mein Philosoph! Okay, die Pointe ist, der Mann ist noch voll bei Trost.

Wieso das?

Na, tatsächlich hat der alte Künstler wegen der üblichen Anzeichen von Vergesslichkeit im Alltag eine wachsende Angst vor

Konzerten, er glaubt, die Noten und seinen Anschlag, die Griffe zu verlieren. Und seine Frau! Er fürchtet, seine viel jüngere Frau, die er früher schon insgeheim der … Treulosigkeit verdächtigt hat, könnte ihn als alzheimernden Greis umso leichter betrügen und irgendwann verlassen. Mitsamt dem Besitz, der ihr bereits überschrieben ist. Um jedoch seine Angst … zu besiegen, beschäftigt er sich mit dem Thema Demenz und fängt an, seinen ihm drohenden Gedächtnisverlust selbst zu inszenieren. Er bindet seine Frau mit ein in die Komödie der Täuschung, gibt ihr sogar die Hauptrolle, und sie treiben nun gemeinsam ihr Spiel. Ein Spiel mit der ebenso ahnungslos faszinierten wie erschütterten Öffentlichkeit. Er verfällt ins große Schweigen, doch stumm setzt er sich mitunter mal an seinen Flügel, schlägt ein paar Tasten an, und auf einmal gibt es die Sensation: Der große Klaviervirtuose von einst tritt nun wieder auf, erst ganz klein, zum Beispiel … bei sich am See, im Droste-Schlösschen von Meersburg, später auch in größeren Sälen, aber niemand erwartet von ihm noch, all die vormals auswendig beherrschten klassischen Partien mit tausend feinsten Nuancen zu spielen. Jetzt hat er als Grenzgänger die Freiheit, mit seinen Stücken nach Belieben zu improvisieren … total groovy. Er, der mit zehn Jahren seine ersten Auftritte hatte, ist jetzt, mit über achtzig, zum zweiten Mal eine Art Wunderkind geworden. Es werden davon auch Aufnahmen gemacht, Mitschnitte, die sich super verkaufen, unter dem Motto: Das Genie ohne Bewusstsein spielt Variationen von Bach, Mozart, Chopin! Bisweilen klingt ein bekanntes Motiv noch an, manche der ausverkauften Konzerte dauern nur Minuten, ein andermal spielt er über eine Stunde, hat dann Schaumbläschen vorm Mund, aber er lächelt, und beim nächsten Mal sitzt er nur vorm Flügel, die Hände zittern, huschen unhörbar wie suchend über die Tasten, lassen ab, der ganze Mann … sackt in sich zusammen. Aber in seinem Gesicht ist wieder diese Spur von Lachen, ein irres Lächeln, verzückt oder verwirrt …

Marie greift nach ihrer Zigarettenpackung am Boden, und beide schweigen wir eine Weile. Sie zieht am Filter der kalten Kippe, kneift dann ein Auge zu und nimmt mich im Rechteck zwischen Zeigefingern und Daumen ins Visier, als suche sie einen Bildausschnitt. Jetzt zoomt sie auf mich zu, und ich nicke.

Mach weiter.

Genau, sagt Marie und setzt die Fingerkamera ab. Längst protestieren einige prominente Ärzte, sie behaupten, die Frau missbrauche ihren so viel älteren, wehrlosen Mann, er agiere wie ein Roboter, man äußert den Verdacht, er stehe unter Drogen, was der Hausarzt dementiert … Alles ein Fest natürlich für die Medien. Die Geschichte eines Phänomens. Hast du mal Feuer? Obwohl ich beim Schreiben nie rauche, habe ich irgendwo Streichhölzer. Meist nehme ich sie vom Tresen mit aus Lokalen, die mir gefallen. Nur ein Aschenbecher fehlt.

Bleib sitzen! Denn der alte Mann stirbt nun, ganz plötzlich. Die trauernde Witwe. Schlagzeilen, Sondersendungen, ein Ehrengrab. Aber nach dem Begräbnis, so hat es der Pianist in seinem Testament verfügt, wird von seinem Anwalt noch eine letzte Botschaft veröffentlicht, ein Video für all seine Fans. Die DVD lag versiegelt in einem Banksafe, alle sind total überrascht, auch die Frau wusste nichts davon. In diesem Video spricht der Künstler mit etwas brüchiger, jedoch klarer Stimme – und erklärt seine Demenz als Fake. Seine Wahrnehmung sei nicht gelöscht und sein Verstand intakt, aber er habe sich in seinem Alter nun endlich von dem lebenslangen Zwang zur Perfektion und seiner ihm mehr und mehr zur Last gewordenen … künstlerischen Selbstverantwortung befreien wollen. Manchmal sei er sich nämlich vorgekommen wie ein Artist, der nach Jahrzehnten auf dem Hochseil merkt, dass er noch immer balancieren kann, aber nicht mehr schwindelfrei ist. Meine Frau, sagt er mit einem Ausdruck heiterer Zufriedenheit, ist in dieses Spiel von Anfang an eingeweiht gewesen. Er liebe seine Frau, die ihn früher wohl mal betrogen habe. Jetzt habe sie mit ihm die ganze Welt betrogen! … Doch er hoffe, sie alle hätten dabei ihre Unterhaltung und Freude gehabt. Am Ende des Videos spielt der weißhaarige Virtuose dann noch ein … Prélude von Chopin. Natürlich spielt er es meisterhaft.

Pause. Die zweite Zigarette landet in der Kaffeetasse mit dem Kohleschaumrest, die Marie neben sich auf den Boden gestellt hat. Nicht schlecht, murmle ich, und Marie sagt: Du sollst jetzt nicht murmeln. Ich staune über sie einmal mehr. Die Frage, wie sie darauf gekommen ist, unterdrücke ich lieber, sonst komme ich mir vor wie das Publikum bei einer Lesung. Maries Vater war Opernsänger, aber er ist bei einem Flugzeugunglück in Spanien gestorben. Abgestürzt über den Pyrenäen. Und sie spielt selbst Klavier. Ich sage: Nicht mehr schwindelfrei finde ich gut. Das späte Wunderkind, die schwarze Alzheimerkomödie, das Künstlerdrama … Für mich ist es vor allem eine … schön böse Liebesgeschichte. Mehrbödig.

Mehrbödig. Was für ein hübsches Wort, lacht Marie. Eine böse Liebesgeschichte. Sie macht mit Daumen und Zeigefingern wieder ein Foto von mir. Oder ist es ein Selfie?

Ich beuge mich zu Marie herab, sie sitzt noch immer vor mir in ihrem Lotossitz, und ich frage: Was willst du jetzt damit machen?

Mal sehen. Schreib's doch einfach mal auf, und wir geben das Exposé deiner Agentin oder meinem Agenten. Nein, Quatsch, der sitzt in London. Ich kann's mir als Stoff für einen Fernsehfilm vorstellen. Oder besser fürs Kino?, keine Ahnung. Man müsste noch die Perspektive klären, aus wessen Sicht das erzählt wird, damit sich die Täuschung dem Zuschauer nicht zu früh verrät. Du kennst doch Leute bei Sendern, ich bin bloß die Fotografin. Aber, sie springt federflink auf, ich habe *noch* eine Überraschung für dich.

2

Mit ihrer Einladung nach Japan hatte Marie nicht mehr gerechnet. Sie sagt, sie habe sich darum nie offiziell beworben. Im vergangenen Jahr hätte sie nur mal ein bisschen die Fühler ausgestreckt.
Ich bin verblüfft. Der zweite Schuss aus der Hüfte. Davon hast du mir überhaupt nichts gesagt! Aber Maries Fühler sind sagenhafte Tentakel, Browser, Radare. Marie ist eine Networkerin noch im Schlaf, und zu Beginn unserer Beziehung musste ich sie jedes Mal, wenn wir miteinander ins Bett gingen, beschwören, ihr Notebook auszustellen. Und bitte klapp es auch zu. Sie fuhr es herunter und ließ es offen. Mich macht diese ewige Bereitschaft nervös, selbst beim Sex wollte sie, weil irgendwo ihr Handy klingelte, schon mittendrin aufspringen. Komödienreif hauchte Marie mir ins Ohr, dass es nicht an mir liege. Dabei erstickte sie meine Anflüge von Mimose und Leberwurst schnell mit einem Lachen und ihren Küssen. Liebster, mein Kopf denkt digital, aber mein Herz schlägt analog, scherzte sie, und als sie hinterher mit dem Tablet auf dem Schoß gleich irgendwas nachsah, hörte ich sie flüstern: Ich glaub, jetzt ist sogar mein Schirm beschlagen.
Bei anderen Menschen hasse ich diesen ewig geknickten Nacken, diese kontrollfreakigen Checker-Gesichter, Tag und Nacht mit dem Wischfinger über ihre Displays gebeugt, als wär's ein globaler Juckreiz, Guckreiz, selbst im Theater oder Kino noch während der Vorstellung. Ist halt so, sagt Marie. Ich hasse es trotzdem. Maries Checker-Gesicht jedoch mag ich. Sie wirkt auch beim millionsten Mal nicht richtig routiniert, zeigt eine kindlich wache Wissbegier, ihre Lippen lesen wie bei kleinen Buchstabenjägern lautlos mit, und wenn sie simst oder twittert, rührt mich, wie die Finger immer wieder ihre rutschende Brille zurückstupsen und dabei manchmal anstelle des Rahmens das Brillenglas treffen. In solchen Momenten ist diese Frau Ende dreißig für mich viel mehr

als nur ein Jahrzehnt jünger als ich. Uns trennen Ären und verbinden uns auch, denn Marie sagt, sie liebe Antiquitäten. Wie mich. Oder Brillen. Kontaktlinsen trägt Marie allein bei offiziellen Anlässen, beim Tanzen oder im Beruf, beim Fotografieren.

Ihre Einladung nach Japan bedeutet sechs Wochen Kyoto, eine Künstlerwohnung mit Studio dort in der Villa Kamogawa.

Ich hoffe, du fährst mit, die werden sich freuen!

Für ein Magazin war Marie schon mal nach dem Atomunglück in Fukushima nach Japan geflogen, allerdings habe sie damals vom Land kaum etwas gesehen, es war, sagte sie, nur eine Woche Horror gewesen. Ausnahmezustand, Marsmenschen in Schutzanzügen und daneben die verstrahlten Normalos. Auch ich hatte vor Jahren von der Waseda-Universität einmal eine Einladung nach Tokio. Doch noch bevor ich darauf antworten konnte, kam eine umfängliche Entschuldigungsmail, gefolgt von einem mit Kurier zugestellten Paket, das einen prächtigen Band über japanische Holzschnitte mit englischen Texten enthielt und einen gleichfalls englischen Brief des Dekans der Philosophischen Fakultät. Auf Büttenpapier bat er die »Excellency Professor Julius Seelenberg« nochmals um Verzeihung für den gewiss unentschuldbaren Irrtum eines Assistenten, der meinen Namen offenbar mit dem eines anderen deutschen Zeitforschers verwechselt hatte. So war ich gleich wieder ausgeladen, gnadenlos ehrlich und überaus höflich. Für mich ein Beweis, dass ich, bloß Honorarprofessor und ohne Lehrstuhl, wenngleich Autor einiger nicht allein in Fachkreisen gelesener Bücher, nicht als wirklicher Wissenschaftler gelte. Auch nicht in Japan. Ich bin der feuilletonistische Philosoph, ein Spekulierer, ein Zeitgeist, aber keine Kapazität für die akademische Ewigkeit. Man hatte es für den in Tokio geplanten Kongress zur Weltzeit in einer zerfallenden Welt auf den Kollegen Werner Berenberg abgesehen, der Studie um Studie zu allen

Denkarten von Zeit, Raum, Zivilisation vorlegt, während ich damals gerade ein knappes Büchlein in einer populären Reihe mit dem Titel *Zeit und Traum* veröffentlicht hatte. Ein Versuch über den neuen Müßiggang, der das Gleitwort »Kreativität«, unsere kulturelle Vaseline, immerhin zu vermeiden suchte. Mein Plädoyer für den blinden Uhrmacher, für eine tagträumerische Konzentration unserer Existenz. Selbst in den rasenden Verhältnissen der All- und Echtzeit gibt es ja den Sog einer anderen Zeit, die in ihrer produktiven Verdichtung schneller und zugleich langsamer läuft, dieses Paradox nenne ich auch eine erfahrbare, aber nicht beweisbare Unschärferelation. Statt Physik Metaphysik. Ebendies sei die Grundschwäche des Ganzen, sagen meine Kritiker, und vermutlich haben sie recht. Doch das erschüttert nicht meine Überzeugung, dass manche Schwächen ihre Stärken haben.

Blühen dort drüben dann noch die Kirschen?

Sei bitte nicht blöd, fährt Marie mich an. Das ist kein Joke, sagt sie, ich will denen schnell eine Antwort mailen. Wir fliegen Anfang Oktober … goldenes Japan. Dein Flug geht auf eigene Kosten, unseren Aufenthalt in Tokio und Kyoto übernimmt eine Stiftung zusammen mit dem Goethe-Institut. Von mir erwarten sie nur, dass ich die Zeit irgendwie nutze, für ein Fotoprojekt in Japan. Dazu würden sie auch Reisen im Land bezahlen.

Und was willst du dort machen?

Das weiß ich doch jetzt noch nicht! Japanische Hände vielleicht, oder die Augen, Nasen, Muschis, Schwänze. Maries Lachen, das nur in ihrem Blick liegt. Wenn sie richtig lacht, schießen die Fältchen aus ihren Augenwinkeln wie kleine Pfeile, die ich, meistens zu spät, mit meinen Lippen zu fangen versuche.

Werden wir schon sehen … Irgendwas fällt einem immer ein. *Making by doing.*

Sie sagt wir. *Wir* fliegen Anfang Oktober nach Japan. Weil Marie das schon entschieden hat, stimme ich einfach zu. Und bekomme Lust auf rohen Fisch, gleich heute Abend in Berlin.

3

Lissy ist wie immer in Besprechungen. Aber irgendwann ruft sie zurück. Julius, wenn es dir nur gut geht, dann hoffe ich, dass es bald besser wird! Das ist eine von Lissys typischen Eröffnungen, so bringt sie, kaum hatten wir mal einige Wochen Funkstille, jedes Telefonat gleich in Schwung und richtet es nach vorne. Was machen die Projekte? Ich wollte dich schon selber anrufen.
Ich sage, dass meine Projekte noch die alten sind oder gar keine. Seit einem halben Jahr doktere ich an meiner kleinen Geschichte der Hände herum, die eine Fotoserie von Marie begleiten soll, aber das Projekt ist noch immer ein Patient. Leg ihn mal auf die Intensivstation!, ruft mir Lissy Schröer zu, meine gut gelaunte Agentin in München. Mach ich, aber es geht mir eher um ein anderes ... Vorhaben. Marie hat mir gestern eine ziemlich spannende Geschichte erzählt, von ihr erfunden, und ich soll dazu ein Treatment schreiben, ein Exposé fürs Fernsehen. Für einen Spielfilm.

Um was geht es?

Um Demenz.

Um Demenz? Vergiss es! Ich meine, im Ernst, was ist daran toll? Wir werden alle immer älter und sollen das permanent auch noch in der Kiste sehen?
Bevor ich darauf etwas sagen kann, folgt die Antwort aus dem Hörer: Erst schnackseln die Kommissarinnen um die siebzig, dann die erotischen Massaker im Altersheim, auch mir werden solche Stoffe jetzt dauernd angeboten, kein Witz! Das ist für mich irgendwie ... Zielgruppensex. Es fehlen nur noch die romantisch

entfesselten Alzheimer, sprudelt Lissy. Die Liebespaare, weißt du, die dauernd ihre Partner verwechseln.

Auch nicht schlecht, aber es ist eine Spur anders. Eine Art schwarze Künstlerkomödie.

Ein dementer Künstler? Wird als Genie entdeckt? Julius –

Lissy, wenn du alles schon weißt, dann sag mir nur, was ist der beste Weg, die Idee zu schützen. Ich schick dir das Exposé, aber bevor es bei irgendeinem Fernsehfuzzi oder sonst wo landet, hätten Marie und ich gerne eine Absicherung. Es geht um Rache, Eifersucht, Täuschung, Intrigen, da willst du nicht selber das Opfer sein. Angeblich werden Filmplots laufend geklaut.

Stimmt wahrscheinlich. So was ist schwer zu schützen, solange es als Stoff nur so rumschwirrt.

Ich antworte, dass ich keine Lust habe, mich auf gut Glück gleich an ein ganzes Drehbuch zu machen, außerdem weiß ich nicht, ob mir das überhaupt liegt. Lissy sagt, ich bräuchte einen Produzenten, sie sei Literaturagentin, schlägt aber vor, ihren Anwalt zu fragen, ob sich ein Plot irgendwie notariell beglaubigen lasse. Eine Idee, auch die gleiche Idee, könne halt jeder haben … Gerade diese Idee vielleicht nicht, erwidere ich, und sie sofort, nein, nein, deine Idee, Maries Idee natürlich nicht! Im Übrigen habe ich gerade einen Brief für dich bekommen, er geht heute nach Berlin in die Post, deswegen wollte ich dich schon anrufen. Ein Brief aus Japan.

Aus Japan. Ich bin verblüfft.

Ja, und merkwürdigerweise kam er c/o an meine Adresse auf Sylt. Ein Freund, dem wir unser Haus zu Ostern überlassen haben, hat ihn dort im Briefkasten gefunden. Etwas kurios, meint Lissy.

Kurios ist, dass Marie soeben eine Einladung nach Japan bekommen hat, ein Stipendium, wir wollen beide im Herbst rüberfahren. Hast du den Absender gelesen?

Ich glaube, eine Frauenschrift und ein abgekürzter, irgendwie italienischer Name. Klingelt da was bei dir?

Ich antworte nicht gleich und sage nur, das werde sich mit der nächsten Post schon zeigen.

4

Auf dem japanischen Brief steht als Adressat mein Name und in Klammern »bei Liselotte Schröer«. Postanschrift Kampen. Der Absender schwer zu entziffern, etwas auf »iani« und eine Postfachnummer in Osaka. Als ich den Umschlag öffne, passt das ockergetönte seidige Japanpapier nicht ganz zum dick laufenden schwarzen Filzstift. Aber der Brief beginnt auf einer eingelegten Postkarte, ich lese »Lieber Julius Seelenberg« und schaue auf das folgende Blatt, unterschrieben: »die unsichtbare Giulia«. Davor wechselt die Schreiberin zwischen Du und Sie. Am Ende Du.

Der Brief ist kurz und bis auf eine Stelle eher läppisch. Aber er trifft mich. Es war 2011, vorletztes Frühjahr, als ich zum ersten Mal wegen einer Lesung auf Sylt war. Dort hatte mich Giulia angesprochen, eine junge Deutschitalienerin, die in Hamburg offenbar Bildhauerei studierte. Wir haben uns danach zweimal verabredet, aber sie hat mich beide Male versetzt. An ihrer Stelle fand ich am vereinbarten Treffpunkt in den Dünen nur eine Doppelgängerin aus Sand und die seltsame, stabartige Bronzeskulptur einer nackten Frau.

Die Postkarte zeigt den Fuji, den heiligen Berg der Japaner, in einer nahen Luftaufnahme. Mit sehr feinem grünem Strich ist über dem schneebedeckten Krater des Fuji eine winzige nackte Frau hineingezeichnet. Sie scheint aus dem stillen Vulkan mit geöffneten Armen empor in den weiß-blauen Himmel zu schweben. Giulia scheibt, dass sie ihr Kunststudium in Hamburg beendet und einen japanischen »Technologen« kennengelernt habe, der ihre Skulpturen »animieren« könne. Ob ich mich noch an sie und ihre Bronzefigur erinnere? Ja, sie habe sich damals ein bisschen in mich verliebt, aber ich hätte sie am Strand nicht erkannt, obwohl sie selbst mich jedes Mal gesehen habe. Später habe sie sich nicht getraut, meine Kontakte zu nutzen und mich anzurufen. Mails habe sie auch keine schicken wollen: Ich schreibe keine Mails an einen Philosophen! Obwohl sie oft kurz davor gewesen sei und mein Buch *Küsten der Welt. Über Landanfang und Meeresende* eine Weile »mit in den Schlaf« genommen habe. Kennst Du Edward Hoppers Gemälde *Zimmer mit Meerblick*, auf dem das Wasser und das Licht von außen das Innere fast durchdringen, im offenen Raum wie in eins geraten? Eine Abbildung davon ist mein Lesezeichen, schreibt sie.

Mein *Küsten*-Buch als empfindsame Bettlektüre, oder was meint sie mit: in den Schlaf? Hat sie es sich unters Kopfkissen gelegt, unter die Decke gesteckt, mit einer Illustration von Hopper? Möglich, dass diese Giulia spinnt. Sonst steht nicht viel mehr in ihrem Brief. Nichts über Japan und ihren, ja was, japanischen Freund oder Förderer, was immer das »Animieren« ihrer Figuren bedeuten mag. Ich habe noch ihre Skulptur, diesen lanzendünnen grünen Stab, der eine kleine, ebenso filigrane Meerjungfrau trägt. Irgendwas zwischen Giacometti und Kitsch. Das metallene Ding liegt in meinem Arbeitszimmer, und als Marie einmal danach fragte, habe ich gesagt, es sei vor Jahren das Geschenk einer alten Freundin gewesen. Über die sonderbare Begegnung mit Giulia, deren Nachnamen ich auf dem Briefumschlag nicht entziffern kann, habe ich mit Marie nie gesprochen.

Marie und ich waren uns ein halbes Jahr nach meinem zweiten Syltaufenthalt bei einer Ausstellung ihrer *Handzeichen* begegnet. Sonst mache ich mir nichts aus Vernissagen und hatte auch dieses Mal keine Lust drauf, aber ein Freund meinte, die mir damals unbekannte Marie Bach sei eine ungewöhnliche Fotografin, au-

ßerdem hätten sie früher mal zusammen in einer WG gewohnt. Ihm zuliebe ging ich dann mit in die von außen winzige, sich zu einem Hinterhof aber überraschend weitläufig öffnende Galerie Künast. Der Laden in der Sophienstraße in Berlin-Mitte hatte etwas angenehm Unschickes, wirkte besonders. Statt im gewohnten Galerieweiß oder in einer Spielart von Shabbylook waren alle Räume in verschiedenen, dezent bunten Farben gestrichen, ähnlich wie es auch manche Museen machen, aber hier erinnerte es mich an ein südliches Landhaus. Nur die Korbstühle und Oleander im Innenhof fehlten, dafür gab's dort wilden Wein.
An den Wänden die Hände von Menschen jeden Alters. Maries Bilder zeigten kindliche Patscher, Pranken mit asiatischen oder amerikanischen Totenkopfringen, Edelsteinhände, schlichte schöne Finger, lackierte Krallen, krumme Kuppen, die gefleckten, gegerbten Lebenswerkzeuge alter Frauen und Männer, in Ruß oder Öl getauchte Arbeiterhände, bleiche Griffel, dunkle Greifer, Nägelkauer, daneben schier wächserne Perfektion oder fehlende Glieder, Gichtknötchen, Hammerdaumen, auf einem Bild das Händepaar eines Kindes mit zwölf Fingern, Hände glatt oder behaart, tätowierte Handrücken, Spinnenfinger. Die meisten Fotos waren schwarz-weiß, und alle Hände lagen in identischer Anordnung leicht aufgespreizt auf einem weißen Untergrund, auch bei den farbigen Bildern. Jeweils an der Wand gegenüber hingen die Gesichter der Menschen, doch ihre Porträts, versehen mit Name, Alter, Datum und Ort, waren den unbeschrifteten Handpaaren nicht spiegelgleich zugeordnet. So hatte es einen detektivischen Reiz, Hände und Köpfe mithilfe der eigenen Phantasie zusammenzubringen, was mir nicht immer gelang.
Die Fotografin war schlank, auf ihren Stilettos so groß wie ich, obwohl mich ihre aufgesteckte Hochfrisur überragte. Brünette Locken und ein blassbrauner Teint, auf den ersten Blick ein hübscher Hals, während ich ihr Gesicht hinterher kaum hätte beschreiben können. Auch nicht die Augenfarbe. Später, als

wir schon miteinander geschlafen hatten, fiel mir auf, dass Marie wie manche sehr schlanke Frauen hohe Backenknochen hatte, die aber zugleich etwas in die Breite gingen. Ich bin kein Maler und auch kein Fotograf, den solche Details sofort reizen könnten, doch kamen mir als Schemen sonst längst vergessener Filme die Bilder von polnischen oder russischen Schauspielerinnen in den Sinn. Als ich diese Kinokopfassoziation mal erwähnte, sagte Marie, dass sie eine litauische Großmutter habe, die als junges Mädchen den Judenpogromen der Nazis in Vilnius entkommen sei. Ich schaute auf ihre Hände und fragte mich bei dem vernissageüblichen Glas säuerlichem Wein, ob ein schmaler Goldreif als einziger Schmuck ihrer linken Hand ein Ehering oder nur ein schöner Ring sei. Mich interessierten zudem ihre Bilder, weil ich tatsächlich immer auf die Hände von Menschen achte. Waren Männer, die im Bus saßen oder in einem Wirtshaus Karten spielten, die ich auf der Straße oder in einem Laden beobachtete, ihrem Alter nach noch im Krieg gewesen, habe ich schon als Schuljunge oft auf ihre Hände gestarrt. Mit meinem eingebildeten Röntgenblick versuchte ich, in den Furchen und Rillen die Spuren von altem Blut zu entdecken. Fürchterlich feine Zeichen, die nur für mich ein Hinweis wären. Der Krieg war fern, aber es hatte ihn gegeben, und sie hatten in ihm gekämpft. Ich wollte in ihren Händen lesen, wenn schon ihre Gesichter mir nichts darüber verrieten, was sie an Grausamem einst gesehen, gedacht oder selbst getan hatten.

Die nach meiner Karl-May-Phase folgenden Detektiv- und Kriegsromane setzten sich so als alltägliches Kopfkino fort. Was Menschen sonst nicht preisgeben wollen, könnten ihre Hände erzählen, das denke ich bis heute, sobald ich mich auf diese spielerische Beschwörung des an der Oberfläche Verborgenen einlasse. Hände sind wie Hälse kaum zu liften, sie bleiben nackt und naturalt, selbst unter der Maniküre. Ich sagte Marie, dass mir auch in ihren Bildern oft noch die unverbrämten Merkmale von Klassen

und Kulturen erschienen, es gebe ja phänotypische Formen der Finger, der Nagelbetten und Kuppen, auch wenn unsere Vorstellungen von vermeintlichen Metzgerpranken, Pianistenhänden, Proletarierfäusten, von Nonnenfingern oder Hurenklauen selten zuträfen, weil auch das Wurstige, Brachiale, das Verknöcherte oder Feingliedrige an ganz gegensätzlichen Körpern oder Charakteren anwachsen könne. Freihändig und fingerfertig. Aber trotzdem!
Wahrscheinlich hatte ich gegen alle meine Vorsätze längst mehrere Gläser des Vernissagensoave gekippt, als ich Marie fragte, ob sie sich vielleicht ein Buch zu ihren Handzeichen denken könne. Sie sagte, denken schon, aber nicht schreiben.

Wir trafen uns ein paar Tage später. Sprachen im Café nur wenig über uns, wir redeten über ein Buch, das ich mir zu ihren Fotos vorstellen konnte. Vieles liegt auf der Hand. Unsere Lebenslinien laufen in der Hand. Und warum ist gerade der Fingerabdruck außer der DNA unser individuellster Ausdruck? Auch die Menschheitsgeschichte war seit dem aufrechten Gang eine Frage des Handwerks. Die Gebärdensprache kam vor dem Mundwerk. Ja, sagte Marie, unser Kopf hat das Leben irgendwann in die Hände genommen.
Ich hatte ihr mein *Küsten*-Buch mitgebracht, wie einen literarischen Ausweis. Sie bedankte sich, meinte aber, dass sie mehr als ihre Fotos kaum beitragen könne. Früher habe sie tatsächlich an ein Projekt mit dem Arbeitstitel *Hände der Welt* gedacht und geglaubt, sie könne das in Verbindung mit anderen Aufträgen finanzieren und so alle Kontinente bereisen und Menschen dort fotografieren. Von Amerika kenne ich allein die USA und Mexiko, sagte Marie. Ich war noch nie im Herzen Afrikas, gerade einmal in Ägypten und auf Sansibar. Sie sei auch nicht in Sibirien gewesen, nur zwei allzu kurze Reisen in Indien, ein bisschen Vietnam und China, aber nie in Australien oder im südlichen Pa-

zifik. Überall lebten doch Völker und Stämme. Sie habe keine Ahnung, welche Fingerformen die Papuas oder Aborigines hätten. Da surrte ihr Handy, nicht das erste Mal. Moment mal.
Nach einem Moment von mal zehn Minuten, es war eine Werbeagentur, erzählte ich Marie, zu meinen Studentenzeiten sei ich als Backpacker ziemlich weit rumgekommen und später auch durch längere Reisen als Passagier auf Containerschiffen. Darüber hatte ich eine Serie für das *National Geographic Magazine* geschrieben und vieles daraus für mein *Küsten*-Buch benutzt. Aber musst du für alles gleich die ganze Menschheit kennen und fotografieren? Abgesehen von irgendwelchen indigenen Berg- oder Dschungelbewohnern findest du Leute aus praktisch allen Ländern doch schon in Europa, sogar in Berlin.
Marie trug diesmal eine knallrote Brille und schaute mich skeptisch an. Ein unseriöser Intellektueller. Dann sagte sie: Klar, man kann es sich einfacher machen, statt Hände der Welt eben erst mal weiter nur Handzeichen. Ich will das auch nicht zergrübeln, hab ja längst ein paar andere Sachen laufen. Übrigens bin ich auf das Thema nur durch einen italienischen Freund gekommen. Ein Ex. Luigi ist eigentlich Bühnenbildner und stammt aus Brescia. Wie der Pianist Arturo Benedetti Michelangeli. Du kennst ihn? Er lebt nicht mehr, aber 2010 zu Michelangelis neunzigstem Geburtstag hatte Luigi bei einer Ausstellung in Brescia mitgemacht. Lauter Wunderkammern mit teilweise riesigen, teilweise winzigen Klavieren, mal warst du selbst der Riese und mal der Zwerg, wie bei Gullivers Reisen. Es gab auch eine pianistische Peepshow, und in einem Raum, der aussah wie in einer Anatomie, lagen in Glasvitrinen die Hände von Mozart, von Beethoven, Wagner, Liszt, Chopin und so weiter, alles feine Gipsabgüsse, von Rubinstein und Horowitz, von John Cage oder Glenn Gould.

Existiert denn ein Handabdruck von Mozart?

Natürlich nicht! Es waren lauter Fakes. Luigi hatte einfach Abdrücke der Hände von Bühnenarbeitern gemacht, von eigenen Bekannten und Freunden. Meine Hände waren die von Clara Schumann. Wirkte aber toll, total scary, diese lebensecht abgenommenen und zugleich … quasi totenmaskenhaften marmorbleichen Gipsglieder hinter Glas. Und dann stehen noch die berühmten Namen darunter …, das alles in einem edlen alten Palazzo.

Weil Marie »scary« gesagt hatte, fiel mir ein, wie das wäre, eine Ausstellung »Hände der Geschichte«, und unter den Abgüssen stünden die Namen Napoleon, Hitler, Stalin. Oder auch Kafka, Einstein, Chaplin, Marilyn Monroe. Das wäre ein Megaerfolg, meinte Marie, die Hände von Kafka und Marilyn.

Ich sah in ihre Augen, graublau waren sie, die Farbe wollte ich mir nun merken, und sie stupste ihre rote Brille immer mal wieder von der Nasenspitze zurück. Sie hat auch einen kleinen Vorderbiss, ihr Vorderbisschen. Das gibt ihr einen spöttisch belustigten Mundzug, wie leicht gespitzte, fast unmerklich geöffnete Lippen. Häufig wird aus diesem Schwung nach vorne auch eine Neugierschnute. Die kannte ich damals noch nicht, und ich senkte in diesem Moment der Stille den Blick eher verlegen, sah vor mir Maries Hände, keine lackierten Nägel, kräftige, kurz geschnittene Ovale. Da huschten die Hände unter den Kaffeehaustisch.

Handleser! Bei dir muss man aufpassen! Wir grinsten beide, und ich fragte nach ihrem Goldring. Kein Ehering, nur ein schöner Ring. Vielleicht bekommt er mal einen Stein, aber jetzt noch nicht. Sie hatte die Hände noch immer unterm Tisch, und meine linke Hand fuhr mit dorthin, spürte nach und streifte wohl ihre rechte Hand. Maries überraschend kühle Hand griff zu, erst sacht, dann kurz und fest und sauste wieder hoch über die Tischkante, wie eine Puppe aus der Kiste. Wir verabredeten uns demnächst zum Abendessen, um über das mögliche oder unmögliche Buch zu reden. Das war unser Vorwand.

Gut ein Vierteljahr später habe ich meine drei Zimmer in Moabit aufgegeben und bin zu Marie in ihre mindestens doppelt so große Wohnung in Friedrichshain gezogen. Marie, die in ihrem Pass noch Annemarie Bachler heißt, ist in Ostberlin aufgewachsen, bis sie vierzehn war, doch als Tochter eines auch an ausländischen Opernhäusern beschäftigten Sängers und einer Flötistin der Staatskapelle war sie kein klassisches Mauerkind. Ich kam mir ein wenig vor wie der ärmere Westler. Einen Teil meiner Bücher, veraltete Literaturlexika oder eine dreißigbändige Lessingausgabe meiner Großeltern, in Fraktur und rückenmorsch (ich besitze noch eine kompakte jüngere Edition), hatte ich an ein Antiquariat verkauft oder gestiftet, dafür quartierte Marie ihr Studio aus und mietete sich ein Atelier in Neukölln. Wenn sie manchmal Werbefotos für Autofirmen oder Modelabels macht, wird sie, verglichen mit meinen Autorenhonoraren oder Vortragsvergütungen, beinahe fürstlich bezahlt. Sie sagt, sie könne sich unser Leben leisten.

In den ersten Wochen achtete ich jedoch darauf, dass es in unserer neuen Partnerschaft finanziell mindestens fifty-fifty lief, da war ich panisch penibel, bis Marie einmal, als wir gerade miteinander geschlafen hatten und noch schweißnass aneinanderhingen, ihre Brille aufsetzte und mir Aug in Auge mitteilte, dass es künftig »bitte keine Etatdebatten« mehr in unserem gemeinsamen Dasein geben möge. Sonst ziehe sie aus in ihr Atelier. Ich versprach's ihr, wie man Dinge in solchen Situationen verspricht, und es änderte unverhofft mein Leben.

Gegen alle Erwartung fühlte ich mich befreit. Nicht materiell, sondern von meinem Seelendruck. Befreit durch das überraschende Ausbleiben alter Zögerlichkeiten, Peinlichkeitsgefühle und eines in den letzten Zeiten lauernden Kleingeists. Mich hatte nach der Affäre mit Giulia, die eigentlich keine gewesen war, ein kaum erklärlicher Missmut befallen. Wie ein angewehter Bazillus. Keine richtig lähmende Depression, aber das Empfinden, auch im fortlaufenden Takt des Alltags anders zu ticken, selbst unter Freunden lachend noch einen seelischen Sprung zu haben. Du lebst im Sommer, und die Früchte schmecken nach Schatten. Ich versuchte, das abzuschütteln. Nach den Rendezvousversprechen und meiner erfolglosen Schnitzeljagd auf den Spuren eines Mädchens vom neapolitanischen Golf wäre das Normalste gewesen, die Anekdote am Nordseestrand abzuhaken und zu vergessen. Oder Giulia, die gesagt hatte, dass sie eigentlich Giuliana hieß, in Hamburg an der Kunsthochschule oder sonst wo ausfindig zu machen. Gewiss nichts leichter als das. Aber was ist schon normal? Erst war ich vergrätzt und plötzlich, nachträglich, sogar verliebt, raffte mich aber zu keiner der logischen Reaktionen auf. Ich hatte so oder so den Zeitpunkt verpasst und kam mir vor wie ein scheuer Idiot, rutschte ab in ein Loch. Ein Freund, mit dem ich ohne nähere Einlassungen über meine undeutliche Schwermut sprach, sagte, sorry, du bist Ende vierzig. Mach, wenn's schlimmer wird, eine Therapie. Oder geh meditieren. Schweigen bei den Mönchen.

Das waren die vernünftigen Vorschläge, die ich hasste. Denn an einen Fadenriss allein in mir selbst mochte ich nicht glauben, nicht ohne den Einschlag einer greifbaren Lebenskatastrophe. Aber ich hatte keinen Krebs, besaß noch alle Glieder und Sinne, ich schleppte bloß ein paar gramgraue Seifenblasen mit mir herum wie einen Sack Blei. Meine ganze Krise war eine Blase, wirkte jedoch real. Trotzdem sträubte sich alles in mir, nur eine Besetzung im Spiel der regieführenden Neuronen, Gene, Hormone oder das Opfer synaptischer Verwirrungen zu sein. Eine junge Frau irgendwo da draußen und ein Hauch von Verliebtheit in mir und plötzlich die völlige Unfähigkeit, dem Gefühl überhaupt nachzugehen. Früher, in Tschechow-Stücken, hatte ich nie ganz verstanden, warum diese komischen russischen Unglücksraben, diese Männer in mittleren Jahren, die nicht arm und offenbar noch begehrt von den Frauen waren, oft so früh entkräftet erscheinen, eben noch Glückspilz, plötzlich Schimmelpilz, alleweil von einem sarkastischen Jammer ergriffen. Weil ich Tschechow liebe, dachte ich, es bleibt da in aller Klarheit ein Geheimnis. Vielleicht ist es außer den Klagen über die gesellschaftliche Rückschrittlichkeit auch der schiere Lichtmangel, der lange russische Winter, der die Seelen verdunkelt und in eine Traurigkeit stürzt, die keine Ursache hat außer in sich. Und bei mir selber wuchs erstmals seit Kindertagen ein Todesgefühl. Keine Todesangst, nicht dreißig, vierzig Jahre vor meinem erwartbaren Ableben. Ich dachte einfach an den Tod. Nicht als Prinzip und Unausweichlichkeit. Auch nicht mit dem wohligen Abwehrschauer des Kindes, das abends nach dem Auslöschen des Lichts sich den Tod und das schwarze Nichts jenseits der Bettdecke vorstellt und sich darum in den Daunen vergräbt, während Bett und Zimmer als Raumschiff in die kalte Allnacht hinausfliegen und ein letzter Blick zurück auf die eigenen Eltern fällt, auf die Familie und die Spielkameraden, die dich in der Tiefe da drunten, wie wunderbar, ganz herzzerreißend beweinen. Ich dachte nur an den Tod, als hätte er an mich gedacht. Es war einfach so. Er denkt mich, also lebe ich, notierte ich mir in mein Notizbuch, für alle Fälle. Das klingt nicht schlecht, ist aber auch kein schöner Gedanke. Komisch traurige Coda. Es gibt in unserer Sprache die Wendung: sich totlachen. Wieso eigentlich tot? Und weshalb dann nicht: sich lebendigweinen?

Seit acht Jahren bin ich geschieden. Freundschaftlich, aus erloschener Liebe. Meine Frau Iris und ich wollten nach mehr als einem gemeinsamen Jahrzehnt nur wieder mehr Abstand und Freiheit, wir hatten einander nie hintergangen, hernach aber hatte ich das Gefühl, wir haben uns das Ende womöglich zu leicht gemacht. Abstand ja, doch die Freiheit war erst mal ein großes Wort. Iris und ich hatten uns verloren, und ganz ohne tieferen Schmerz haben wir auch noch unseren Verlust verloren. Es ge-

schah wie in einem Traum, bei dem wir wissen, dass wir träumen und trotzdem nicht erwachen und umkehren können. Iris zog von Berlin als Augenärztin nach Freiburg, wo sie das Haus ihrer Eltern geerbt hatte, unsere Tochter Marlene studiert Welthandel in San Diego, sie hat ein Stipendium und einen kalifornischen Freund und besucht uns nur selten. Vor Kurzem hat mir Iris gemailt, dass sie nun in einer eingetragenen Partnerschaft mit einer Frau namens Kathleen lebe, die als Önologin für eine Winzergenossenschaft im Breisgau arbeitet.
Ich selbst hatte einige Halbliebschaften seit unserer Trennung, kaum länger als Tage oder Wochen. Lauter kleine Fickflirts, Sex und etwas Zärtlichkeit, ohne Verantwortung. Das war eine schwerelose Zeit. Und im leeren Raum verrauscht. Dann kam mein Sylt-Tief. Wenn ich an Giulia dachte, sah ich mir selbst zu, in der dritten Person. Ich sehe meine sonderbar haftende Syltepisode immer wie eine Szene, bei der ich mich, wohin ich auf den Dünen nur blickte, in meinem Rücken beobachtet fühlte. Und merkwürdigerweise enden alle Szenen meiner Erinnerung mit demselben Bild. Ich sitze bei Lissy und ihrem Mann Jochen in ihrem Kaminzimmer in Kampen, neben mir Giulias Skulptur, ausgegraben aus dem Sand, ihr grünmetallischer Stab mit der fast nackten kleinen Seejungfrau an der Spitze, und ich schaue durchs Fenster hinüber zum nahen Leuchtturm, der hinterm Kliffende kein Licht mehr gibt, stumm – als könnten Leuchttürme je sprechen, zu denen an Land.

Erst kürzlich habe ich auf einem meiner fliegenden Blätter, die ich für Sekundeneinfälle benütze, einen unkomischen Versuch entdeckt. Mein schöner Familienname ist ja ein Glücksfall, zumal für einen Autor. Darum habe ich das Blatt mit einer im Sylt-Tief hingeflachsten Figur namens »Seelenzwerg« zerknüllt und hätte es am liebsten verbrannt. Diese dünne Pointe. Nicht Tschechow, nicht mal Kaurismäki, nur Katzenjammer. Beim Schreiben hatte ich deswegen keine Blockade, ich konnte auch in der Tschechowtraurigkeit immer viel aufsaugen und ausdrücken, wie ein Schwamm. Das Leben schwammig. Kein eigener Biss. Keine Kante, bis Marie kam.

5

Ins Theater wollte Marie nicht mitgehen. Kaum drei Wochen vor unserem geplanten Flug nach Japan fuhr ihr ein Messer in die Bandscheibe. Eigentlich kein Wunder bei dem schweren Gerät mit Kameras, Stativ, Blitz, Reflektorschirm, das sie oft mit sich schleppt. Morgens, als sie nur den Kopf zum Aufstehen wenden wollte, kam ein Schrei, sie sank zurück ins Bett, und es dauerte, bis ich sie emporhieven und wie eine Behinderte etwas waschen und anziehen konnte. Da hatte ich schon in der Wohnung nebenan angerufen. Unser neuer Nachbar, dem wir bislang kaum mehr als zwei, drei Male im Treppenhaus begegnet sind, hatte uns gleich beim ersten Treffen seine Visitenkarte in die Hand gedrückt, »für alle Fälle«. Er ist Neurologe an der Charité und sorgte außer der Reihe noch am selben Tag für ein MRT. Angesichts der unklaren, aber trotz erster Versteifungen wohl »noch undramatischen Wirbelkonstitution« riet er Marie von jeglichem orthopädischen Eingriff ab und verschrieb gegen eine Nervenquetschung Schmerzmittel und Physiotherapien. Nach Japan in zwei oder drei Wochen, das würden wir sicher schaffen. Der Neurologe empfahl Marie eine Osteopathin und reichlich Wärme. Zum Schluss erwähnte er noch mal unsere Reise. Er sei selbst schon mehrmals in Japan gewesen. Japan beruhigt, sagte er. Japan tut Ihnen beiden gut.

Ich hatte Marie in die Charité begleitet, weil sie sich trotz einer schmerzstillenden Spritze nur schwer bewegen konnte, und so wunderten wir uns über diese letzte Bemerkung. Doch wenn

Ärzte sich optimistisch äußern, fragt man selten nach. Außerdem hing an einem Pinnbrett hinterm PC des Doktors der Spruch: *Sticks and stones may break my bones / But words will never hurt me.* Das gefiel uns.

Die Vorstellung am Abend würde mindestens fünf Stunden dauern, vielleicht sechs und noch länger. Das ist selbst für einen Rücken aus Hartgummi oder für Wagnergestählte eine Herausforderung. Also gehe ich alleine in die Volksbühne, wo der Regisseur Frank Castorf *Kaputt* inszeniert hat. Eine Phantasie über Leben und Stoffe des Schriftstellers Curzio Malaparte, eines Deutschitalieners, dessen Kriegsroman *Die Haut* ich mal in Neapel gelesen hatte. Malaparte beschreibt die Vesuvstadt nach der Befreiung von den Deutschen und dem Einzug der Amerikaner 1943 als ein Pandämonium aus Pest und Prostitution, doch im Theater erkenne ich davon in lauter flackernden Fragmenten und langen Videoprojektionen nicht viel wieder, auch nicht von Malapartes früherem Kriegsbuch *Kaputt*. Es herrscht eine irgendwie tote, lautstarke Aufgeregtheit, als sei's ein Karneval der Zombies. Vom selben Regisseur habe ich früher viel Tolles gesehen, und ein bekannter Berliner Theaterkritiker, den ich beim Eingang traf, hat gleich gemeint, ein Mal im Jahr muss Castorf sein, sonst schläft der ganze Laden ein. Gott sei Dank, sage ich mir, als auch ich meinen Rücken spüre und die Lider schwerer werden, Gott sei Dank bin ich kein Theaterkritiker. Irgendwann ist dann Pause, und im Gedränge Richtung Foyer tippt mir jemand auf die Schulter. Hallo, ich habe Sie vor uns sitzen sehen, wie gefällt es Ihnen?, fragt eine junge Frau. Ich drehe mich um, eine schwarze Mähne und diese weißblonde Strähne. Giulia. Giuliana. Aus Herculaneum, Hamburg, Osaka. Ich bin total perplex. Sie sind, du bist nicht in Japan? Die Karte im Sommer mit dem Fuji drauf? Nein, da sei sie nicht mehr. An der Foyerbar stellt sie mir ihren Begleiter vor, einen mittelgroßen Mann meines Alters, eleganter grauer Anzug mit schwarzem V-Pullover ohne Hemd, Fünftagebart. Er sagt Nikolaus Brunner oder so ähnlich, sie nennt ihn Niccolò, er arbeite an der deutschen Botschaft in Rom. Und was bringt Sie hier ins Berliner Theater? Herr Brunner oder Niccolò ist Kulturreferent der Botschaft und sagt, dass er eigentlich wegen eines Herbsttreffens im Auswärtigen Amt in Berlin sei, sich jedoch für Malaparte interessiere, dass er vielleicht sogar eine Biografie über ihn schreiben wolle. Eine Biografie? Ja, das überlege er, denn es gebe da noch nichts Fundiertes in Deutschland, erstaunlicherweise, weil Malaparte ein so abenteuerliches Leben geführt habe, voller Begegnungen mit den kulturellen und politischen Größen der Welt, und als Kriegskorrespondent und Romancier habe er als Erster über den Holocaust geschrieben. Zunächst, sagt Brunner, hielt man das für Fiktion. Einbildung und Realität gingen da auch täuschend durcheinander.

Ich schaue bei dieser Bemerkung Giulia an. Die grüne Bronzefrau in den Dünen, die Fujikarte nach Sylt. Sie wirkt etwas fülliger als in meiner Erinnerung, lacht mit sehr schönen blitzenden Zähnen, duzt mich nun und erzählt etwas von einer plötzlichen Trennung. Gerne hätte ich wieder in ihre zweifarbigen Katzenaugen geblickt, doch ihre eben noch ins Haar gesteckte, dunkel getönte Brille hat sie nun aufgesetzt. Trennung von wem oder was? Von einem Japaner, der Skulpturen von ihr in 3-D produziert habe, offenbar, soweit ich es in dem Theaterpausenlärm verstehen kann, mit einer neuartigen holografischen Technik. Ganz futuristisch. Er mache auch sonst »so unheimliche Sachen«. Aber, meint Giulia, das sei jetzt kein Thema mehr. So, als hätte sie mit dem Diplomaten aus Rom auch die Zukunft schon überholt.

Am Ende der Pause geben wir uns einen doppelt hingehauchten Abschiedskuss. Als ich mich im Saal später nochmal umdrehe, eine diskrete Wirbelgymnastik, entdecke ich die beiden drei Reihen hinter mir, nach weiteren zwei Stunden sind ihre Sitze leer, und als gegen zwölf auf der Bühne nur noch schwarze Wasser fließen und die Schauspieler darin wie im Delirium robben, gehe auch ich hinaus in eine überraschend stille Berliner Oktobernacht. Auf dem leeren Vorplatz, mit Blick auf die rötlich silberne Kugel des Fernsehturms, bin ich mir jetzt nicht sicher, ob ich das Wiedersehen mit Giulia nur geträumt habe.

Marie ist noch wach, sie hört Barockmusik, ein Stück mit Cembalo und Harfe im dunklen Schlafzimmer, aber ihr Gesicht ist vom bläulichen Widerschein des Tablets erhellt und ihr Haar noch feucht vom Duschen. Ihre Locken ringeln sich wie kleine Schlangen. Hallo Juli, wie war's? Sie zieht ein warmes Kirschkernkissen von den Schultern, stellt den Computer aus und rollt sich zu mir. Erzähl's mir morgen. Als ich ein paar Minuten später mit ihr schlafen will, lächelt sie und grummelt: Auch besser morgen, müde, Nacht. Am nächsten Morgen umarmen wir uns, und sie sagt: Julius, ich bin schwanger.
Das hatte ich lange nicht mehr. Ich schaue sie an, schlage die Bettdecke zurück und küsse ihren Bauch, lege mein Ohr auf ihren Nabel, höre nur das Burbeln und Glucksen und sage, ganz klar, es wird ein Junge. Oder ein Mädchen. Oder beides! Ich dachte, ein Huhn, sagt Marie, und wir flachsen. Das legt goldene Eier. Nein, nein, Marie deutet auf ihren noch ungewölbten Bauch, es ist mein Söhnchen, und er hat goldene Eier!
So umspielen wir alle Rührung und die Zäsur. Sie weiß es seit gestern. Seit gestern sei sie sich sicher. Mir war vor einigen Tagen mal aufgefallen, dass Marie nicht mehr rauchte, aber ich hatte nicht gleich was gesagt, denn solche Entzugserscheinungen gab es schon früher. Ich selber rauche auch immer seltener, wenn überhaupt Zigarillos, ohne Sucht und meist nur nach dem Essen, im Freien. Marie nennt mich deshalb eine Sommerwolke. Ob das mit der Schwangerschaft jetzt einen Einfluss auf die Japanreise hat? Sie sagt, nein, wieso? In den ersten Monaten seien Flüge doch risikolos. Ihre Fotoaurüstung könne sie, falls nicht

wieder die Bandscheibe streike, auch noch eine Weile rumschleppen. Aber sie habe jetzt eine Frage.

Eine Frage?

Na, ob wir nicht heiraten sollten. Heiraten wollen.

Ja, aber wie, demnächst geht unser Flug.

Marie sagt, sie habe das schon mal gecheckt. Wir könnten unsere Papiere, Geburtsurkunde und so, auch nach Japan mitnehmen und dort heiraten. Ob das in Kyoto gehe, wisse sie nicht, aber das nächste deutsche Generalkonsulat sei in Osaka, nicht weit, die würden alles Standesamtliche übernehmen. Es ist nicht Gretna Green!

Ich nicke und wundere mich, dass eine junge Frau in Maries Alter Gretna Green überhaupt kennt. Mir selbst ist der weiblich klingende Ortsname bloß noch als schottisches Schemen erinnerlich, ein Hochzeitsnest für minderjährige Paare, zu Hippiezeiten. Also ja, ich freue mich, natürlich freue ich mich, es ist erst meine zweite Ehe, und dann in Japan! Keine Kirschblüten im Oktober, dafür male ich uns einen Regen von weißen Rosenblättern aus. Oder hättest du lieber rote? Marie nimmt das als Scherz, schüttelt unbestimmt den Kopf und schaut glücklich aus. Schwangere Frauen sind die schönsten, sage ich ihr. Später suchen wir unsere Geburtsurkunden und ich dazu meine Scheidungspapiere.

6

Inzwischen habe ich meine Tochter Marlene in Kalifornien angerufen und ihr erzählt, dass sie nächstes Jahr ein, ja ... Halbgeschwister bekomme, dummes Wort, wie ein Halbmensch, und ich hörte über die Entfernung hinweg erst ihre stumme Verblüffung, dann sagte sie plötzlich ganz nah: Wie schön, und pass auf.

Besser als auf dich?

Ja, besser. Das wäre gut.

Zusammen mit Marie hatte ich in den letzten Wochen auch ein Exposé für einen Fernsehfilm mit dem Arbeitstitel *Der Maestro* verfasst. Die Geschichte des scheinbar dementen Pianisten. Marie meint, als Maestro bezeichne man eigentlich nur Dirigenten, aber der große Alte könne ja auch Dirigent und Pianist gewesen sein, wie Liszt oder Barenboim, die Dirigentenrolle ließe sich in Rückblenden noch verstärken, das sei filmisch überhaupt wirkungsvoller, nur dement dirigieren ginge halt nicht, zumindest weniger gut als entrückte Träumereien am Flügel. Ich habe zunächst für einen Titel wie *Der alte Meister* oder *Das alte Wunderkind* plädiert. Ebenso wie meine Agentin Lissy war Marie jedoch strikt gegen das Wort alt und alles, was auch nur andeutungsweise etwas vorab verraten könne. Lissys Anwalt hatte angeboten, eine Kopie des Skripts bei ihm mit Eingangsstempel zu hinterlegen. Nun ist mir noch ein junger Cousin eingefallen, den ich lange nicht mehr gesehen habe. Er ist Jurist und mittlerweile wohl Sozius einer größeren Kanzlei mit Büros in Berlin und Dresden. Als ich ihn in Dresden erreiche, sagt er, natürlich ginge das mit der Hinterlegung, zumal sie das auch notariell beglaubigen könnten. Aber lieber sei's ihm, wenn ich noch mit Dr. Krieger sprechen würde, Edvard Krieger, seinem Seniorchef, der als Kunstanwalt in Urheberrechtsfragen eine Kapazität sei. Dieser sei selten, allerdings gerade heute in der Kanzlei, er wolle gleich versuchen, mich zu verbinden.

Hierauf schweigt die Leitung wie tot, bis als Wartemelodie ein zartes, mit wenigen Strichen leise anschwellendes Violinmotiv aus dem Hörer dringt und dann: Krieger, Sie wollen sich gegen geistigen Diebstahl wappnen? Der Senior hat eine helle Stimme, heller als mein Cousin, und wirkt dadurch überraschend jung. Natürlich können Sie Ihr Exposé bei uns deponieren. Das Problem ist nur, dass es keine ästhetischen Patente gibt. Wenn Ihr Werk nicht in überprüfbarer Weise fixiert und möglichst auch veröffentlicht ist, was wollen Sie tun? Ich antworte, mir gehe es nur um die Grundidee einer Spielfilmhandlung, weil diese auch auf ganz andere Handlungsrahmen übertragbar wäre, und wenn jemand den Einfall aufschnappe und dann schneller sei, wäre das Projekt von mir und meiner Partnerin Marie Bach wohl erledigt. Der Anwalt lächelt hörbar und fragt: Ihre Partnerin ist die Fotografin Marie Bach? Dann fügt er an: Die Gedanken sind frei. Ein gewiefter Nachahmer könne sich in solchen Fällen leicht als Vorahmer darstellen oder als Parallelerscheinung im unbegrenzten Reich der Phantasie. Im Streitfall müsse man folglich beweisen, dass der Plagiator die Idee, die ja selbst eine Fiktion sei, aus dem fraglichen Entwurf kopiert und ungeachtet möglicher Variationen im Kern plagiiert habe. Ich weiß ja nicht, um was es geht. Als ich frage, inwieweit er dazu Andeutungen hören wolle, jetzt am Telefon, wehrt Dr. Krieger schnell ab. Nein, lieber Herr Seelenberg, das Risiko bleibt ohnehin bei Ihnen, schicken Sie uns die Seiten, wir beglaubigen Inhalt und Zeitpunkt. Wir könnten als Anwaltskanzlei auch in Ihrem Namen den Versand an einzelne Sender oder Produzenten übernehmen, das wäre etwas ungewöhnlich, nur ein symbolischer Wink, wie ein Fahrradschloss, das jeder knacken kann und das uns dennoch in größerer Sicherheit wiegt. Und wissen Sie, was? Sie könnten auch ganz einfach nur das tun, was besorgte Autoren schon früher gemacht haben.

Nämlich was?

Sie schicken Ihren Text per Brief an Ihre eigene Adresse. Mit dem Poststempel heben Sie ihn dann ungeöffnet bei sich auf. Bis alles in trockenen Tüchern ist.

Ich verstehe, muss lachen. Noch so ein Einfall, der Kunstschütze zielt zum Beweis auf sich selbst. Als ich Marie von dem Telefonat erzähle, sage ich, dass der Anwalt ihren Namen gekannt habe. Ein Kunstanwalt. Mich kannte er offenbar nicht. Marie sagt: Bitte mach das mit dem Brief und adressier ihn an mich. Ich kriege so selten einen Brief von dir! Und schreib mir noch was Schönes rein. Wir öffnen ihn erst nach deinem Tod, ich meine, ich öffne ihn –

Reizender Gedanke …

Ja, du bist nun mal der Ältere, und Männer sterben früher. Liebster, ich werde dann sehr traurig sein, doch auch ein wenig glücklich, weil ich noch etwas von dir lesen kann. Aber steck mir keine DVD mit rein!, sagt sie mit ihrem koketten Vorderbiss.

Am nächsten Tag schicke ich das Exposé an die Dresdner Anwaltskanzlei und ein zweites Exemplar an Marie. In den Umschlag für sie lege ich ein paar Liebesbriefzeilen und zitiere eine Strophe von Friedrich Rückert, die ich auswendig weiß, seit meine Mutter sie in der Todesanzeige für meinen im vergangenen Jahrhundert von einem Auto überfahrenen jüngeren Bruder verwendet hatte: *Du bist ein Schatten am Tage / Und in der Nacht ein Licht. / Du lebst in meiner Klage / Und stirbst im Herzen nicht.* Oder ist das zu sentimental, in dreißig, vierzig Jahren?

7

Wir fliegen in einem nicht voll besetzten Airbus 380. Business Class im Obergeschoss, auch ich, dafür habe ich mein Meilenkonto geplündert, weil Business zu Maries Einladung gehört und sie entschieden hat, dass eine Japanreise in getrennten Klassen nicht infrage komme. Zur Einstimmung haben wir die Taschenbuchausgaben mehrerer Murakami-Romane mitgenommen, die Marie alle noch nicht kennt. Als Einstieg hatte ich ihr den *Tanz mit dem Schafsmann* empfohlen, einen schon etwas älteren metaphysischen Thriller, in dem auch eine exzentrische Fotografin vorkommt. Sie gab mir dafür *Der glückliche Hiob* von Jonas Hecker, das war vor einigen Jahren ein Bestseller. Ich habe den Roman nie gelesen, nur zuletzt die Nachricht mitbekommen, dass der Autor seit diesem Sommer auf einer Insel vor Sizilien verschollen sei. Auch das ist ein »metaphysischer Thriller«, meinte Marie, und sie wies mich als Anregung für unser noch immer schwebendes *Handzeichen*-Projekt auf die Anfangsszene des Buchs hin, die alles Weitere in Gang setze. Eine Wahrsagerin lese da aus der Hand des namenlosen Romanhelden die Botschaft, dass er das, was ihm das Liebste sei, töten werde, und es bleibe, ohne dass sie zu viel verrate, sehr lange offen, ob die vorausgesagte Tat einer Freundin, einem Verwandten, ihm selbst oder einem anderen Menschen oder nur einer bestimmten Sache gelten würde. Ganz großartig sei aber schon das Handlesen für sich, weil auch der Leser gleichsam an die eigene Hand genommen und in eine sonderbare Innenwelt der Lebenslinien geführt werde. Außerdem sei Jonas Hecker ein Schulfreund, ja ein Klassenkamerad von ihr gewesen und sie habe das praktisch einzige existierende Foto des Schriftstellers gemacht, der sich sehr früh bereits jeder Öffentlichkeit entzogen hatte. Nur dieses eine Porträtbild habe Hecker dann für den Buchumschlag und die Verlagswerbung freigegeben. Ich finde allein schon den Titel verlockend, ein glücklicher Unglücksrabe, sagte ich zu Marie. Ihr Schwarz-Weiß-Foto, das auf die Rückseite des Taschenbuchs neben all die hymnischen Zitate aus internationalen Kritiken gedruckt ist, zeigt einen dunkelblonden jungen Mann mit Schal und hochgeschlagenem Kragen, ein feines Gesicht, nur die Haut scheint etwas grobporig, wie Spuren von Pocken. Sie habe das Foto »unter sonderbaren Umständen« machen müssen, erzählte Marie. Es war an einem nasskalten Herbsttag im Wald, Jonas wünschte sich ausdrücklich keinen Termin bei schönem Wetter und bestand auf Film, auf analoger Fotografie, und nach dem kurzen Shooting habe er sich erbrochen. Ja, erbrochen, er müsse »das jetzt wieder auskotzen«, habe er gesagt und sei in den Wald, es war der Odenwald bei Amorbach, auch das war sein Wunsch, hineingelaufen; erst sei er nur wie betrunken zwischen die Bäume gewankt und habe »weg, weg, bitte lass mich allein!« gerufen, darauf sei er hinter einer Anhöhe voller Bruchholz verschwunden. Am nächsten Tag habe er sie kurz angerufen und gesagt, es täte ihm leid. Aber es gebe »keine Alternative«. Später habe Jonas Hecker auf den Kontaktbogen, die sie ihm in den Verlag gesandt hatte, alle Bilder bis auf das eine durchgestrichen. Ohne Erklärung.

Als nach einigen Stunden der Service vorüber ist und uns die asiatische Nacht umfängt, wird das Fluginnere wie üblich abgedunkelt. Wir lesen noch etwas, Marie hört Musik übers Handy und zappt sich durchs Bordfilmprogramm, das einzig Interessante, den Liebesreißer *Gone Girl*, kennen wir beide schon, und als wir uns in unsere Schlafkojen legen, schlupf ich mit unter Maries Wolldecke.

Wir sind jetzt nicht in Sibirien, wir sind irgendwo überm Himalaya. Unter uns stapft der fürchterliche Schneemensch und schaut zum Himmel empor. Seine glühenden Augen erkennen in der nächtlichen Höhe nur einen blitzenden Punkt, das sind wir. Der fürchterliche Schneemensch, so nannte ihn mein Vater, wenn er mir als Kind die Geschichten vom Yeti erzählte, dessen riesigen Fußabdruck man ab und an am Rande der Gletscher gefunden habe. Marie hat vom Yeti noch nie gehört. An den Yeti, flüstere ich in ihr Ohr, habe ich lange geglaubt. Die schönsten Schreckgeschichten des Vaters hatten sich entweder um eine von ihm erfundene Verbrecherbande namens *Die schwarze Hand* gedreht, die hieß so wegen ihres Zeichens am Tatort, oder um diesen fürchterlichen Schneemenschen. Marie antwortet, sie habe als junges Mädchen am liebsten eine Kassette von *Robinson Crusoe* gehört, auf der die Vogelschreie, das Meer und das Rauschen und Klappern der Palmblätter einen super Sound ergeben hätten, dazu gab's auch eine Art Sphärenmusik, ganz leise, als der einsame Robinson am Strand seiner Insel plötzlich den Fußabdruck von Freitag entdeckt habe. Diesen Einfall finde sie immer noch genial, vielleicht sei er der tollste in der gesamten Weltliteratur. Ein Abdruck im Sand, und alles ist anders!

Stell dir vor, die Sonden und Satelliten im All senden uns weiter ihre Millionen Daten, und mit einem Mal ist auf einem der vielen Bilder von irgendeiner kahlen krustigen Oberfläche ein fremder Abdruck zu sehen. Auf einen Schlag hätte sich unsere Existenz für immer verändert: Wir sind nicht allein! Es wäre das größte Foto aller Zeiten.

Und du hättest es nicht gemacht!

Marie schiebt ihre Fensterklappe hoch, doch die Scheibe ist zu beschlagen, um die Sterne oder unter uns Konturen des nächtlichen Erdteils zu sehen. Nur Schlieren und Schwärze. Mir ist's zu kalt dort draußen. Maries Finger weist in Richtung der unsichtbaren Galaxie. Aber wenn ich einen Wunsch frei hätte, dann würde ich gerne einen Alien fotografieren. Als Erste! Sie lacht mich im Halbdunkel an, zieht die Fensterklappe wieder runter und setzt die Schlafmaske aus dem Nachtset auf. Inzwischen haben sich auch die Stewardessen von den dösenden Passagieren zurückgezogen, der dumpfe Bass der Turbinen lullt uns ein, da fahre ich über Maries schwangeren Bauch. Zum Schlafen hat sie den Bund ihrer Jeans geöffnet, und meine Hand schlüpft unter der Decke in ihren Slip, sie schüttelt leicht den Kopf, aber die Hand macht weiter. Als wir uns kennengelernt hatten, war Marie dort unten rasiert, aber weil ich die neuen Pädopornoglatzenmösen nicht so mag, hat sie wieder einen schmalen Flaum, und als sie unter dem Flaum sich öffnet und ihren Kopf mit dem heißer werdenden Atem zu mir wendet, küsse ich vor den Lippen erst ihr babyweiches Ohr und flüstere wieder, was in der Liebe wechselweise unsere Erkennungsverse sind, flüstere: *Werden wir noch einmal wandeln / unter Feigenbäumen und Mandeln?* Und Marie nickt, ja, dabei haben ihre Finger nun meine Hose geöffnet, und Marie sagt: So hoch oben, über dem Himalaya, habe ich es noch nie gemacht.

8

Kreisen im Morgendunst. Auf der Grafik des Bordmonitors ist der Flieger vor der Küste Tokios noch über dem Meer. Als es tiefer geht, treiben wir durch die Wolken, sehen aus den Luken nichts vom Land oder von der Stadt. *Sorry Ma'am, no view of Mount Fuji in the dawn today*, sagt ein Steward zu Marie, die in einem bebilderten Reiseführer blättert. Auch werde sich die Landung verzögern, der Luftraum über Tokio und Yokohama sei heute Morgen noch voller als gewöhnlich. Etwas später meldet sich der Kapitän aus dem Cockpit und kündigt an, dass unsere Maschine »aus Sicherheitsgründen« von Haneda zum Flughafen Narita umgeleitet werde. Shit, meint Marie, am Haneda Airport wartet ein Fahrer auf uns. Haneda sei viel näher an der Stadt. Als wir dann zwei Stunden verspätet in Narita landen, checkt Marie sofort ihr Smartphone und liest die Nachricht einer Mitarbeiterin des Goethe-Instituts. Es habe in Haneda wohl eine Explosion gegeben. Wir sollten am einfachsten einen Bus nehmen, die Fahrt dauere nur etwa anderthalb Stunden, also am englisch beschilderten Infotresen nach dem Bus zum Imperial Hotel fragen und dort in ein Taxi zu unserem kleineren Hotel in Akasaka umsteigen. Die Portiers des Imperial könnten den Taxifahrer, der die Adresse sicher nur auf Japanisch verstehe, entsprechend instruieren, die Kosten würden später übernommen. Ich finde so was super, das ist die größte Stadt der Welt mit dreißig oder vierzig Millionen Einwohnern, und wir nehmen den nächsten Bus!

Marie gähnt kurz, wirft mit einem Ruck ihre verstrubbelten Locken zurück und deutet einen Ausfallschritt an, dazu wohl irgendeinen Waza-Griff. Sie kann Aikido, ich glaube, sie besitzt einen dieser Gürtel der unteren Meister. Hey, komm hoch, ruft meine Freundin, von deren japanischen Kampfkunstzeiten ich immer nur gehört hatte, hör auf zu meckern! Tokio explodiert, und wir sind am Leben!

Als wir von unseren ersten Yen aus dem Bankomaten zwei Bustickets kaufen, reicht uns die junge Frau am Schalter eine grüne Plastikkarte mit der Nummer 24. *Look for this number outside.* Wir fahren unseren Gepäckwagen vor dem Flughafen an einem bunten Schilderwald vorbei bis zum grünen Schild mit der Nummer 24, wo mir ein uniformierter Dienstmann mit einer Verbeugung das Nummernkärtchen abnimmt, die Gepäckstücke vom Wagen exakt innerhalb mehrerer markierter Rechtecke auf dem überdachten Wartesteig platziert und uns bedeutet, direkt daneben Aufstellung zu nehmen, wie die anderen Reisenden. Irgendwie erwarte ich, dass der gute Mann gleich noch eine Spraydose hervorzieht, wie die Fußballschiedsrichter vorm Freistoß. Das alles vollzieht sich sonderbar lautlos, selbst die vollbeladenen Geprächwägen gleiten über den Asphalt wie Bahren auf gummiweichen Krankenhausfluren, nur in der nebligen Luft hängt noch das an- und abschwellende Flugzeugbrummen. Währenddessen rollen die Busse gleichfalls sehr leise im Minutentakt heran und werden schon bei der Ankunft, obwohl noch unbesetzt bis auf den Fahrer, von den aufgereihten Damen und Herren des Gepäckpersonals mit zusammengelegten Händen und der japanischen Verbeugung begrüßt. Das Ritual wiederholt sich kurz darauf auch bei der Abfahrt, und ich denke, jede Reise, selbst auf vermeintlich vertrauten Wegen, braucht wohl ihren Segen.

9

Drüben, hinter den Hügeln am niedrigen Horizont, könnte man bei klarem Wetter auch den Fuji sehen. Und dort hinter den Docks am Meer wäre euer Flughafen gewesen. Kazuko von der deutschen Botschaft erzählt auf der Aussichtsplattform des Mori Tower auch von der Explosion in Haneda. Bei dem Begrüßungsessen, zu dem uns gestern Abend anstelle des an den Folgen eines

Schlangenbisses erkrankten Goethe-Institut-Leiters der Kulturreferent der Botschaft in ein italojapanisches Fusion-Restaurant eingeladen hatte, war noch von einem terroristischen Anschlag die Rede gewesen. Polizei und Innenministerium hätten eine politische Sekte im Visier. Kazuko, die junge Assistentin der Kulturabteilung, die in Gelsenkirchen geboren ist, meint dagegen, der Selbstmordattentäter in der Ankunftshalle des Haneda Airport sei nach neueren Informationen ein entlassenener Patient der Psychiatrie gewesen, offenbar ein früherer Wachmann am Flughafen, ein Einzelgänger. Seine Sprengladung habe zwölf Menschen mit in den Tod gerissen, und Zeugen wollen gehört haben, dass der Mann vorher mehrfach die Worte *ni-ju-shi* gerufen habe, das sei die Zahl vierundzwanzig.

Hat die Vierundzwanzig in Japan eine besondere Bedeutung?

Eigentlich nicht. Außer dass die Vier ähnlich wie in anderen asiatischen Ländern als Unglückszahl gilt, und, fügt Kazuko mit einem Kichern errötend hinzu, bei manchen Männern ist es vielleicht eine unsaubere Anspielung … ich weiß das nicht so genau.

Ich verstehe, sage ich und verstehe doch nur, dass eine weitere Nachfrage bei der kleinen Japanerin mit der karottenfarbenen Ponyfrisur irgendwie aufdringlich wäre. Wir schauen uns um. Ein Himmel hier oben wie auf den Herbst- oder Wintergemälden eines alten Niederländers. Oder sind es mehrere Himmel? Übereinandergeschichtete Wolkenbänke, zwischen denen milchige Inseln aufreißen und versinken und Strahlen einer kalten Sonne für Momente durchjagen, als sei sie ein Tagmond im Widerschein nur eines anderen, ferneren Lichts. Über dieser Hochhausmaschine aus Stahl und Glas auf den Roppongi-Hügeln inmitten der City ein alteuropäischer Malerhimmel und darunter, zweihundert Meter unter der Dachplattform, die einem Amphitheater rund um einen Hubschrauberlandeplatz gleicht, der steinerne Teppich der Stadt. Er lässt kein bestimmtes Muster erkennen, es ist ein von inneren Energien zusammengehaltenes Ornament der mal himmelhoch trutzigen, mal eng geduckten Massen und Schneisen, breite und lang gestreckte oder dicht verwimmelte, drunter und drüber verquer gewebte Asphalt- und Betonbänder, durchsetzt von einigen grünen Flecken, das sind wohl die kaiserlichen oder bürgerlichen Parks. Ferner im Osten und Süden schier endlose Landzungen im Meer, das daliegt wie ungeputztes Silber. Marie fasst mich bei der Hand, als ein Wind einsetzt, fast ein Sturm, erst eine eisige Böe, die sich sekundenschnell erwärmt, und die Luft wird nun gläsern violett und lichtgestreift, als der Tagmond jäh als Herbstsonne vorbricht. So könnte es bleiben. Wir sind auf einer Insel im Pazifik und nicht an der Nordsee, denke ich, aber schon ist das Intermezzo vorbei. Bevor sich gegen Abend das graue Gewimmel unter uns irrlichterloh entzündet, bleibt Tokio in der Tiefe ein schlafender Riese.

Frau Oishida empfängt uns im 53. Stock des Mori Tower vor einer gläsernen Wand, die der Stadt draußen einen bläulichen Schimmer gibt. Gerade schwebt ein Helikopter vorbei, wie ein Libellenfisch im Aquarium. Frau Oishida ist Kuratorin des Mori Art Museum, das hier zeitgenössische Kunst präsentiert. In einem der Foyers hängen Plakate früherer Ausstellungen, internationale Namen, Pipilotti Rist, Koki Tanaka, William Kentridge, Céleste, Ai Weiwei, Cindy Sherman. Die elegante grauhaarige Kuratorin führt uns durch eine Galerie mit Videoinstallationen von Jacob Kirkegaard: die Ruinen von Tschernobyl und die Landschaft um Fukushima im Schnee. Marie interessiert sich mehr für eine zweite Schau, die *Arab Express* heißt. In einem Nebenraum zeigt sie die Serie eines inzwischen in Beirut lebenden syrischen Fotografen. Vor dem Bürgerkrieg hat er jeweils bei Tagesanbruch verschiedene Plätze oder Straßenecken in Städten seines Landes fotografiert. Es sind schöne, stille Bilder, manchmal säumen Palmen und dahinter Gärten und Villen die in der rotgoldenen Dämmerung noch menschenleeren Szenarien. Nur die Bildlegenden verraten, dass es Orte sind, an denen öffentliche Hinrichtungen vollzogen wurden.

Während Kazuko mit mir zu Füßen des Mori Tower noch einen Nachmittagsspaziergang macht durch das von Coffeeshops, Galerien, Boutiquen gesäumte Quartier, hat Frau Oishida Marie in ihr Büro gebeten. Das Museum plant eine Präsentation der *Handzeichen* im nächsten Jahr, und Marie möchte ihre Auswahl bis dahin um einige japanische Exemplare erweitern. Abends sind wir von der Kulturstiftung, die Maries Reise bezahlt, in das Roofrestaurant eines Hotels in Shinjuku eingeladen. Vom Lift zum Restaurant führt uns ein Steg über einen künstlichen Bach mit tropischen Pflanzen durch einen gläsernen Flur, hinter dessen Wänden kleine Haie schwimmen. Der Mäzen und Präsident der Stiftung lässt Marie durch eine Assistentin einen »glücklichen Aufenthalt« wünschen, er selber möchte sie demnächst, wenn wir in Kyoto seien, in sein Haus am Meer einladen. Soweit ich die von Kazuko übersetzte Begrüßung verstehe, gehören zu unserer Tischgesellschaft einige Kunsthistoriker, Kritiker und Galeristen, neben Marie sitzen auch zwei Künstler, der eine, ein älterer Punk mit Ohrringen, macht »sensuelle Videos«, was immer das heißt, der andere sei Keramiker, der Schüler eines gerade verstorbenen Großmeisters. Der Keramiker spricht Französisch, besser als ich, und hält mich offenbar für einen deutschen Theaterregisseur. Er selber arbeite auch häufig als Bühnenbildner, zuletzt für eine Aufführung von Tschechows *Drei Schwestern*, eine sehr moderne Kabuki-Version, dabei wurde die jüngste Schwester, Irina, von einem kleinen Roboter gespielt. Das hätte ich gerne gesehen, wir tauschen unsere Visitenkarten aus, als mein Französisch versagt. Viele schwirrende Gespräche, die ich wegen des Jetlags oder der nicht immer ganz deutlichen Aussprache dieser mitunter auch Englisch oder Deutsch sprechenden Damen und Herren kaum begreife. Das Restaurant ist sehr dunkel, doch hinter den bodentiefen Fenstern pixeln myriadische Leuchtreklamen, und ich denke, da draußen, das ist gar nicht wirklich die Stadt, das ist die Animation eines Tokiofilms, in dem lauter Tokiofilme laufen, mit Botschaften, die in den Augen des schriftblinden Betrachters nur quietschbunte elektronische Ornamente ergeben. Für mein müdes Hirn wirkt das wie eine sanfte Wachfolter, aber wir müssen es genießen, sagt Marie mit tanzenden Ringen unter den Augen, und das Essen ist umwerfend. Teigtaschen mit Austern gefüllt, süße rohe Garnelen in gerösteten Blütenblättern, marinierte Wunderfische, Fleischpflanzenträume, irgendein Seeigelkompott. Mir gegenüber sitzt eine große junge Frau mit mächtigem Appetit, sie spricht das beste Englisch am Tisch und ist die Kunst- und Theaterkritikerin der Zeitung *Asahi Simbun* (vor mir liegt ihre Visitenkarte). Die Inszenierung mit dem Robotermädchen Irina hat sie gesehen, sie sei *quite abstract* gewesen und wohl schon abgelaufen. Ich sage, schade, und wechsle zum Kompliment für das Essen.

Hat denn die japanische Küche, die wir bei uns in Europa meist nur als Sushi im Exil kennen, eine … eine Art offenes Geheimnis?

You are suspecting, there is some magic non-secret?, fragt die Journalistin zurück, mit einem amüsierten Blinzeln. Sie wisse es auch nicht. Alle Japaner behaupteten, es liege zunächst mal am Reis. Die Chefs der Sushi-Lokale in der Nähe des großen Fischmarktes, wo auch ihre Redaktion sei und sie selbst nachts oft nach der Arbeit noch esse, die erklärten einem, wie ungeheuer wichtig es sei, dass ein Fisch zu jeder Jahreszeit in möglichst kaltem Wasser gefangen werde. Im Sommer müsse der Thun hundert oder zweihundert Meter tiefer gelebt haben als im Frühjahr, das sehe der Koch an der Farbe des Fleischs. Und meine Mutter, fügt die Kritikerin hinzu und klopft mit einem halblauten »Ha, ha« auf den Tisch, meine Mutter sagt: Nimm den Pilz aus dem Wald vom höchsten Berg und koche ihn mit dem Fisch aus dem tiefsten Meer, dann hast du den Himmel im Topf. *Heaven in your pot!*

10

Längst getrennt von ihren gehäuteten, zerteilten, zurechtgemetzgerten Körpern lagen die abgeschlagenen Köpfe von Kühen, Stieren, Ochsen auf dem von Blutpfützen und Wasserlachen glänzenden Boden, erzählt mir Marie, sie starren dich an, selbst wenn ihnen die Fliegen schon in den Augen nisten. Der Anblick schien ihr wie aus einer Vorzeit zu stammen, aus der Unterwelt von Menschen und Tieren, das war, sagt sie, in einem gruftigen Teil des ohnehin ganz düsteren Marktgewölbes im Herzen des alten Kalkuttas. Es war der Ort der muslimischen Schlachter, doch auch die angrenzenden Lammfleischereien der Hindumetzger wirkten für Marie archaisch im Morgengrauen. Den großen Markt hatte man ihr in Kalkutta empfohlen, darum war sie mit einem Führer dorthin in der Frühe aufgebrochen und glaubte, mit ihrer Kamera durch eine Installation von Hieronymus Bosch zu wandern. Sie habe sich nur zu bald in die bunte, warme Pracht der Gewürze gerettet, auch, um den klammen Blutgeruch aus der Nase zu bekommen. Das war ein paar Jahre bevor wir uns kannten. Marie hatte damals für den *Stern* die Durga Puja fotografiert, das ekstatische Fest der bengalischen Hindus, bei dem die von allen Bezirken und selbst der lokalen Mafia in Tausenden Höfen und Hütten gefertigten Statuen der schwarzen Göttin Kali blütengeschmückt in den Hugli River getragen werden. Kali, die Vielarmige, trägt einen Kranz von Menschenschädeln um ihren Hals. Marie erzählt mir in einem Teehaus bei unserem Tokioter Hotel auch von den Riten am großen Kali-Tempel, der nahe bei einem Slum mit dem Sterbehospiz von Mutter Theresa liege. Im Vorhof des Tempels wurden der Göttin der Stadt eine ganze Nacht lang junge Ziegen von einem Scharfrichter geopfert. Sonderbar zutraulich ließen sich die Zicklein zu einer kleinen Guillotine führen, und noch im Moment des Todes und danach, als ihre abgeschnittenen Köpfe in einem Korb gesammelt wurden, haben die Augen der kleinen Tiere so offen, so lebendig, ja wie erstaunt geschaut. Das hatte sie am meisten gerührt und erschreckt, und bei geköpften Menschen sei dieser Ausdruck des scheinbar nur angehaltenen Lebens wohl nicht anders. Nie, sagt Marie, habe sie sich eines der dschihadistischen Terrorvideos im Netz angeschaut, aber man könne diesen noch so unheimlich gegenwärtigen Blick der Enthaupteten auch auf alten Fotografien oder auf Gemälden sehen, bei den Darstellungen von Judith und Holofernes oder von Salome und Johannes dem Täufer. In Museen oder bei Bildbänden fühle sie sich von diesen Motiven besonders angezogen, um sie jedes Mal mit Grusel und Faszination zu betrachten.

Hattest du das Köpfen der Ziegen fotografiert?

Nein, sagt Marie. Ich habe schon krasse Sachen gesehen, in Kalkutta vögeln und sterben die Ärmsten ja auf den Straßen, aber ich fotografiere nicht das Sterben. Tote ja, wenn das … behutsam geht, Sterbende nie.

Ich bin über ihre Erzählung erst mal überrascht. Aber Marie spricht darüber, weil sie Fischgesichter fotografieren möchte. Du meinst, Fischköpfe?, frage ich. Ja klar, die Köpfe, aber vom ganzen Fisch, nicht schon abgetrennt, und jeden Kopf von vorne, als Gesicht. Außer in Aquarien oder wenn du selbst tauchst und schnorchelst, siehst du schwimmende Fische doch nur von oben. Und später nur im Profil, wenn sie im Laden liegen oder auf dem Teller. Ich will einfach richtige … frontale Porträts. Fischporträts?, frage ich noch immer verwundert, und Marie erwidert, dass sie reine Räume, Landschaften oder »tote Dinge« als Motive immer weniger interessierten. Selbst die Architekturfotos mit ihren Strukturen und Perspektiven, die sie früher gerne gemacht habe, seien für sie mittlerweile bloß noch austauschbar »dekorativ«. Sie suche das organische Leben. Oder Aliens! Ob mir übrigens einmal aufgefallen sei, dass Fische, wenn man sie exakt von vorne betrachte, ganz alte Gesichter hätten, selbst kleine junge Fische.

Hm. Fische haben keine Falten, wende ich ein.

Doch, geräuchert. Aber mir geht's um was anderes. Sie sehen so aus, als hätte … ein Wassergott oder die Evolution sie von Anfang an so geschaffen.

Also keine Evolution.

Mir scheint, dass Marie darüber schon länger nachgedacht hat. Wir essen auch häufig Fisch, ich mag Seafood sowieso am liebsten. Außerdem verschmäht Marie seit Neuestem Fleisch. Egal, meint sie, es sind die Münder, die Mäuler und ihre starren Augen. Ähnlich wie bei Schlangen oder Echsen. Oder äugen und blinzeln die? Basiliskenblicke, sage ich, und Marie meint, weiß nicht, aber sie finde Fische cooler, poetischer, sogar menschennäher als … Landratten. Die Lotte sieht aus wie eine hässliche Frau, und haben manche Männer nicht was von Karpfen oder von Haien? Marie möchte das einmal ausprobieren, spontane Probefotos machen. Auf dem Fischmarkt. Undine mit Kamera.

Während ich durch das Nationalmuseum und den Ueno Park streife, organisiert Marie über Kazuko Karten für die Frühbesichtigung des Tsukiji-Markts. Weil Tokios Fischmarkt, offenbar der größte der Welt, in jedem Reiseführer steht, ist vor allem der Zugang zur morgendlichen Thunfisch-Versteigerung eingeschränkt. Aber Marie ist Marie. So frösteln wir am nächsten Tag um halb fünf zusammen mit einigen amerikanischen und asiatischen Touristen vor dem Einlass zu einer schmucklosen Halle, Marie hat eine spezielle Fotoerlaubnis, doch drinnen macht sie davon mit ihrer kleinen Leica nur wenig Gebrauch. Die Thunfische liegen auf metallenen Paletten, zahllos in Reih und Glied, ein fast militärischer Anblick, weil all die schwarzgrauen bauchigen Körper an Bomben erinnern. Zwischen den einzelnen kompaniegleichen Abteilungen läuten die Händler zu Auktionsbeginn mit Handglocken und schreien, rattern, rasseln dann ihre Angebote herunter, lauter heisere Männer in Anoraks oder Daunenjacken mit Basecaps. Wie die Menge der Zwischenhändler und Abgesandten der Restaurants mit Zeichen oder Zurufen reagieren und ihre eigenen Gebote platzieren, verstehen wir natürlich nicht. Auch eine Freundin von Kazuko ist als Dolmetscherin überfordert, sie lächelt entschuldigend und erklärt schließlich, sie esse keinen Fisch. Nicht alle Japaner seien so fischverrückt. Gehilfen der Händler reißen ab und an mit Hakenstangen einen aufgeschlitzten Thun klaffbreit auseinander, dann leuchten die Käufer mit Taschenlampen prüfend in die blutigen Bäuche. Oft sind den Tieren auch schon die Köpfe und Schwänze abgeschlagen, vielleicht, um das offene Fleisch so besser beurteilen zu können. Marie sagt mir in das Geschrei hinein, das alles sei für ihre Absicht sinnlos, also schieben wir uns durch das Gedränge hinaus in eine andere Halle mit den Ständen der Einzelhändler. Marie vergleicht die Szenerie mit ihrer Erfahrung einst auf dem Markt in Kalkutta, denn auch hier liegen enthauptete Großfische auf dem blanken Steinboden, freilich alles in gleißendem Neonlicht, und die kleineren Fänge sind schon in Styroporkisten auf Eis gepackt. Mitunter begegnen wir noch lebenden Aalen in Schüsseln und bisher nie gesehenen papageibunten Quallen, Krebsen, pazifischen Rochen, doch selbst die Überfülle hat in der eiskalten Aufbahrung etwas Aseptisches, Industrielles. Wir fragen die Vertreterin von Kazuko, ob wir sie irgendwo anders zu einem Frühstück mit Tee und warmer fischfreier Suppe einladen dürften, aber das blasse Mädchen möchte jetzt lieber gleich höflich verschwinden. Auch uns schlägt diese Masse rohes Meergetier auf den unausgeschlafenen Magen.

Das Unternehmen hier war ein Fehlschlag. Marie müsste für ihre Fischporträts jeweils einzelne Exemplare bei speziellem Licht und eigens für sie aufgerichtet fixieren, das gehe sowieso nur unter Atelierbedingungen, nicht umsonst gehöre die Foodfotografie zum Heikelsten in ihrem Metier, trotz allen Make-ups bei der digitalen Bildbearbeitung. Gib's zu, Juli, dir kam das von Anfang an ziemlich bescheuert vor, der totale Rubbish! Aber man muss manchmal spinnen, sonst wird nie was aus irgendwas, sagt Marie, als von der Decke der Halle ein schriller Pfeifton einsetzt und gleich darauf Sirenen und Schreie aus der Menge, die wie auf ein Kommando zu laufen und zwischen den Marktständen zu drängen beginnt. Unter den Sirenen eine anschwellende Menschenflut, und ich denke, du darfst nicht innehalten, dich nicht drehen und rückwärts blicken, um nicht zu straucheln und zu Boden gedrückt zu werden. Da merke ich, ich habe Marie verloren, ihre Hand, ich sehe Marie nicht mehr, und die Masse presst mich weiter vorwärts aus der Neonlichthalle in einen dunkleren Gang zwischen Betonwänden und einzelnen großen Eisentüren, vielleicht Kühlräumen. Doch während sich die Flut nun staut und nichts mehr weitergeht, geraten die Menschen in der plötzlich stickigen, sich mit jeder Minute erwärmenden Luft erst richtig in Bedrängnis, das ist eine stillere, nicht mehr kreischende, nur mehr wimmernd schluchzende Panik, in der auch ich aufsteigenden Angstschweiß spüre wegen Marie. Neben mir erbricht sich eine Frau in ihren asiatischen Mundschutz und röchelt und droht einzuknicken, aber sie wird gleich weiter mitgeschleift, als eine neue Bewegung einsetzt und sich beschleunigt, als wäre der Knoten in einem Schlauch geplatzt. Der Korridor öffnet sich nun in eine Vorhalle, durch die im Hintergrund einige schwarz Vermummte laufen, das werden statt Attentätern wohl Sicherheitskräfte sein. Die mir unverständlichen Lautsprecherdurchsagen entfernen sich, sind nur noch ein Hintergrundrauschen, und ich stehe wie ausgespuckt an einer mehrspurigen Straße, auf der Polizisten mit blinkenden Leuchtstäben den Verkehr regeln, eine Schar Jediritter, als mein Handy summt und vibriert. Es ist Marie, die ich jetzt auf der anderen Straßenseite in ihren roten italie-

nischen Jeans und den kniehohen Stiefeln mit mir telefonieren sehe.
Später im Taxi checkt Marie die Fotos, die sie mit ihrer Leica im Gedränge gemacht hat, überkopf oder hautnah. Sie küsst mich und sagt: Sie sind ganz gut geworden, obwohl so schlamasselige Sachen, diese Art, diese … irgendwie aktionistisch dynamisch dahingewuschte Art von Reality-Shots nicht so mein Ding sind. Sie schüttelt ihre zerzausten Locken, nicht mein Stil, sagt sie. Später, als wir von Kazuko hören, dass eine junge Frau, eine schwangere Touristin aus Holland, auf dem Fischmarkt von einem Unbekannten niedergestochen wurde, der dann in der Menge untergetaucht sei, meint Marie, irgendwer auf ihren Bildern könnte auch der Täter sein.

Ich muss mir die Gesichter vergrößern und schauen, was Schrecken ist und was vielleicht … keine Ahnung, Lust oder Langeweile.

Am nächsten Morgen ruft uns sehr früh schon Kazuko im Hotel an. Es hat in der Nacht einen Anschlag auf einen der Tokioter U-Bahnhöfe gegeben. Eine Explosion, etliche Tote und Verletzte, vermutlich ein Selbstmordattentat, tagsüber im Berufsverkehr wäre das noch schlimmer ausgegangen. Auch die Attacke neulich im Flughafen Haneda sei vielleicht doch keine Einzeltat gewesen. Jedenfalls habe das Ministerium vorerst alle Bahnhöfe in Tokio geschlossen, in der Stadt herrsche Verkehrschaos. Sie habe uns im Internet neue Zugtickets für morgen bestellt und werde nachher die Villa Kamogawa in Kyoto informieren.
Unser nur fünfstöckiges, ziemlich familiäres Hotel in Akasaka liegt in einer ruhigen Seitenstraße, halbseitig zu einem kleinen Park mit einem Kinderspielplatz, da bekommen wir vom sonstigen Verkehr kaum etwas mit. Im Fernsehen laufen nun Interviews mit irgendwelchen Politikern, Polizeioffizieren und weinenden Angehörigen, die dazwischengestreuten Bilder einer

Überwachungskamera zeigen eine U-Bahn-Station, einen einfahrenden Zug und dann einen Blitz. Danach nur Trümmerbilder aus anderen Perspektiven, als hätte die Detonation auch die erste Kamera zerstört. Bei CNN und BBC-World wird aus dem Irak berichtet und aus dem Sudan, der Anschlag in Tokio läuft zunächst nur in einem Schriftband als Breaking News, bis ein Japan-Korrespondent erscheint und sagt, *Kamikaze is coming home*. Marie muffelt, dass »die hier« deswegen gleich den Fernverkehr mit lahmlegen! Ihre Stimmung hellt sich erst bei der Morgenlektüre der Mails auf. Schau mal! Marie reicht mir das Tablet mit der Nachricht ihrer Londoner Agentur, dass die Fotoabteilung des Museum of Modern Art in New York vierzig Bilder ihrer *Handzeichen* ankaufen möchte. Ein Erwerb der ganzen Serie von derzeit 240 Fotos sei noch offen, das hinge auch davon ab, ob Marie das Projekt fortsetzen wolle. Das will ich, nickt Marie, ihr gefielen die japanischen Hände. Sie tippt etwas in ihr Tablet und sagt, Kyoto, »die alte Kaiserstadt«, sei viel größer, als sie gedacht habe, anderthalb Millionen Einwohner, dort also schon jede Menge Auswahl, »und Kyoto ist ja nicht alles«.

Als Marie aus der Dusche kommt, frage ich: Warum bewegt dich dieser U-Bahn-Anschlag so wenig?

Woher weißt du das?

Du reagierst ziemlich cool auf das, was hier gerade passiert.

Cool? Also hör mal, was sollen wir denn machen? Marie mit ihren noch nass glänzenden Schlangenlocken sieht mich an. Ach ja, mein liebster Weißselbstnichtwohin denkt über unser Leben nach, nur weil da draußen ein … ein Unglück mehr in der Welt geschieht!

Das ist jetzt übertrieben. Aber –

Aber was? Weißt du, wie oft mir schon angeboten wurde, irgendwelche Katastrophen zu fotografieren, ohne dass ich dir davon erzähle? Oder soll ich die neuen Armen, die unter den Berliner S-Bahn-Brücken schlafen, porträtieren oder in afrikanische Flüchtlingslager fahren und damit mein Geld verdienen?

Du kannst das Honorar spenden …

Um mein Gewissen zu beruhigen, na wunderbar!

Sorry, Marie, das wird jetzt blöd.

Find ich auch. Ich bin keine Reportagefrau, und was die ganzen Biennalen und die Magazine wollen, ist genau die Reality-Kunstkacke, die nicht stinkt, aber draufhält auf die Scheiße. Juli, ich soll mich nicht aufregen, lassen wir das.

11

Wir haben den Fuji noch immer nicht richtig gesehen. Die Fahrt im Shinkansen-Express führt auf halber Strecke am Fuß des Bergs vorbei, doch sein aus der Ebene aufragendes Massiv ist ein Torso, die obere Hälfte bis zum Gipfel in Wolken gehüllt. Gegen alle Wetterberichte. In Tokio hatte uns letzte Nacht eine junge Galeristin noch einige Clubs gezeigt mit Karaoke, Jap-Rap, Pornomangas und einer Künstlerin, die aus ihrer rundum tätowierten Vagina zu pulsenden Technorhythmen fluoreszierende Bälle katapultierte und mittels einer vors Gesicht montierten Livekamera wechselweise Nahaufnahmen ihrer Augen und ihrer offenen Mundhöhle auf mehrere Leinwände projizierte. Dabei dachte ich, die rote feuchte Mundhöhle mit dem Gaumenzäpfchen sei eigentlich ihre Vagina, aber das konnte ja nicht sein. Such nicht nach Bedeutungen, schrie mir Marie kaum verständlich ins Ohr, und dass der gerade anschwellende Technosound nicht ganz das Richtige sei für den Bewohner ihres Bauchs. Auf den Straßen draußen feierten Jugendliche in dieser Nacht zu Hunderttausenden Halloween. Als hätte jemand Brausepulver in ein bereits tosendes Meer geworfen. Ein wogender Gespensterjubel, unentwegt streckten uns Teenager ihre Smartphones und

Digicams entgegen, *where do you come from?*, und wir mögen sie schnell mal unterm fingerfertigen Victory-Zeichen verewigen, ihre kichernd zusammengesteckten Maskenköpfe, Todeshexe mit Klabautergirl, Batman und Darth Vader. Dazwischen viele Polizisten in schusssicheren Westen. Für vermummte Attentäter wäre es allemal ein Fest gewesen, ein wunderbares Fest des Todes. Die Galeristin fragte, ob das in Berlin auch so sei. Halloween ist bei uns eher etwas für kleinere Kinder, meinte ich, jedenfalls seien außer an Silvester oder bei Fußballweltmeisterschaften nie auch nur annähernd so viele Menschen auf den Straßen, Berlin ist nur eine kleine Stadt. *Small but great*, erwiderte die Galeristin galant, sie sei schon mal da gewesen, weil ihre jüngere Schwester dort Klarinette studiere, an der Universität der Künste.

Ich glaube, unser Sohn, der vielleicht eine Tochter ist, hat gestern mitgetanzt. Marie streicht dabei über ihren in meiner Vorstellung schon andeutungsweise gerundeten Bauch und sagt, während sie sich auf dem Zugsitz räkelt, einen Arm um mich legt und ihre diesmal blaue Brille zurückstippt, nach dieser Hyperdosis Jugend ist mir jetzt irgendwie mehr nach alten Gesichtern.

Von Fischen? Von Albatrossen! Wir küssen uns und spüren beide die Lust auf einen Quickie, vor dem großen Zugfenster mit der vorbeiflitzenden Landschaft. Aber es ist ein Großraumwagen. Dann sagt Marie, Europa einhundert, ob ich wisse, was sie meine.

Ich weiß, was *Europa 100* ist, wenn du das meinst. Natürlich bin ich nach unserer ersten Begegnung in der Galerie Künast sofort ins Netz gegangen. Marie Bach Fotografie. Außerdem hatten wir darüber gesprochen.

Ach ja?

Europa 100 war der Titel von Maries Abschlussarbeit 2002 an der Fotoschule des Berliner Lette-Vereins. Schon zu Beginn der Jahrtausendwende, kurz vor Einführung des Euro, hatte sie begon-

nen, einhundert Hundertjährige in den Ländern der Europäischen Union zu porträtieren. Pass bloß auf, dass du nicht unter den Rollator kommst!, hätten ihre Kommilitonen anfangs geulkt. Doch das Projekt war ein Coup. Bilder aus der Serie wurden in zahlreichen europäischen Zeitungen und Magazinen gedruckt, und nach dem Start der Währungsunion schickte Brüssel Maries Ausstellung *Europa 100* in alle Hauptstädte der EU. Zu dieser Zeit gab es jede Menge Projekte mit Jugendlichen, die Europas strahlende Zukunft signalisieren sollten. Aber die Alten der Alten Welt, viele noch sehr schöne, erfahrungsreiche Gesichter, mit den Augen einer gerade fünfundzwanzigjährigen Fotografin gesehen, das war besonders.
Japans Jahrhundertmenschen, sie wären nun eine eigene Geschichte. Marie nimmt ihre Brille ab und reibt sich den Nasenrücken. Mich berührt der Gedanke an die Alten, vielleicht eben jetzt, weil ich ein Kind erwarte. Ich liebe halt Gegensätze. Hey, schau mich an!, sie boxt mir gegen die Schulter, weil ich aus dem Zugfenster gerade auf einen See mit vielen vom Ufer aus gespannten Fischernetzen blicke. Ich bin nicht so sentimental, dass ich mit Bildern irgendwelche »Brücken schlage«, Brücken zwischen den Generationen oder Kulturen. Du weißt, ich mag auch nicht diesen ganzen Kunstschmonzes. Fotografen, Architekten, DJs, alle sind sie plötzlich *Künstler*! Ich fotografiere, weil ich was sehe und was festhalten will. Marie schließt kurz die Augen. Diese Gesichter, die es so vielleicht nie mehr geben wird, weil wir, wenn wir mal hundert sind, und das sollen wir ja künftig fast alle werden, weil wir dann anders aussehen. Eher wie Fischköpfe, faltenloser!

Jetzt wirst du wieder ein Menschenfischer. Eine Menschenfischerin, sage ich, über den fotografischen Sujetwechsel erleichtert. Ja, fährt Marie fort, die sich im sanft dahinjagenden Shinkansen mit angewinkelten Beinen in meinen Schoß zu legen sucht, es soll hier doch so besonders viele Steinalte geben, sogar noch Leute, die im 19. Jahrhundert geboren wurden. Keine Sterbenden, sondern richtig Lebende! Hundert japanische Greise mit diesen irgendwie ... sphinxhaften Ewigkeitsgesichtern. Sphinxhaft, wiederhole ich. Wenn es mein Echo nicht gäbe, bemerkt Marie. Wir müssen eine Recherche starten! Sie sagt *wir*. Dann fallen ihr wieder die Augenlider zu, und ich angle aus dem Rucksack zu meinen Füßen den eben begonnenen *Glücklichen Hiob*. Jonas Hecker ist noch immer verschwunden. Den Sommer über soll der Schriftsteller im Haus seines Verlegers auf einer Insel vor Sizilien an einem neuen Buch gearbeitet haben, das Hauspersonal habe ihn als vermisst gemeldet, und weil der Verlag ein Verbrechen vermutet, las ich gestern online, wurde unter der Direktive italienischer Mafia-Ermittler eine internationale Fahndung eingeleitet. Ich bin im Buch erst auf Seite 24. Als die mit bunten Tüchern verschleierte Wahrsagerin anfängt, durch ihre Augenschlitze in den Händen des namenlosen Helden zu lesen, streicht sie mit ihren braunen tätowierten Fingern immer wieder über seine Hautlinien, presst und knetet seine rechte Hand, fährt erneut über die Linien und Rillen, die vergrößert wohl an die Steinzeichen früher Menschheitsschriften erinnern. Schließlich beginnt sie zu murmeln, was er nicht versteht, dann hört er aus den fast tonlos geröchelten Worten heraus, er sei ein Blindgänger.

Ein Blindgänger?

Ja, Sie leben seit Jahren wie eine Bombe. Sie macht eine Pause, massiert wieder seine Hand, streicht sie glatt. Eine schon abgeworfene, nicht explodierte Bombe. Der Erzähler fragt, was das bedeuten soll.

Auch ein Blindgänger ist kein ewiger Versager, antwortet die Stimme hinter dem Farbschleier jetzt deutlicher. Er bleibt eine Gefahr, glauben Sie nicht? Der Erzähler wehrt die Frage mit einem ungläubigen Lachen ab. Oder ist er der Schläfer seiner eigenen Seele? Jedenfalls möchte er mehr wissen von der Frau, mehr erfahren über sein Schicksal oder ihren Hokuspokus. Das ist der Anfang seiner Geschichte.

Auf dem hypermodernen Bahnhof in Kyoto wird unser Gepäck wie schon vorm Einsteigen in Tokio von Sicherheitsleuten durchleuchtet, anschließend geöffnet und durchsucht. Wobei die drei Kameras von Marie, ihr Blitz, das Stativ und der Lichtschirm wieder sorgsame Neugier erregen. Hinter der Security und einer Brigade junger Putzfrauen, die ihre Strohbesen exakt in Reih und Rhythmus über den blitzenden Boden der Bahnhofshalle schwingen, ist es eine kleine, altersmäßig kaum einzuschätzende graublonde Dame, die uns als Leiterin der Villa Kamogawa empfängt. Katharina Tiefer-Vogelsang, stellt sie sich vor, mit Bindestrich. Doch am besten einfach Katta, mit Doppel-t.
Eine herzliche Frau in Blazer, Jeans und Turnschuhen, die ich auf Anhieb mag. Sie erwähnt den jüngsten Anschlag in Tokio, und Marie wundert sich, dass wir auch nach dem Verlassen des Zugs noch mal kontrolliert worden seien. Was das denn bringe? Keine Ahnung, antwortet Katta Kamogawa, wie ich sie für mich ab jetzt nenne, sehen Sie es als Geste: doppelte Sicherheit in unsicheren Zeiten!
Das ist gut. Mir gefällt dieses Paradox zur Begrüßung. Wir fahren in Kattas Honda durch breite, schnurgerade von Norden nach Süden und im rechten Winkel von Ost nach West gezogene Straßen, ein Raster wie in Manhattan, nur dass die Stadt am Kamo-River weit und flach gebaut ist. Die Villa Kamogawa liegt gegenüber dem Fluss und den Außenmauern des früheren Kaiserpalasts. Ich hatte mir ein deutsches Künstlerhaus mit diesem Namen eigentlich etwas japanischer vorgestellt. Kein Teehaus, kein Holzpavillon, aber in der Anmutung asiatischer, leichter, nicht so ein äußerlich bürohafter Klinkerkasten, nicht wie Remscheid oder Esslingen. Freilich passt das nach meinen gelegentlichen Erfahrungen zum ernüchternden Reiz deutscher Kulturbotschaften im Ausland, immer etwas zwischen Finanzamt und Aussegnungshalle, wie zuletzt auch das Goethe-Institut in Tokio. Wenigstens ist der Klinker diesmal nicht kackbraun, sondern sonnenocker, und im

Erdgeschoss gibt's ein Café Müller. Pina Bausch tanzt dort auf dem Wandfoto ihr Café Müller. Also eher Wuppertal, geöffnet zu einem japanischen Kleingarten. Katta lässt uns als Lunch ein Omelett mit Krabben servieren und empfiehlt zum Kaffee oder Tee den hausgemachten Apfelkuchen, den auch die Japaner liebten, wenn sie nicht Schwarzwälder Kirschtorte bestellten. Leider könnten wir nun nicht gleich oben in der Villa wohnen, weil sich in dem vorbereiteten Apartment gerade ein Wasserrohrbruch ereignet habe. Die übrigen Apartments seien von den fünf Stipendiaten belegt, die wir noch treffen würden. Aber Marie, Sie haben hier Ihr eigenes Studio, und für Sie beide gibt es eine kleine Wohnung fünf Gehminuten von hier. Eine Professorin der Kyoto-Kunsthochschule ist jetzt zu einer Lecture in den USA, wir sind befreundet, und bei ihr darf ich … besondere Gäste unterbringen. Das klingt charmant. Mehr Japan als Wuppertal. *Shut up*, zischt mir Marie ins Ohr, denn das mit Holz ausgekleidete Studio im dritten Stock ist ein schöner, hellwarmer Arbeitsraum. Mit Tatamimatten, Schiebewänden aus Reispapier, einem Großbildrechner, mehreren bühnenmäßigen Deckenscheinwerfern, einer Musikanlage, Fernseher und sogar einer Kochnische mit Eisschrank. Hier kannst auch du arbeiten, strahlt Marie. Japan tut uns gut, du wirst sehen.

12

Ich sitze lieber im Café Roma am Philosophenweg. Zumindest bei schönem Wetter. Weil in Kyoto seit unserer Ankunft fast immer die Sonne scheint und es Anfang November noch so warm ist, dass ich auf der Veranda des Roma tagsüber lesen und schreiben kann, bin ich gerne hier. Ein stiller Ort, nur ein hauseigenes altes LAN-Kabel und das Passwort »Dolcevita« verbinden mich mit der übrigen Welt. Der Besitzer ist offenkundig Italienliebhaber, ein stämmiger freundlicher Bursche mit Bart und Glatze, drinnen in seinem Café hängen leicht vergilbte Filmplakate von Fellini und Visconti neben Anita Ekbergs Bad im Trevibrunnen. Ich glaube, er nennt sich Gianni, aber vielleicht halte ich seinen japanischen Namen auch allein der Vokale wegen für italienisch, zumal er jeden Satz seiner Englischfragmente durch ein krähendes Lachen beschließt, in dem zumindest die Endkonsonanten verschwinden. Deshalb bezahle ich für alles bei ihm einen *very nei prei*. Seinen freundlichsten Preis. Ob er selbst schon mal in Rom oder überhaupt in Europa war, ist mir nicht klar. Meistens zieht er sich nach einem gut gelaunten Wortschwall zur Begrüßung sofort zurück. Doch neben dem Illy-Espresso hat Gianni zahlreiche Sorten interessanter Tees, mittags zieht er eine Kochmütze auf und brät Hühnerspießchen mit Curry, und vor den alkoholischen Happy Hours am Spätnachmittag kommen unter der Woche nur vereinzelte Liebespaare oder ein paar Kinder in blauen Schuluniformen, die schnatternd und schnell ihre italienischen Eistüten holen. Für die Liebenden gilt der Philosophenweg als romantisch. Katta Kamogawa hatte ihn uns gleich bei einem ersten Spaziergang gezeigt. Als gebürtiger Heidelberger dachte ich, der Philosophenweg sei eine fernöstliche Hommage an den bekannten Pfad überm Neckar, doch der Name rührt her von einem Kyotoer Gelehrten und Flaneur aus dem 19. Jahrhundert. Nicht weit von der Villa und nahe unserer Wohnung, die eigentlich ein mit Büchern und Antiquitäten überfülltes Dreizimmerhäuschen ist, verläuft der Philosophenweg am Saum einer waldigen Hügelkette, entlang eines schattigen Kanals mit schmalen Steinbrücken, mehreren Tempeln und Zengärten. Die Laubbäume und Büsche hier sind jetzt blutrot entflammt, im Indian Summer.

Ein schöner Platz, nur ein bisschen langweilig, sagt eine dunkelsonore Stimme. Sie gehört einem Gast des Cafés, der mir von Katta für heute angekündigt war.

Langweilig? Das stört mich nicht, ich habe es gerne ruhig, wenn ich arbeite. So geht's wohl den meisten langweiligen Leuten, die versuchen, spannende Bücher zu schreiben.

Sie werden lachen, meint Yoshiro Senda, der sich an meinen Tisch gesetzt hat, aber ich brauche eher Abwechslung, um mich zu konzentrieren. Musik, Mädchen, ein paar Biere, dann kommt mein Kopf am besten auf Touren, und je nachdem, was mich ablenkt, kann ich das auch wieder wegschalten. Abschalten. Wir leben in Japan sowieso alle auf dem Vulkan. Selbst in einer Idylle wie dieser hier. Oder, wie sagen Sie?, immer im Herzen des Taifuns!

Im Auge. Im Auge des Taifuns, sage ich, weil Herr Senda mein künftiger Übersetzer ist. Und ein sehr lebenslustiger Liebhaber der Apokalypse.

Das war die Überraschung, die Katta für mich in Kyoto hatte, obwohl ich nur Maries Begleiter bin. Yoshiro Senda wolle mich unbedingt kennenlernen und die *Küsten der Welt*, mein Buch *Über Landanfang und Meeresende*, übersetzen. Katta erzählte, dass Senda zum Freundeskreis der Villa Kamogawa gehöre, sie selbst, die vorher das Goethe-Institut in Bogotá geleitet hat, kenne ihn aber kaum, er habe wohl etwas über Hölderlin geschrieben und sei der Übersetzer einer in Japan sehr erfolgreichen deutschen Nietzsche-Biografie. Für Marie hatte Katta den Kontakt mit einem Aikido-Meister vorbereitet, am wichtigsten jedoch war die Nachricht von Professor Shinji Takamura. Wir beide sind in der übernächsten Woche eingeladen, ihn auf seinem Landsitz auf der Halbinsel Izu-Hanto zu besuchen. Professor Takamura ist nicht nur ein Sponsor der Villa und ihres Stipendiatenprogramms, er sei überhaupt einer der größten Sammler, Stifter und Kunstmäzene Japans, der Präsident der einladenden Kulturstiftung und im Hauptberuf, erklärt Katta, Mediziner, Biologe, Erfinder und Industrieller. Ein Magnat. Noch sei nicht klar, ob wir mit einem

Wagen abgeholt oder mit einem Helikopter eingeflogen würden. Herr Takamura bittet Marie zudem, ihre Fotoausrüstung mitzubringen und zu äußern, ob sie spezielle Wünsche für das Licht oder Ähnliches habe. Es geht ihm wohl neben seinem Wunsch, uns kennenzulernen, auch um ein Porträt, wobei die Höhe des Honorars, so heißt es in einem bei Katta hinterlegten Schreiben auf Englisch, in Maries Belieben gestellt sei. *The price is left to the discretion of the artist.* Was sich einen Tick formell anhört, allerdings großzügig.

Als Marie erwähnte, dass sie inzwischen schwanger sei, hatte Katta sie lachend umarmt, na super! Vielleicht könne sie ihr vorm Update der Aikido-Kampftechniken oder einem Hubschrauberflug zu Professor Takamura auch noch eine befreundete Gynäkologin empfehlen. Später sagt mir Marie dann etwas betrübt, dass die Einladung »unseres« Mäzens dummerweise mit dem geplanten Hochzeitstermin in Osaka kollidiere. Oder hast du ihn schon vergessen? Wir müssten das jedenfalls neu arrangieren.

Natürlich habe ich das Datum unserer Hochzeit im Kopf. In Berlin hatte ich noch zwei Ringe und dazu einen Stein für ihren bislang blanken schönen Goldreif besorgt. Während unserer ersten Tage in Kyoto sind Marie und ich zunächst in der Stadt unterwegs gewesen, haben uns Tempel, Schreine und Zen-Gärten angesehen, mit dem Handy hat Marie gelegentlich Aufnahmen gemacht, das gehört zu ihrem Tagebuch, obwohl sie so etwas nicht mal auf ihrer Facebookseite posten würde (Kernsatz: Ich fotografiere keine Postkarten!). Abends führte sie mir dann ein Potpourri vor, bei dem auch Bilder ihres Bauchs mit irgendeiner schönen Steinwölbung abwechselten. Sie spielt damit. Den alten Kaiserpalast haben wir bisher ausgelassen, und gestern, als Marie ihren Aikido-Meister traf, bin ich vor meinem Gang ins Café Roma noch mit dem Taxi zu dem etwas abgelegenen Ryoanji-Tempel gefahren. Der rechteckige, von haarfein geharkten Kieseln bedeckte Innenhof mit seinen fünf winzigen Felserhebungen, die Inseln in einem Steinsee gleichen, sei die höchste Manifestation des Zen-Buddhismus, steht in meinem Reiseführer. Wer hier als Besucher meditieren möchte, muss den Blick freilich mit Hunderten Augen und Kameras teilen. Fast menschenleer war hingegen der Park rundherum. An einem der Teiche sah ich einen jungen Mönch, zufällig trafen sich ein-, zweimal unsere Blicke, er lächelte und machte ein Handzeichen, ihm zu folgen. Der Mönch in Flipflops und der orangefarbenen Tunika ging eine Weile durch den noch spätsommerlichen Garten, auf einer geschwungenen Holzbrücke über einem Wasserlauf winkte er mir, näher zu kommen, noch näher, darauf klappte er wie zu einem rhythmischen Gebet seine parallel erhobenen Handflächen mehrmals zusammen, kein lautes Klatschen, nur ein heller trockener Ton, und ich sah, wie unter uns von beiden Seiten der Brücke die rotgoldenen Koi-Karpfen herbeischwammen und ihre Köpfe zu uns reckten, als erwarteten sie gefüttert zu werden. Der Mönch lächelte, ich lächelte mit einer Andeutung von Bravo auf den Lippen zurück, worauf der Mönch nickte, seine Hände zum Respektzeichen zusammenlegte und mit einer kurzen Verbeugung verschwand. Ich hatte meine Vorstellung gehabt.

Heute Mittag ist nun Yoshiro Senda zu mir ins Café Roma gekommen. Er spricht ausgezeichnet Deutsch, sagt mit seinem aus Fasstiefen melodiös aufschwingenden Bass, ich dürfe ihn bitte Yoshi nennen, und beim Geflügelcurry möchte er wissen, ob ich hier an einem neuen Buch schreibe. Ich schaue mir Senda an. Der Mann, der bei Bier und Mädchen am besten denkt, könnte in meinem Alter sein, vielleicht etwas jünger. Es ist schwer einzuschätzen, weil er zu einer schwarzen Ledermontur – er sei Motorradfahrer – statt eines Helms eine Art Filzhütchen trägt und das schwarze Ding mit einer silbermetallischen Schmuckblume dran auch im Café nicht abnimmt. Noch besser, denke ich, würde ein Sombrero oder Schlapphut zu seinen scharfen Cowboystiefeln passen, grau schillernd sind sie wie aus Schlangenleder. Dazu hat er eine regenbogenfarbig verspiegelte Hornbrille auf, die er zwischendurch kurz absetzt, so sieht man, dass eines seiner Augen ihm ziemlich schief im Gesicht steht. Ein kurioser, zugleich witziger Anblick, der Mann hat etwas, ich weiß nur noch nicht, was. Ein neues Buch? Über noch unfertige Bücher rede ich ungern, ich scheue Festlegungen und erwähne nur, dass ich den Quellen der Intuition hinterhersinniere, vielleicht werde es nebenher auch eine kleine Geschichte der Schlaflosigkeit, Insomnia und Idea, Wachtraum und Intuition, Bruchstücke einer nicht existenten Theorie der Kreativität. Im Moment fällt mir noch kein besseres Wort ein, obwohl ich das abgenutzte K-Wort nicht mag. Andere erforschen die künstliche Intelligenz, ich habe noch zu tun mit der natürlichen Dummheit. Senda lacht, und ich füge hinzu: aus der wir uns bisweilen erheben. Molekular und neurobiologisch können wir aber genau dies nicht messen.

Bei uns in Japan herrscht der Glaube, dass die Roboter uns nach der körperlichen bald auch die geistige Arbeit abnehmen, verkündet Yoshi bei seinem zweiten Bier, und sein sonores Organ tönt in der Stille des Philosophenwegs, als seien wir zwei schon eine größere Versammlung. Vielleicht liegt's auch daran, dass er gerade von einem Kongress gekommen ist über Selbstmord und Selbstverwirklichung. Er habe zeitweise in Tübingen und München studiert, später über Hölderlins *Tod des Empedokles* promoviert und bei dem Kongress in Sapporo vor tausend Teilnehmern über Empedokles' Sturz in den Ätna und das tragische Glück referiert.

Ein erstaunlicher Mensch, das Motorrad, der Hut, diese Stimme und diese Stiefel, sein jetzt drittes Bier und das tragische Glück. Wie er denn über den neuen Glauben an die Roboter denke, möchte ich wissen. Yoshi fasst sich mit einer vagen Geste an den Filzhut und sagt, ein paar Schwalben, so heißt es doch bei Ihnen, machen noch keinen Sommer. Es braucht noch die Adler. Ich frage ihn, ob er auch dichtet. Da lacht der Hölderlin-Cowboy, oh, nein, wie kommen Sie darauf? Ich merke nun an, dass die Hirnforschung, die sich mit der Computerintelligenz vernetzt, bis heute nicht einmal den Übersprung zwischen Hirn und Hand beim alltäglichen Schreiben erklären könne. Wer einen Text verfasst, der über kurze Mitteilungen wie »ich liebe dich« oder »es ist fünf Uhr« hinausgeht, weiß beim Beginn seines Satzes normalerweise nicht, wie der Satz wörtlich endet, selbst wenn er exakt zu wissen glaubt, was er ausdrücken will. Wir sind unsere eigene Überraschung. Als Hölderlin- und Selbstmordexperte kennen Sie natürlich auch Kleist, sage ich in einem plötzlichen Fluss, der sprach ja schon von der allmählichen Verfertigung des Gedankens beim Reden. Das Gleiche gilt beim Schreiben oder Komponieren. Einfall, Zufall, und was ist dabei … Genie?

Gut, sehr gut!, ruft Yoshi aus und holt mein *Küsten*-Buch aus einer zusammengefalteten Plastiktüte. Er hat feine Hände mit je zwei nikotingelben Fingern, Zeugen einer jetzt offenbar unterdrückten oder erloschenen Leidenschaft. Bitte schreiben Sie mir eine Widmung hinein! Das wäre mir eine große Ehre, so sagt er, ich danke Ihnen ganz vielmals, Professor Seelenberg. Das Exemplar trägt erkennbare Lesespuren, japanische Anmerkungen mit dem Bleistift, für mich Kalligrafien, und auch nach tausendfachem Signieren bin ich in solchen Situationen jedes Mal beschämt. Eine Widmung, »die uns beide überrascht«, wünscht sich Yoshi, plötzlich leise, mit einem pfiffig charmanten Grinsen. Ich werde aus ihm nicht schlau und schreibe mit meinem alten Tintenfüller: »Vom Zufall zum Einfall, dem eben noch unbekannten Freund Yoshiro Senda.«

Das Wort Freund ist vielleicht etwas voreilig, wir sind hier nicht in Casablanca. Doch unter Aufsicht seines freundlich abirrenden Auges fällt mir nichts Besseres ein, und ich puste kurz über die Tinte. Er steckt das Buch wie eine Beute gleich wieder zurück in die Tüte und meint, dass kein Land der Welt mehr Landenden und Meeresküsten habe als das seine. Japan ist ein Archipel, tönt er mit einer ausfahrenden Geste, als brande der Ozean gleich jenseits des Philosophenwegs, darum wolle er das Buch unbedingt übersetzen. Auch habe er schon eine kleine Probeübertragung für seinen Verlag gemacht. Ein Angebot werde sicher bald an meinen deutschen Verleger gehen. Diese Probe hätte er mir jetzt gerne gezeigt, nur, sie sei halt japanisch. Ich sage, das alles kann ich sowieso nicht selbst entscheiden, aber –

Aber ja!, ruft Senda und winkt Gianni herbei, schaut mich an, bespricht sich kurz mit dem Wirt, und meint, es gebe hier einen ausgezeichneten Shochu, er möchte mich zu einer Flasche einladen, um mit dem Schnaps auf mich, mein Buch und unseren gemeinsamen Erfolg in Japan zu trinken. Ein Übersetzer, sagt der Hölderlin-Japaner, wohnt immer im schiefen Turm von Babel. Trinken wir, bevor der Turm umfällt!

13

Tokio war schnell, dicht, auch wenn mir der Autoverkehr sonderbar schallgedämpft erschien und beinahe geruchlos, wie ich es aus Kalifornien erinnere. Kyoto erscheint gemächlich, südlicher, weitläufig. Zumindest für uns. Marie managt ihre Geschäfte mit geradezu entspanntem Elan, sie fühlt sich manchmal, wie sie sagt, ganz tofuflaumig flummig, lässt die sozialen Netzwerke überwiegend ruhen, zieht einen inneren Stecker und fährt ihre 2.0-Existenz zurück auf einen Modus, der nur wenig noch über meinen auf Mails, Onlinebanking und traditionelle Recherchen beschränkten Frequenzen liegt. Mein einstiges Buch übers Tagträumen hat sie mal angelesen, aber man muss nicht alles gelesen haben, um es wahrzunehmen. Marie sagt, seit ihr Körper langsam schwerer wird, ist sie schwereloser im Kopf. Und alles wirkt leicht. Der Aikido-Meister zeige ihr Übungen, die ihrer Kampf-

und Verteidigungsfähigkeit ein neues Gleichgewicht verliehen, in einer Energieschwebe der, soweit ich das mitbekomme, reinen Potenzialität. Mit jener spirituellen Kraft, die den Kampf schon im Kopf entscheidet.

Als ich etwas von Sportphilosophie und esoterischen Unschärfen murmle, gerät Marie plötzlich in Zorn. Deine Spötterei, deine pissige Spöttigkeit! Das sei doch etwas völlig anderes als irgendwie »esoterisch«, ein total jämmerlicher Begriff, mit dem ich ihre tieferen Einsichten abzubügeln versuche. Sagt sie, und ich schweige, denn tatsächlich habe ich, das müsste Marie mittlerweile wissen, gar nichts gegen reizvolle Unschärfen. Wenn überhaupt, faucht sie und feuert ihre grüne Brille auf den Futon unserer Kleinhauswohnung, ist das eine Form … eine Art der aktiven Meditation! Maries Meditation, denke ich, ist gewiss etwas Dynamischeres als meine Tagträumerei, mein elegisches Privatchaos, das ich dank unserer Beziehung eigentlich für überwunden halte. Und sie, die gerade nicht mehr so tofuflaumig wirkt, meint mit noch immer bewölktem Blick, ich solle nicht so entgeistert schauen, sie sei schon ganz ruhig. Da hat sie es wieder weggepackt, ihr schnell erkaltetes Flammenschwert, und ein leichtes Grinsen überzieht ihr Gesicht mit dem spöttischen Vorderbisschen und einem Augenzwinkern, das sie mir manchmal schenkt, wenn sie mich ihren »Schmerzkeks« nennt. Sie formt die Finger zum Rechteck und macht eines ihrer Luftfotos von mir. Das war nur gespielt, damit du mich ernster nimmst!

Du bist eine gute Schauspielerin, sage ich, wirklich. Übrigens, fällt mir ein, es hat heute wieder einen Anschlag gegeben. Auf einen Schulbus in Aomori, das liegt im Norden, ich glaube, zwei Dutzend tote Kinder, und dieses Mal eine Selbstmordattentäterin. Die Erklärung der Behörden, es seien nur Einzeltäter oder verrückte Nachahmer, bröckelt jetzt. Aber seit dem ersten Anschlag in Haneda fehlt immer noch ein Bekennerschreiben oder Video. Diese neue Taktik der namenlosen dunklen Macht, denke ich, wirkt längst bedrohlicher als das sonst übliche schnelle Geprahle im Netz.

Mit den anderen Stipendiaten, die für drei Monate Gäste der Villa Kamogawa sind, gibt es erst wenig Kontakt. Ein Hamburger Architekt und eine Berliner Filmemacherin sind gerade im Land unterwegs, eine Lyrikerin aus dem Allgäu ist, von Katta nur diskret angedeutet, in eine recht komplizierte Liebesaffäre mit einem Tempura-Koch abgedriftet, aber Marie hat begonnen, sich mit Birte aus Rostock anzufreunden. Birte bearbeitet unterschiedlich lange Bambusrohre, die sie jeweils mit japanischen, hebräischen, arabischen, indischen undsoweiter Schriftzeichen versieht, danach zu Mikado-ähnlichen Raumskulpturen zusammenfügt. Mir gefällt das, es ist ein bisschen weg vom aktuellen Geflacker und der Kunst 4.0, die uns gerade den Weg weisen will. Was auf dem Bambus ausschaut wie kalligrafischer Zierrat, stammt, so erklärt Birte, aus den großen Gesängen der Welt. Aus der Genesis, dem Mahabharata oder dem Gilgamesch-Epos. Besonders liebe sie seit ihren Wanderungen in den Bergen rund um Kyoto die japanischen Geistersagen.
Ich maile an Lissy und meinen Lektor eine Nachricht wegen der japanischen Übersetzung und erfahre, dass die schon angekündigte amerikanische und eine mich überraschende spanische Ausgabe des *Küsten*-Buchs erschienen sind. Lissy schickt mir im Anhang das amerikanische Cover, das Edward Hoppers Gemälde von einem Haus am Meer und dem Leuchtturm von Portland Head verwendet. Das ist mein bisher größter Erfolg. Dein zweitgrößter, sagt Marie, und nach einer Sekunde weiß ich, was sie meint. Gestern war sie bei Kattas Gynäkologin, die nach dem Ultraschall grünes Licht gegeben hat für den bevorstehenden Hubschrauberflug. Als ich nach dem Geschlecht frage, zieht Marie ihre Vorderbissschnute, wedelt mit dem Zeigefinger vielsagend vor meiner Nase, nee, nee, keine Ahnung. Ich wollte es extra

nicht wissen. Oder sollen wir beim nächsten Mal fragen? Dann ist es ja größer. Marie, möchte ich sagen, manchmal denk ich, das mit uns ist gar nicht richtig wirklich. Kann's gar nicht sein. Nur wenn mein Schwanz in dir ist und deine Zunge in meinem Mund, habe ich das Gefühl, du bist nicht mein … ausgedachtes Glück. Aber mit dem Kind kommt eine Bekräftigung, zu deinem Lachen, zu deiner Stimme, deinen Geschichten, das wird erst ganz unsere Geschichte. Was ich ihr so doch nicht sage, weil ich ihr nur sage, ich liebe dich und freue mich, denn es ist ganz einfach, obwohl es das auch nicht ist. Oder bin ich dumm?
Marie hat jetzt feuchte Augen. Wir sind eben beide dumm.

Sie vereinbart einen neuen Hochzeitstermin mit dem deutschen Generalkonsulat in Osaka. Das geht per Telefon und Mail überraschend problemlos, außerdem ist Osaka kaum eine halbe Zugstunde von Kyoto entfernt. Unsere Ehe wird also am 24. November um 12 Uhr im East Tower des Umeda Sky Building geschlossen werden. Das Umeda Sky Building, gebaut vom selben Architekten wie der hypermoderne Bahnhof in Kyoto, ist offenbar auch das spektakulärste Gebäude Osakas. Zwei mit einer Art Himmelsbrücke verbundene Stahlglastürme, und im 35. Stock des Ostturms residiert das Generalkonsulat. Wir schauen uns das alles im Internet an, es gibt dort oben auch einen *Floating Garden*, zahlreiche Restaurants und eine Aussichtsterrasse. So werden wir unsere Ehe in luftiger Höhe beginnen. Highnoon. Außerdem poppt auf der Website des Umeda Sky Building die Werbung für ein Robotermuseum in Osaka auf, in dem die Zukunft schon heute zu erleben sei.

Bis dahin ist Marie noch mit der Organisation ihrer Fotoprojekte beschäftigt. Nach Mitteilung des Gesundheitsministeriums in Tokio gibt es in Japan rund 59 000 Menschen, die hundert und mehr Jahre alt sind. Fast neunzig Prozent dieser Langlebigen sind

Frauen. Kattas Assistentin bemüht sich seit einer Woche, bei der Präfektur Kyoto an ein lokales oder regionales Verzeichnis der ältesten Bürger zu kommen und Kontakt mit mehreren Altenheimen aufzunehmen. Leider sei der »Tag der Ehrung der Alten«, in Japan ein gesetzlicher Feiertag, schon im September gewesen. Das alles klingt zu kompliziert, um im November noch eine größere Zahl von Porträtsitzungen nach Maries Vorstellungen zu vereinbaren. Oft müsste auch die Genehmigung von Familienangehörigen oder Pflegern eingeholt werden. Marie möchte unsere Zeit in Japan inzwischen zwar auf eigene Faust bis Mitte Dezember verlängern, aber da wollen wir noch nach Okinawa fliegen und einen Trip auf die tropischen Inseln im Süden unternehmen. Als Hochzeitsreise. Bislang hat Marie nur ein paar Aufnahmen für ihre Hände-Sammlung gemacht, angefangen mit dem Gärtner der Villa Kamogawa und einer Putzfrau, die zweimal die Woche in unser kleines Haus kommt. Unruhig ist sie deswegen nicht. Es gibt ja noch den Termin mit dem großen Mäzen, sagt sie, und den Kurator Zufall. Sie spüre schon, dass der komme, wie immer.

Yoshiro Senda möchte mit mir über seine Übersetzung reden, er habe einige Verständnisfragen und bittet mich am frühen Abend in ein Ochaya. Dort sei ich sein Gast. Ein Ochaya ist ein Teehaus mit Geishas, höre ich von Katta, das von Yoshi vorgeschlagene heißt Calypso. Mit Hut und Cowboystiefeln erwartet mich mein Übersetzer in einer Gasse im alten Vergnügungsviertel Gion, vor einem zweistöckigen Haus mit traditioneller Holzverkleidung. Drinnen ist alles ziemlich schummrig, überraschend groß und elegant, ich folge Yoshi, der im Stammgastschritt, vorbei an einigen Räumen mit japanisch niedrigen Tischen und Separees hinter Schiebetüren, eine Art internationale Bar oder Nachtclub ansteuert. Wir gehören noch zu den frühen Gästen, die Mehrzahl sind Männer in dunklen Anzügen, im Hintergrund ein paar junge Frauen. Ich möchte bloß einen Tee, Yoshi nickt, schiebt die ihm von der Kellnerin sogleich hingestellte Whisky-Flasche mit einem Achselzucken zur Seite und bestellt sich ein Bier. Schon erwarte ich keine Übersetzerfragen mehr, aber der Cowboy hat das *Küsten*-Buch dabei, mit vielen gelben Merkern drin, und ein in sehr dünnes Leder gebundenes Notizheft. Als ich mit dem Finger kurz über den Einband fahre, sagt er lächelnd: Aus Rochenhaut.

Das passt ja zum Meer.

Bei Nietzsche, sagt Yoshiro Senda, war es noch Kalb.

Ich verstehe, er meint die Nietzsche-Biografie. Und Ihre Stiefel sind aus Schlange?, frage ich, worauf er ein zweites Bier ordert, eine vieldeutige Handbewegung macht und mich nach einzelnen Wörtern und Wendungen des Buchs befragt. Irgendwann sind wir beim Kapitel zu Ebbe und Flut, und er macht einige fragende Anmerkungen, die gehen so ziemlich in die gleiche Richtung wie einst bei Giulia auf Sylt. Ebbe und Flut wie Mann und Frau oder ein Sinnbild der Liebe? Irgendwie scheint mein Text auf einem erotischen Subtext zu gründen. Ich sage zu meinem japanischen Entdecker, dass mich seine Neugier freue, allerdings sei ein Autor in eigener Sache eher blind, halb blind. Ein ... blinder Narziss. Oder ein Dummkopf. Entscheiden Sie selbst!

Ich würde gerne, wenn Sie erlauben, einmal Ihre Frau kennenlernen. Und, setzt er nach einer Pause in seinem fabelhaften Bassbariton hinzu, es würde auch meine Frau freuen, Sie beide als Gäste zu sehen.

So weicht er aus und bleibt zugleich beim Thema. Als Yoshi nun doch sehr passend zu seiner Stimme die Flasche Single Malt am Tisch öffnet, trinke ich ein Glas mit, und bei seinem zweiten Glas bemerkt er etwas, ja, Merkwürdiges. Die Frauen, sagt Yoshi, sind wie eine Schallplatte, Sie erinnern sich? Wir Männer sind der Tonarm, wir setzen unsere Nadel in ihre Rille und denken, wir bringen sie so zum Klingen, und sie drehen sich immerzu um uns. Aber, tönt er ein wenig zögernd, als suche er in seinen Tiefen nach einem Wort, dabei ist Yoshis Deutsch so präzise, wie ich es hier erinnere und später auch Marie erzählen will, aber … tatsächlich sitzen wir fest in ihrer Spur und folgen ihnen, während sie um sich selbst kreisen. Am Ende haben wir ausgespielt, fahren automatisch zurück oder … kratzen ab. Sayonara!

Das Bild finde ich sonderbar. Und ich frage ihn, was diese Ansicht über Frauen und Männer für ihn bedeutet.

Ich weiß es selbst nicht, lächelt er ohne seine Brille irräugig schlau, ich weiß nur, dass es so ist.

Sie meinen, Frauen sind die Musik und wir nur das Instrument?

Ja, vielleicht. Aber Sie müssen wissen, lacht Yoshi, ich liebe auch Schallplatten! Ich habe zu Hause so ziemlich den ganzen Beethoven auf Vinyl, oder Bing Crosby, Sinatra, Sammy Davis, den Hounddog-Elvis. Alles Vinyl! Meine liebste Aufnahme ist ein Mitschnitt von Marlene Dietrich in einem Nachtclub, ich glaube, in London. Marlene singt *Boys in the Backroom*, das müssen Sie hören, Herr Seelenberg! Julius, sagt er nun, denn diese Vertraulichkeit hatte ich ihm schon mal angeboten, Julius, ich bin wohl romantisch. Romantisch auf meine Art!

Er macht dem Barkeeper ein Zeichen, kurz darauf kommt leise Sinatra vom Band, *Strangers in the Night*, und zwei Mädchen, die für einen Europäer wie Teenager aussehen, setzen sich zu uns. Spitzbrüstige Schulmädchen. Da haben sich die Fragen meines Buchs für heute erledigt. Das Mädchen mir gegenüber in seiner weißen Bluse sagt, sie ist Akari, oder so ähnlich, die neben mir, in schwarzen Spaghettiträgern und mit einem Blumentattoo am hübschen Hals, sagt Limonade, wie englisch *limonade*. Du möchtest eine Limonade? Nein, kichert sie, das sei ihr Name. *It's nice. Nice name.* Doch das englische Repertoire von Akari und Limonade ist schnell erschöpft. Sinatra singt immer noch *Strangers in the Night*, der Barkeeper scheint diese Endlosschleife nicht zu bemerken: … *exchanging glances / wondering in the night / what were the chances we'd be sharing love / before the night was through …* Ich sage Danke zu Yoshi, before the night was through, und benutze beim Gehen eine Ausrede, die er mir sowieso nicht glaubt. Schade, lautet seine sonore Antwort, schade, Julius. *So pretty and pity.*

Am nächsten Morgen meldet mir Marie als Erstes, dass man Jonas Hecker auf einem aus Seenot geretteten Flüchtlingsschiff nach Italien aufgefunden habe, fast nackt, mit Gesichtsverletzungen, halb herausgeschittener Zunge und gebrochenen Händen. Er wirkte unter den anderen Unglücklichen wie ein Wahnsinniger, war den Behörden sofort aufgefallen und aufgrund des Vermisstenfahndungsfotos erkannt worden. Das Foto, denke ich mir, war vermutlich dasselbe wie auf dem Buch, das Foto von Marie. Sie ist schockiert. Und im Laufe des Tages kommen online immer neue Meldungen. Alles sei rätselhaft, aber es gehe, das klingt spekulativ oder makaber, auch um wirtschaftliche Interessen, weil die Filmrechte an Jonas Heckers Roman Millionen wert seien. Bisher habe Hecker eine Verfilmung notariell untersagt. Dazu wird der Anwalt Edvard Krieger als Kunst- und Urheberrechtsexperte zitiert. Der Jurist in Dresden, mit dem ich wegen Maries Filmidee telefoniert hatte. Mein Gott, wir jetzt hier, und Marie weint. Wie so vieles über Zeiten und Räume zusammenhängt. Auf dem Buchumschlag sehe ich ihr Porträt des Autors, dazu eine kreisrunde Felseninsel, ein Atoll wie ein versteinertes Auge.

Ich habe im *Glücklichen Hiob* gerade das Kapitel gelesen, in dem der Erzähler mit einer Frau schläft, die ihm das Blaue vom Himmel erzählt, aber sie ist blind. Kann eine Blinde lügen, wenn sie einem das Blaue vom Himmel erzählt, fragt sich der Erzähler und erfährt als Antwort: nein. Das beruhigt ihn, denn es stört nicht sein Glück.

Bevor wir zu Professor Takamura reisen, sind wir von Yoshiro Senda und seiner Frau in ein Teppanyaki-Restaurant zum Abendessen eingeladen. Wir sitzen in einem abgeteilten, halb offenen Raum an einem Sechsertisch, zwei Plätze sind unbesetzt, Yoshi hat sie, wie er andeutet, mit reserviert und vermutlich bezahlt. In der Mitte zwischen uns brät und gart ein Koch allein für uns auf seiner Edelstahlplatte Krebse, Fisch, Gemüse und Fleisch, er schnippelt, wendet, legt auf und wischt zwischendurch immer wieder sekundenschnell Schalen und Reste weg in ein Schubfach unterm Tisch, ein Virtuose, der mehrere Instrumente gleichzeitig spielt und im Handumdrehen die Gänge wechselt. Dazu macht uns Yoshi Komplimente, vor allem Marie, denn er hat ihre Website besucht, und ich schaue mir seine Frau Ornella an. Ornella klingt nicht sehr japanisch? Nein, aber wir sollen sie Nelly nennen. Sie spricht Englisch, mit leiser, nur bruchstückhaft durch die Geräusche des Lokals dringender Stimme. Ich sehe sie an. Kein zu schätzendes Alter, *forever young*, Yoshi sagt, sie sei Designerin und habe eine sehr populäre Form für fünfeckige Eiswürfel entworfen.
Ich habe hier in Japan viele hübsche Frauenmädchengesichter gesehen, von schwarz glänzendem Haar gerahmte mit kleinen stumpfen Nasen, mit kleinen spitzen Nasen, mit kleinen Irgendwasnasen, aber Nelly hat dieses weiche Madonnenprofil, das zerfließen müsste, mit vollen Lippen und Augen, die in exotischen Romanen Mandelaugen heißen und ganz einfach Mandelaugen sind. Lächelnde, wehmütige, lustige, dunkle, leuchtende Mandelaugen in einem Gesicht, das nicht zerfließt, weil es auch eine Porzellanmaske sein könnte, eine No-Maske aus dem alten Theater des gesteigerten, kunstgefrorenen Lebens. Yoshi erwähnt irgendwann den Schlusssatz meines Buchs, die Gegenwart ist das Pompeji der Zukunft. Er habe es Nelly übersetzt und ihr erklärt, was Pompeji sei, aber sie habe den Satz, der auch sie fasziniert habe, nicht ganz verstanden. Das gehe ihm ähnlich, zumindest, sagt

er mit seinem tiefinneren Lachen, zumindest habe er mehrere Deutungen und sei sich nicht sicher, aber … Nelly begleitet jede Äußerung ihres Mannes, die einen von uns betrifft, mit der hauchfeinen Andeutung eines Lächelns, unlesbar, höflich unberührt, völlig unberührbar, ganz Hübschheit, Schönheit, vollendete Hülle. Aber nach dem Essen bittet sie uns in plötzlich lauterem, besser verständlichem Englisch noch auf eine halbe Stunde zu sich nach Hause. Marie bedankt sich, sie könne nur leider nichts trinken, nichts Alkoholisches, weil sie ein Baby erwarte. Das habe sie sich in dem Restaurant schon fast gedacht, antwortet Nelly. Wir hätten Ihnen sonst einen Sexclub vorgeschlagen. Sie sagte Sexclub. In diesem Moment sind Marie und ich mit einem schnellen Blicktausch nicht sicher, ob das Ironie war oder etwas Anderes, unter der mittlerweile von einem Hauch warmem Blut und Leben getönten Maske.

Yoshi fährt uns in einem amerikanischen Oldtimer mit duftenden Lederbänken zu ihrem Apartment in einem erkennbar teuren modernen Wohnblock, mit Doorman und überall Kameras. Es ist das Dachgeschoss, ein Raum mit viel Glas, dahinter Kyoto by night mit ein paar zuckenden Blitzen, offenbar zieht ein Gewitter heran, und mir fällt komischerweise erst hier auf, dass Yoshi, als er sein Filzhütchen abnimmt, seine stirnaufwärts schon etwas schütteren dunklen Haare im Nacken zu einem winzigen Zopf gebunden hat. Er trägt schwarzes Leder zu seinen Cowboystiefeln, wir alle dürfen in der Wohnung die Schuhe anbehalten, westlicher Stil, sie hat ein elegant enges, armfreies kurzes Kleid in Anthrazit, nackte Beine und wie mit glänzendem Nagellack polierte kirschrote Stilettos. Marie in einem Hosenanzug sagt zu ihm, ein Glas Wasser in der Hand, Sie haben übrigens eine Wahnsinnsstimme! Jetzt wirkt Yoshi leicht überrascht von diesem direkten Kompliment. Ja, er arbeite manchmal auch als Synchronsprecher. Dann sei er die japanische Stimme von Clint Eastwood und Bruce Willis. Worauf wir wieder nicht ganz sicher sind, wie ernst das gemeint ist. An den Wänden hängt fotorealistische Malerei im Stil der Siebziger, japanische Goldjugend an Swimmingpools, Japaner mit langen Haaren auf Harleys, Männer und Frauen an einer Strandbar, das alles wirkt, als habe man kalifornische Motive nach Japan übersetzt. Gegenüber einem weißen Ledersofa steht ein gleichfalls weißer Yamaha-Flügel. Keine Bücher. Uns war bereits aufgefallen, dass Japaner, die wir auf Parkbänken, in Lokalen oder Bahnen mit Büchern sahen, diese meist nur in neutralen Umschlägen lasen. Katta Kamogawa hatte dazu bemerkt, dass ein Buch als etwas Privates, Intimes gelte. Außer bei Bestsellern wie *Harry Potter* oder einem neuen Murakami würden die Titel daher in Hüllen versteckt, die allenfalls das Logo einer Buchhandlung zeigten. Ob es eine in unserer Zeit eher merkwürdige Scham, bloße Konvention oder im Gegenteil eine besondere Achtung gegenüber Büchern bedeute, wisse sie selber nicht.

Ihre Hölderlin-Bibliothek haben Sie wohl nicht hier, frage ich neugierig, und Yoshi nickt. Meine Bücher sind in einer anderen Wohnung. Er oder seine Frau, denke ich, während Nelly drei Gläser Whisky einschenkt, sie müssen nicht schlecht vermögend sein. Spiel uns doch was vor, fordert ihn Nelly auf und zündet sich, nach einem kurzen fragenden Blick auf Marie, eine Mentholzigarette an. Yoshi setzt sich mit seinem Whisky an den Flügel, schlägt erst mal zur Probe ein paar Takte, das sieht schon gut aus, schwarze Kluft und weißer Flügel, ganz Tastenmann, und Yoshi singt nun in seinem aufgerauten Bariton die Ballade von der *Road to Mandalay*. Draußen Donner und Blitze. Hierauf folgt eine Art japanischer Blues, er erklärt, es sei die eigene Version eines Volkslieds aus der Edo-Ära, etwa zu Hölderlins Zeit, meint er mit einem amüsierten Zungenschnalzen, und dann *I'm your Man* von Leonard Cohen. Marie und ich applaudieren, aber sehr abrupt bittet Marie um Verständnis für unseren Aufbruch, vor dem morgigen Flug nach Izu-Hanto habe sie noch einiges vorzubereiten. Gerne würde sie jedoch nach unserer Rückkehr Ornellas und Yoshiros Gesichter und Hände fotografieren. Bitte wundern Sie sich nicht, es ist Teil eines internationalen Projekts, erst die Hände und dann der Kopf. Beide lächeln, *yes, yes, why not*. Beim Abschied legt Nelly formell ihre Hände zusammen und sagt mir mit der angedeuteten Verbeugung: Ich glaube, ich habe den Satz aus Ihrem Buch, den Satz über die Ruinen und unsere Zukunft, inzwischen verstanden.

Wir nehmen ein Taxi, während es draußen mit Blitz und Donner aus allen Arsenalen schüttet.

Hast du das gesehen?, fragt Marie, als sie sich an mich schmiegt und ihre Hand auf meine leicht nasse Hose legt.

Was meinst du?

Tu nicht so. Nellis Brilli zwischen den Beinen.

Zwischen ihren Beinen? Ich verstehe immer noch nicht.

Mein Gott, Männer sind blinder, als wir Frauen uns träumen! Ihre Muschi mit dem Glitzerpiercing, säuselt Marie mir ins Ohr, als könne uns der Taxifahrer verstehen, Nelly hatte in der Wohnung keinen Schlüpfer mehr an.

14

Am Morgen unseres ursprünglich geplanten Hochzeitstermins steigen wir im Helikopter auf in den fast wolkenlosen Himmel. Und nach dem reinigenden Gewitter sehen wir aus der Höhe als jähe, mächtige Erscheinung erstmals den Fuji. Der frisch verschneite Vulkangipfel in der frühen Sonne. Es ist, je weiter wir emporsteigen, eine Explosion von Bläue und Licht mit der, trotz aller Bilder im Kopf, im realen Anblick jetzt überwältigenden Kontur des Bergs. Dabei entfacht der vibrierende Helikoptersog hinauf ins Offene, Weite einen Kitzel des Glücks. Ballonfahrer

dürften das ähnlich erleben, nur stiller. Ich sehe es auch in Maries Augen, als sie kurz ihre Sonnenbrille abnimmt und sich ein paar Tränen aus den Winkeln wischt. Schauwonne, Schwebelust, reine Euphorie. Mit der Leica fotografiert Marie den Fuji, das ist jetzt mehr als eine Postkarte. Beim Abdrehen des Hubschraubers nach Osten in Richtung Meer taucht vor uns ein Küstenstrich auf, unter uns Reisfelder, Kiefernwälder, dann wieder Felsküste, kleine Städte und der Pazifik. Unvermittelt sagt, ruft, schreit Marie gegen das Rotormotorengedröhn, dass sie angesichts des Meeres gerade wieder an Jonas Hecker denken müsse, den Freund von einst, der jetzt so verstümmelt, wahrscheinlich ein Krüppel sei. Falls er sein Schicksal überlebe.
Sie hat Schicksal gesagt, und ich versuche, einen Arm um sie zu legen, aber Marie schüttelt den Kopf.

Als wir auf einer breit vorspringenden Landzunge landen, erinnern mich das niedere Gestrüpp und das gelbgrüne Seegras auch an Sylt. Ein pazifisches Sylt, nur dass jenseits des gerade überflogenen Kaps statt Sandstränden felsige Buchten liegen. In einem Range Rover werden wir über eine schmale Straße in wenigen Minuten zu dem von Büschen und Mauern umgebenen Landhaus von Professor Takamura gebracht. Eigentlich ist es eine Gruppe von grauen großen Steinhäusern, von denen das größte einem angloasiatischen Kolonialbau gleicht, in dem anstelle eines erhöhten Mittelgiebels eine Art Glockenturm aufragt.

Auch der Hausherr gleicht einem Turm. Professor Shinji Takamura hat eine Basketballerfigur. Weißhaarig, buschige Brauen, hinter denen die schmalen Augen fast verschwinden, das Gesicht ist sehr braun, glatte Haut mit dunkelvioletten Ringen unter den kaum sichtbaren Augen, wie tätowierte Male. Er empfängt uns in einem hellen, für den November doch überraschend sommerlichen Leinenanzug mit seidenem Halstuch. Bitte lassen Sie in meinem Haus Ihre Schuhe an, ist sein zweiter Satz, und ein beiläufiges Kompliment für Maries auf dem Marmorboden der Eingangshalle klackernde High Heels wirkt bei Takamuras Größe doppelt verständlich. Marie sagt, sie trage nur bei der Arbeit flache Absätze, und unser Gastgeber erwidert, die Arbeit der Künstlerin dürfe für heute noch ruhen. Ich zeige Ihnen ein wenig das Haus und den Garten. Worauf Marie mit ihrem praktischen Charme erwidert, dass sie auch Wanderschuhe im Gepäck habe. Sie strahlt, jetzt scheint der Hecker-Schock erst mal verflogen. Und wir stehen in der Halle, deren innen unverputze Backsteinwände sonderbar kontrastieren zu dem Marmorspiegel zu unseren Füßen und einer im Hintergrund ansteigenden Rundtreppe, einer gewaltigen, gleichwohl graziös geschwungenen Konstruktion hinauf in den Turm.

Die jungen Leute nennen das meinen Wow-Effekt, bemerkt Takamura, der ein leicht amerikanisch gefärbtes Englisch spricht. Wahrscheinlich kommt Ihnen die Form der Treppe nicht ganz unbekannt vor. Natürlich, die Spirale des New Yorker Guggenheim-Museums. Aber Marie meint beim Nähertreten, dieser stufenlos ansteigende Wendelgang habe für sie ein älteres Vorbild. In Rom, die Bramante-Treppe im Vatikan.
Takamura scheint nicht überrascht. Sein schmales Lächeln wird fast zum Lachen und entblößt makellos weiße Zähne. Wohl ein Gebiss.

Ich weiß, dass Sie das kennen.

Sie haben meine Fotos gesehen? Ich habe vor einigen Jahren wegen eines Freundes eine Zeit lang in Rom gelebt. Ein kunstsinniger Kardinal, ja, betont Marie, als sei das schon eine Pointe, ein Kardinal der Kurie hatte dort in einer kleinen Ausstellung Architekturbilder von mir gesehen und seine Vistitenkarte hinterlassen. Am Ende bekam ich sogar eine Einladung in den Vatikan, die Restaurierung der Raffael-Stanzen zu fotografieren. Das war der Hammer, sprudelt Marie kurz auf Deutsch und setzt hinzu:

It was really cool. Einmal haben sie mir auch diese Treppe von Bramante gezeigt, die fürs Publikum sonst geschlossen ist. Bis dahin hatte ich gedacht, dass jede Treppe Stufen habe! Auf Bramantes Serpentine aber hätten sogar Kreuzritter oder weiß Gott wer die oberen Räume des Vatikanpalasts noch zu Pferd erreichen können. Marie schaut Takamura fragend an und fährt fort: Ich habe das Treppenhaus senkrecht von oben und unten fotografiert, das geht empor wie in den Himmel und schaut, von oben betrachtet, wie ein Schlund aus. Schwindelerregend.

Vertigo, sagt Takamura, ja wirklich. Ich habe die Fotos in einer japanischen oder amerikanischen Kunstzeitschrift gesehen, ich weiß nicht mehr genau, wo, aber meine europäischen Scouts haben Ihre Bramante-Serie für meine Sammlung besorgt. Damit sind Sie mir zum ersten Mal aufgefallen. Auch dieses Haus, fährt er fort und lässt uns vom Fuß seiner steinernen Spirale in die Höhe schauen, ist um einen Turm herumgebaut mit dieser Treppe à la Guggenheim.

Miss Bach, Sie haben, glaube ich, die Himmelsleiter erwähnt. Tatsächlich müssen Sie es von oben sehen. Der umgekehrte Himmelssturz, der aufgefangene Fall, das ist das statische und zugleich dynamische Problem. Es kommt auf den Abstieg an. Er schmunzelt, jedenfalls zucken wieder seine Mundwinkel. Ein Satz meiner Mutter war, wer zu lange zu hoch über den Dingen steht, bekommt kalte Füße. Denk daran, Junge, der Rückweg ist das Ziel, so sagte sie. Später habe ich mal gelesen, die Treppe ist die Königin der Architektur. Ist das nicht schön? Und ich wollte hier eine Königin haben, oder wenigstens eine Prinzessin. Aber kommen Sie, kommen Sie!

Der Professor, dem ein junger Diener mit weißen Handschuhen jeweils die Türen öffnet, geht uns voran wie ein Fremdenführer. Ein Mann offenbar der Sentenzen, und eine Flucht von Räumen mit wenigen modernen Möbeln und teilweise barocken europäischen Gemälden neben Leuchtskulpturen, altjapanischen Rollbildern oder einem Kiefer, einem Fontana, bei denen Takamura nur kurz nickt, dann, so sieht es aus, zwischen zwei Türen eine Eva wie von Cranach. Tatsächlich von Cranach? Da möchtest du dir die Augen reiben, denke ich, das glaubst du jetzt nicht. Mir fehlt leider der Adam, sagt der Sammler, aber jetzt zeige ich Ihnen noch etwas Besonderes, *even a little more special*.

Die Kollektion ist so schon erstaunlich genug, *amazing right now*, murmle ich. Worauf Takamura noch einmal nickt. *But look at this!*

Wir treten in einen schwarzen Raum ein. Für einige lange Sekunden herrscht totale Finsternis, und ich spüre Maries Hand an meiner Hand. Jetzt beginnt ein farbiges Glimmen, als würde jemand sehr behutsam einen Dimmer betätigen, und im Raum taucht allmählich eine liegende Figur, ein männlicher Körper auf in weißen, aus einem ferneren Jahrhundert stammenden Unterkleidern. Der Körper schwebt langsam auf und ab, umspielt von sich kreuzenden rötlichen, bläulichen Strahlen, von Lichtfäden gleich einem Gespinst, die den Körper zu halten und im Raum sanft zu bewegen scheinen. Ein Leichnam, ein Schläfer, das Bild eines Mannes in mittleren Jahren, mit fast geschlossenen Lidern. Nach einiger Zeit verlischt das Licht, geht dann wieder an, und der schwarze Raum ist leer.

Das ist ein Werk von Céleste. Sie kennen die französische Künstlerin, die diesen Sommer gestorben ist, kurz vor ihrem hundertsten Geburtstag? Natürlich, dumme Frage, sagt Takamura. Céleste und ich waren uns seit Langem freundschaftlich und, ein Zögern, als müsste er sich besinnen, … durch einige Projekte verbunden. Zum Dank, dass ich für sie einmal ein etwas unerfreuliches Problem … aus der Welt schaffen konnte, besitze ich ihre früheste Skulptur. Ein geflügeltes Maschinengewehr, erzählt der Professor, während wir in einer Art Wintergarten sitzen, mit Blick durch die in der Mittagssonne halb geöffneten Schiebeglaswände hinaus in den parkartigen Garten, der sich bis zu dem Kap mit dem Leuchtturm erstreckt. Ob es nur ein leichter Wind ist oder ob von dort auch das Meerrauschen leise hinüberdringt, lässt sich kaum sagen. Marie möchte nun wissen, was wir da eigentlich gesehen haben.

Das Werk heißt *Der Traum des Grafen Fosca*, antwortet Takamura. Es hat für mich seine Bedeutung, weil Céleste auf einen Roman ihrer früheren Freundin Simone de Beauvoir anspielt, die hatte offenbar einen Mann erfunden, Graf Fosca, der durch einen Zaubertrank unsterblich geworden ist und in seiner Verzweiflung durch die Jahrhunderte geistert.

Warum verzweifelt?

Verzweifelt, weil ohne Hoffnung auf eigene Veränderung, auf Risiken oder ein wirkliches Abenteuer. Die Ewigkeit bedeutet auch Langeweile, und jede sterbliche Geliebte fühlt sich betrogen, es ist für sie, wie mit einer menschlichen Maschine zu schlafen.

Oder einem Gott.

Wer will mit einem Gott schlafen, außer, meint der weißhaarige Hüne mit einem ironischen Unterton, er ist auch ein göttlicher Liebhaber. Aber, was mich betrifft, ich bin Mediziner und habe, wie Sie vermutlich wissen, ein wenig mit Biotech zu tun, mit Zellforschung. Ursprünglich wollte ich wie so viele der Alterung unseres Organismus auf die Spur kommen und, Takamura lacht, am ewigen Leben forschen. Das tun sie auch weiter in meinen Labors, zusammen mit unseren Kollegen in Kalifornien. Nur frage ich mich inzwischen, ob es überhaupt so erstrebenswert ist, dass unsere Körper immer länger existieren, wenn das Gehirn nicht mehr mitmacht, wenn die Leute noch einen Marathon laufen, aber ihre eigene Familie nicht mehr erkennen. Ich konzentriere mich jetzt lieber auf die Entschlüsselung der Demenz. Das ist meine Hirnforschung und für mein Alter auch näherliegend.

Die künstliche Intelligenz, an der mein Sohn arbeitet, ist faszinierend, jedoch …
Shinji Takamura stockt einen Moment. Sagt dann wie beiseite gesprochen, dazu werde ich Ihnen später noch etwas zeigen.

Ich habe einen Filmstoff zum Thema Demenz, unterbricht ihn Marie.

Oh, ja? Interessant.

Es ist Fiktion, nicht Wissenschaft.

Das macht nichts. Die halbe Gehirnwissenschaft ist Fiktion. Bleiben Sie bei der Kunst, das sind mir die liebsten Tatsachen. *If you know what I mean.*
Wir lachen, und ein Diener serviert grünen Tee und eine Misosuppe in seidendünnen Lackschalen. Etwas Leichtes, Warmes, wir seien heute ja schon im Morgengrauen aufgestanden für diesen Besuch. Takamura schweigt eine Weile, während wir löffeln und trinken, dann hebt er neu an. Ich suche bei allem nicht mehr das hyperkomplexe Ganze, keine Weltformel für unser inneres Universum, ich suche den Unterschied. Nennen Sie es die dunkle Materie in uns oder einfach die entscheidende Differenz, für Geschmack, Schönheit, Erfolg …, wie das Gen, das Mensch und Maus unterscheidet. Außerdem interessiert mich als Kunstsammler … – Verzeihung, ich hoffe, Sie nicht zu langweilen?
Beide schütteln wir die Köpfe, obwohl mir seine Gedanken ebenso wie meine eigenen Gedanken ein wenig zu springen scheinen. Auch Takamura zuckt mit den Achseln, was kann man auf diese Frage schon antworten. Ich beobachte ihn, er hat für seine Größe überraschend kleine Hände mit offenbar manikürten, leicht glänzenden Nägeln. Aber das Irritierende sind seine Brauen, die über den beiden Schlitzen den Blick auf seinen Blick ganz verhängen. Mit uns spricht nur sein Mund. Und kaum denke ich diesen Satz, sagt Takamura, als Kunstsammler interessiere ihn besonders der Sehsinn, unser geheimnisvollstes Organ, an der Grenze zwischen Materie und Bewusstsein. Das Geheimnis der

Blindheit, bemerkt der Professor, liegt ja nicht im Auge, sondern im Gehirn. Eine Biopupille mit künstlicher Netzhaut, an der meine Firma seit Längerem arbeitet, kommt wahrscheinlich schneller als ein Ersatz des Zwischenhirns oder des Cortex. Wir verfügen dann über ein zweites Fenster zur Welt, ohne den inneren Durchblick zu haben.

Marie gibt sich einen Ruck, ist jetzt auf dem Sprung, schon seit dem Stichwort Demenz, doch wechselt sie überraschend zurück zu dem, was wir eben gesehen haben.

Wie hat diese 3-D-Projektion in der Black Box funktioniert?

Es ist ein neues holografisches Verfahren, das mein Sohn John entwickelt hat. Célestes Kunstwerk ist im Original viel kleiner, Foscas Körper nur wenig größer als eine Kinderpuppe, in einem gläsernen Zylinder waagerecht in einer klaren Flüssigkeit schwimmend und von einer elektrischen Pumpe auf und ab bewegt. Ich besitze in meinem Institut in Yokohama einen Kunstpavillon, es ist ein öffentliches Museum. Dort ist das Original zu sehen. John hat daraus diese vergrößerte holografische Version entwickelt. Er ist viel unterwegs in den … neuen künstlichen Realitäten.

Auch die Natur hat auf Takamuras Anwesen etwas Künstliches. Als er mit uns von seinem Haupthaus eine Viertelstunde in Richtung Kap und Leuchtturm spaziert, gehen wir über kurz geschorenen Rasen, in dem ein paar abstrakte Skulpturen verstreut sind, dazu ein in Granit gefasster riesiger sechseckiger Teich mit Koi-Karpfen, die Takamura mit jenem Händeklatschen herbeilockt, das mir in Kyoto schon der Mönch im Zen-Garten vorgeführt hatte. An den Rändern des zum Kap hin offenen Grundstücks gibt es japanische Kiefern und Sträucher, dazwischen ab und an weiß gestrichene Masten, die statt Schiffswimpeln Kameras tragen, direkt am Haus ein paar halb verblühte Rosenbüsche, doch sonst keine Blumen. Auf dem Rasen, das erscheint mir in dieser strengen Weitläufigkeit das unmittelbar Lebendigste, surren ein paar kleine elektrorobotische Mähmaschinen, einige suchen sich nach gerade getaner Arbeit selbstständig ihre Ladestationen bei einem Gärtnerhaus. Sie sind hier die einzigen sichtbaren Gärtner.

Ihr Sohn heißt John?, frage ich.

Ja, meine Frau ist Britin. Eve kann Sie leider nicht empfangen, weil sie mit John nach Liverpool musste, ihrer Mutter geht es nicht gut. Auch ich reise übermorgen nach Europa, treffe die beiden und muss danach zu einer Gedenkfeier für Céleste nach Paris, eine Einladung des französischen Präsidenten. Deshalb bin ich sehr froh, Sie wenigstens heute zu sehen.

Mittags hat es sich bewölkt, vom Meer her weht ein frischer Wind. Schade, dass wir nicht draußen essen können, sagt unser Gastgeber, der mit Marie bei einem Carpaccio vom Kobe-Rind (wie wir auf einer kleinen gedruckten Tischkarte lesen) die für morgen Vormittag geplante Porträtsitzung bespricht. Marie sagt, dass sie in den großen Räumen am liebsten ohne Blitz mit natürlichem Licht arbeiten würde, sie bevorzuge leichte modellierende Schatten für ihre Porträts, die sie möglichst wenig digital bearbeiten wolle. Wenn es ihm recht sei, würde sie gerne erst morgen nach Wetter und Lichteinfall entscheiden, in welchen Räumen sie ihn fotografieren wolle. Sie denke neben den Porträts und ein paar Aufnahmen seiner Hände auch an einige Totalen und Halbtotalen, zum Beispiel vor dem geschlitzten Fontana. Oder stehend, Sie sind ja ein fabelhaft schlanker Mann, vor dieser hochschlanken Eva. Der Sammler und das Bild, wie Maler und Modell. Worauf Takamuras Mundwinkel erneut zucken, sich für einen Moment sogar die Brauen und Lider heben, und als seine unsichtbar sehenden Schlitze nun über den dunklen Ringen aufbrechen, wirken sie einen Sekundenbruchteil erschreckend, wie zwei Wunden im Gesicht.

Eine Frage habe ich noch. Das große Haus steht voller Kunst, beherbergt aber, soweit wir gesehen haben, kein einziges Buch. Ähnlich wie bei Yoshiro Senda und Nelly. Darauf spreche ich den Professor an, als ein Mensch, der selber Bücher schreibt.

Diese Frage, entgegnet Takamura mit wieder gesenkten Brauen, doch noch immer einem Anflug von Lächeln, hat mir seltsamerweise niemand bisher gestellt. Dabei sind Sie hier nicht der erste Autor, und einige meiner Freunde sind so etwas wie ... Büchernarren. Aber ja, es gebe schon ein paar Bücher im Haus, in den Zimmern seiner Frau, die viel lese, und in seinem privaten Studio. Meist Fachliteratur oder Philosophisches, auch ein bisschen Lyrik und einige Romane, er liebe Stendhal, Kafka und Chandler und besitze einige alte, unersetzliche Kunstbände. Nur sammle er keine Bücher. Im Gegenteil, wenn er ein besonders schönes gelesen habe, dann gebe er es hinterher ins Feuer. Er sehe dabei zu, wie im Kamin Seite für Seite so auch die Trauer über das Ende des Buchs verbrenne.

Sie verbrennen Bücher? Wir Deutsche, sage ich, haben damit unsere Schwierigkeiten.

Die Deutschen? Oh, ja, ich verstehe, Sie meinen Ihre alte Geschichte. Bitte seien Sie nicht schockiert, für uns Asiaten ist das Feuer auch eine Art ...

Reinigung?

Nein, eher eine Befriedung. Ein würdiger Abschied.

Wie bei den Hindus das Verbrennen ihrer Angehörigen?, fragt Marie.

Professor Takamura schwenkt einen Moment sein Glas mit einem Digestif, darin klackert, wenn ich mich nicht täusche, ein fünfeckiger Eiswürfel. Dann blickt er mit seinem Brauenschleierblick zu Marie und findet, das sei ein gutes Beispiel.

Obwohl ich ein Buch nicht mit einem Leichnam vergleichen möchte. Wissen Sie, was für die Hindus dabei das Wichtigste ist? Wir wissen es nicht. Staub zu Staub, Asche zu Asche?

Das auch. Der entscheidende Moment ist jedoch, wenn bei einem geliebten Verstorbenen in der Feuerhitze der Kopf platzt. Man hört nur ein kurzes Knacken, das Bersten der Schädeldecke. Für Menschen, die nicht daran glauben, wirkt das erschreckend. Aber es ist der Augenblick, in dem die Seele endlich entweichen kann. Um frei zu sein, um irgendwann wiederzukehren.

Und das passiert in ähnlicher Weise mit … den Seelen Ihrer brennenden Bücher?

Vielleicht. Vielleicht auch nicht. Ich bin Naturwissenschaftler, kein gläubiger Mensch. Allerdings ist das Buch dann nicht mehr Materie. Sein Geist, stelle ich mir vor, ist dafür in meinem Kopf, hoffentlich. Und wenn ich zu vergesslich bin, kann ich es in einem neuen Exemplar wieder nachlesen. Jedenfalls würde ich kein Buch verbrennen, sagt Takamura und erhebt sich vom Tisch, das nur ein Mal auf der Welt existiert.

Nach dem Lunch sind wir für eine Stunde auf unserem Zimmer. Es ist eine Suite mit cremefarbenem Teppichboden und so unpersönlich elegant wie in einem Hotel. Erstaunlicherweise sind die Wände völlig schmucklos, bis auf eine bläuliche Leuchtschrift. Eine Wandprojektion neben der Tür zum Balkon mit Blick in den großen Garten. Die Schrift, das findet Marie schnell heraus, kann mit einer Fernbedienung nicht nur an- und ausgeschaltet werden, sie wird auch in verschiedenen Sprachen und Schriften gebeamt. Die deutsche Version lautet *Bäume sind die Gedichte der Erde, die sie in den Himmel wachsen lässt*.

An Erde und eine erdwarme Poesie würde ich in diesem Haus oder bei diesem Garten nicht unbedingt denken, sage ich zu Marie und nehme sie in den Arm. Mir ist plötzlich kalt, auch Maries Haut fühlt sich kühl an wie der draußen nun tief bewölkte Herbsttag am Meer, das man aus unserem Zimmer im zweiten Stock nun immerhin ahnt, hinter dem Leuchtturm als grauen Streifen am Horizont. Wir duschen beide heiß und kalt und ziehen uns um, ich schlipslos wie immer, Marie in einem schwarzen Berliner Labelkleid, hochgesteckte Haare und silberne Ohrringe mit zwei baumelnden Achaten.

Takamura empfängt uns in seinem Wintergarten zum Tee und bittet um Verständnis, dass es schon gegen 18 Uhr Abendessen geben werde, das sei die »asiatische Zeit«, und er selbst gehe immer sehr früh zu Bett. Aber uns stehe die Bar zur Verfügung, ein kleiner Golfwagen könne uns auch zu einem geheizten Pavillon direkt am Kliff fahren, außerdem gebe es im Souterrain einen Filmsaal mit einem ziemlich breiten internationalen Angebot. Die Sammlung reiche von Stummfilmen wie *Nosferatu* oder *Goldrausch* bis zu Kurosawa und Tarantino. In diesem Moment bringt eine junge Frau uns zum Tee eine Etagere mit Kuchenstücken, Petits Fours und süßen Reisbällchen. Die junge Frau tritt in meinem Rücken auf, sehr leise, und erst beim Servieren sehe ich, dass ihre Arme und Hände sich, in hautengem schwarzen Stoff mit weißen Handschuhen, jeweils eine Spur ruckhaft bewegen. Ein Tick nur, eine winzige Verzögerung bei jeder Geste.

Das ist Liberty, sagt Shinji Takamura. Aber es reißt mich, als ich den Kopf wende, denn es ist Giulia. Ihre dunklen Haare mit der weißblonden Strähne, ihre Figur, ihr Gesicht. Es ist *auch* Giulia. Das Gesicht, sehe ich auf den zweiten Blick, gleicht einer Maske, ist hautfarbener Kunststoff, nur aus der Nähe ist die Täuschung noch zu erkennen. Liberty?

Sie ist ein Geschenk meines Sohnes. Sein bisher bestes Modell. In Takamuras Zügen mischen sich jetzt Vaterstolz und das Vergnügen an dem, was er hier seinen Gästen präsentieren kann. Ich wollte sie erst Pygmalion nennen, aber das klang für John zu alteuropäisch. Jetzt heißt sie Liberty.

Ich frage, ob es ein lebendes Vorbild gebe für dieses … Geschenk.

Ja, antwortet Takamura eine Spur weniger erheitert. Liberty

ist eine Avatarin. Doch das ist eine persönliche Sache. Ein Grenzfall von Kunst und Technologie, es ist ja noch kein künstliches Leben. Aber die reale junge Frau war offenbar nicht ganz einverstanden mit ihrem Abbild. Es gab einen Streit, und statt Liberty ganz abzuschaffen, hat John sie mir gegeben. Sie lebt nun bei uns.

Sie sagen, sie lebt, fragt Marie, und ich sehe ihr an, sie wird vom Jagdfieber gepackt. Hat das Alien-Glitzern im Blick.

Natürlich lebt sie nicht wirklich, antwortet der Professor. Roboter haben ihre Lebenszeit wie alle Dinge, wie Autos oder Kühlschränke. Solange sie sich nicht andauernd selbst reparieren und optimieren. Aber das ist noch Zukunftsmusik.

Liberty hat sich während unseres Gesprächs auf ihren modischen Ballerinas, schwarz mit weißen Rändern, etwas zurückgezogen, sie wartet im Hintergrund des zum großen Haus hin offenen Wintergartens. Spricht sie auch? Versteht sie uns, ich meine, hört sie nur auf Japanisch, wenn sie überhaupt hört?, frage ich.

Sie spricht wenig, doch sie versteht ziemlich viel. Man kann sie auf zwei Programmen laufen lassen, einmal Englisch und einmal Japanisch. Normalerweise Japanisch. Und sie lernt ständig hinzu. Ich sagte Ihnen ja, Johns Spezialität ist die künstliche Intelligenz, neben der virtuellen und leibhaftigen Visualisierung. Er nennt das *real animation*. Ich selbst nenne ihn einen Luftbildhauer. Aber Liberty ist schon etwas mehr als nur ein Luftgeist.

Hat sie denn Gefühle, also … innere Sensoren? Kennt sie Freude oder könnte sie sich auch ärgern?, will Marie wissen.

Genau wissen wir nicht, was sie weiß. Das gehört zum selbstlernenden Programm. Es kann daher sein, dass sie sich bestimmte Gefühle einbildet, sie aus der Beobachtung durch ihre mit dem Rechner verbundenen Kameraaugen quasi intelligent simuliert. Sie hat auch Sensoren, um sich räumlich zu orientieren und nicht überall anzustoßen oder Sachen zu zerbrechen. Aber sie ist beispielsweise keine Sexpuppe. In den künstlichen Geliebten liegt ja, abgesehen von den Industrierobotern, der künftige Weltmarkt. Es erkläre sich, glaubt Takamura, nur aus unseren eigenen uralten Wünschen und Begierden, dass wir uns künstliche Wesen, genauso wie die Außerirdischen, am liebsten in Menschengestalt vorstellen. Wie in Science-Fiction-Filmen. Es ist im Grunde furchtbar naiv, finden Sie nicht?

Wir müssen uns eben mit etwas identifizieren können. Ein molluskenhaftes Unding taugt kaum als Superwesen.

Außer es hätte zumindest eine Art Auge. Denken sie an diesen geheimnisvollen Computer in *Odyssee 2001*! Magie und Imagination. Wir brauchen den Blick, sagt der fast blicklose Herr Takamura.

Darf ich Liberty mal für eine halbe Stunde von Ihnen … ausleihen? Marie ist bereits entzündet, bezaubert, sie strahlt den Professor an wie ein Charmekraftwerk. Ich würde sie gerne fotografieren, noch heute, wenn Sie erlauben. Vielleicht in einem einigermaßen hellen Raum, den … wir beide … für uns allein haben? Marie bekräftigt, sie würde sich morgen dann lieber ganz auf ihn, den Professor, konzentrieren.

Ein Shooting jetzt gleich? Liberty sei »im Wachzustand« vermutlich noch nie fotografiert worden, das sei auch für sie, die eigentlich ein Es sei, eine neue Erfahrung. Und eine Ehre. Takamura stimmt zu, wirkt jedoch erstmals etwas überrascht. Ob sein Sohn und er davon ein oder zwei Abzüge bekämen? Worauf Marie schon wegflitzt, um ihre Kamera zu holen. Einige Minuten später kommt sie zurück, auf Sneakers anstelle der Stilettos, mit ihrer Canon und, wie sie sagt, ohne Blitz. Um sie oder es nicht zu irritieren.

Ich schlage Ihnen ein Kaminzimmer vor. Ich habe dort kürzlich alle Bilder, lauter Datums-Tafeln von On Kawara, abhängen lassen. Die Wände sind jetzt gleichsam zeitlos weiß, das könnte doch passen. Und es gibt Downlights, stufenlos zu regulieren.

Wenn ich sie dabei in verschiedene Positionen dirigieren möchte, braucht es dafür eine Hilfe?, will Marie noch wissen.

Sprechen Sie einfach englisch mit ihr. Takamura winkt einen Diener herbei, sagt ihm kurz etwas, worauf der junge Mann auf einem kleinen Tablett ein silbriges Kästchen bringt. Der Professor entnimmt ihm ein rundes Ding, das aussieht wie ein Amulett an einer Schnur.

Marie, bitte hängen Sie sich das um. Es ist ein Sender, damit können Sie Liberty an- und ausstellen. Nur den Knopf in der Mitte drücken, nichts weiter.

Wir gehen in den nahe gelegenen Kaminraum im Erdgeschoss, der so gleißend hell ist, dass Marie gleich nach dem Dimmer fragt. So etwas könne sie übrigens auch Liberty fragen. Liberty, verstehst du mich?, fragt Marie, und die Avatarin senkt ein wenig den Kopf, und die Antwort, »Ja, ich verstehe Sie gut«, kommt schnell, schneller vielleicht als ihre motorischen Reflexe, und die Worte klingen verblüffend warm, weiblich, überhaupt nicht automatenhaft scheppernd. Anscheinend war sie schon vorhin auf Englisch gestellt, bemerkt Takamura. Dann habe sie unser Gespräch wohl mitgekriegt.
Ich versuche mich währenddessen an Giulias Stimme zu erinnern. Doch hatte ich mit ihr nie englisch gesprochen, außerdem war die Situation eine völlig andere, dies ist ein Ding, nur menschenähnlich gut gebaut, mit nachgeformten Hüften und Busen unter dem schwarzen Trikotanzug, der alle Glieder überzieht, und mit einer Art Rollkragen, der bis kurz unters Kinn reicht. Das für mich Beunruhigende oder nach dem ersten Schrecken nun bloß noch Erstaunliche bleibt der Kopf, sind die Haare, die Gesichtsmaske, in der ich unwillkürlich Giulias verschiedenfarbige Augen suche, ihre Katzenaugen. Aber die liegen entweder zu weit in den Höhlen oder sie sind wegen ihres leicht geneigten Kopfs nicht gut zu erkennen. Das werde ich dann auf Maries

Fotos besser sehen, falls sie nicht schwarz-weiß sind. Ich schaue Marie an, suche ihren Blick, würde sie gerne noch küssen, aber sie ist ganz bei der Arbeit. Für mich jetzt unerreichbar.

Wir lassen die beiden allein. Nahe der geschlossenen Tür steht ein Diener oder wohl besser ein Assistent, Utsugi, hat ihn der Professor kurz vorgestellt. Utsugi sei auch Computerexperte, ein Elektronikingenieur, und er spricht Englisch, falls Marie irgendwie Hilfe braucht. Sie möchte es alles so, wie es ist, keinen anderen Menschen im selben Raum, das ist Maries Spezialität. Das sei der Unterschied zu Werbeaufnahmen mit viel Technik und einem Heer von Assistenten. Wenn sie Porträts nicht in der Öffentlichkeit fotografiert, sondern im Studio oder in privaten Räumen, dann sucht sie diese Intimität mit der Person vor der Kamera. Oder jetzt mit einem künstlichen Wesen.

Mit Shinji Takamura sitze ich solange wieder im Wintergarten, mittlerweile im frühen Abendlicht. Bald beginnt schon die südliche Nacht. Der Professor möchte etwas über meine eigene Arbeit wissen und sich demnächst die englische Ausgabe meines *Küsten*-Buchs besorgen. Er stamme selbst aus einer Stadt am Meer, Hamamatsu, südwestlich von hier, auf halbem Weg zwischen Kyoto und Tokio. Mich interessiert, was er von den noch immer ungeklärten Anschlägen auf den Bahnhöfen und Flughäfen hält, als wir ein Klirren hören, dazu eine Erschütterung und ein Schrei. Maries Schrei.

Sie liegt halb am Boden, stützt sich mit einer Hand ans kniehohe Gitter des Kamins, um Haar und Stirn, denke ich im ersten Anblick, ein buntes Tuch, doch es ist Blut, das aus ihrem Kopf quillt, und Maries linkes Auge hängt halb über ihrem hohen Wangenknochen. In meinen Armen lallt und haucht sie etwas, Liberty wollte es plötzlich nicht … sie hat ihr wohl irgendwas gesagt, das

Marie nicht verstand … das Amulett … Wo ist das Amulett? Abgerissen wie ihr linker Ohrring mit dem Achat. Sei ruhig, ganz ruhig, dabei küsse ich ihr blutiges Haar. Utsugi reicht mir ein Stück Mull, ich presse es auf den blutenden Spalt, fester, drücken Sie fester, sagt der Professor, der Maries Auge zurück in die Höhlung schiebt und einen Notverband anlegt.

Wir betten Maries Kopf auf zwei Kissen, sie ist noch immer bei Bewusstsein, ihr Flüstern: Werden wir noch einmal wandeln …? Ja, Marie, ja, unter Feigenbäumen und Mandeln!, und ich kämpfe gegen mein Würgen und Schluchzen, während Takamura, der Arzt, sagt, dass ein Rettungshubschrauber unterwegs sei. Alles werde gut. Durch meine Tränen sehe ich ein paar Meter vor Maries Füßen den Achatohrring und mitten im Raum Liberty hingekrümmt, bewegungslos, mit dem blutverschmierten Strunk ihres Maschinenarms. Maries Blut. Marie muss sich mit einem spitzen Metallstab, der neben ihrer Kamera und dem zersplitterten Objektiv auf dem Steinboden liegt, gegen die Attacke gewehrt haben, das Metallstück stammt wohl vom Kaminbesteck. Da erkenne ich es: diese grünliche Lanze mit einer schmalen Frauenfigur oben am Schaft, gleichsam als Handgriff. Eine Schwester der Bronzeskulptur, die mir Giulia auf Sylt hinterlassen hat.

Das Nahen endlich der Rettung, erst ein Sirren, dann ein Brummen, ein Dröhnen. Als werde ein Insekt zum Drachen. Aber es hat so lange gedauert, viel zu lange, denke ich, betäubt und irrwach zugleich, während Marie in meinem Arm noch atmet. Flach atmet. Und ich schaue auf den Leuchtturm an der Klippe, der nun seine kreisenden Lichtzeichen sendet. Hinaus in die dunkle Weite des Meers und zu uns hin, immer wieder für eine leuchtend lange Sekunde.

*

Noch weiß ich nicht, wie ich das Hanne einmal erzählen werde. Vielleicht so ähnlich. Sie ist jetzt fünf und noch blind. Ein Fehler im Gehirn, den die Neurologie bald heilen will. Aber manchmal denke ich, Hanne sieht schon mehr als wir anderen.

Danksagung

Die im fünften Kapitel erdachte Ausstellung über den Pianisten Arturo Benedetti Michelangeli fußt auf einem realen Einfall des Schriftstellerfreundes und Regisseurs Cesare Lievi, der im Jahr 1996 in Brescia tatsächlich eine Installation zu Michelangeli realisiert hatte. Den an anderer Stelle nützlichen Hinweis auf Simone de Beauvoirs Romanfigur des Grafen Fosca erfuhr ich aus dem 2015 erschienenen Buch meines Sohnes Philipp von Becker, »Der neue Glaube an die Unsterblichkeit. Transhumanismus, Biotechnik und digitaler Kapitalismus«. Und im Ganzen danke ich meiner Lektorin Judith Weber für ihre große Aufmerksamkeit und Christian Döring für seinen guten Rat.